谷中の用心棒 萩尾大楽

阿芙蓉抜け荷始末

筑前助広　Sukehiro Chikuzen

アルファポリス文庫

https://www.alphapolis.co.jp/

玄界灘編

序章　その男、萩尾《はぎお》大楽《だいがく》

「よう」

その浪人《ろうにん》は暖簾《のれん》を潜《くぐ》ると、迷わず一番奥の席に座った。

江戸、谷中《やなか》新茶屋町の居酒屋『喜七《きしち》』である。

土間席に机が六つ。ただそれだけの小さな店なので、筋骨逞《たくま》しいその浪人が入って来ると、妙な息苦しさを廉造《れんぞう》は覚えた。

「いらっしゃい」

廉造は呟くように言った。

決して愛想《あいそ》は良くない。元来こんな風で、それでもいいという客だけ来ればいいと思って商売を続けてきたのだ。勿論、そう思わせるだけの料理と酒を出しているという自負はある。

「邪魔するぜ」

浪人は潮焼けした顔をこちらに向けると、大きな口を広げにぃっと笑んだ。

よく笑う男だった。それでいて、独《ひと》りでいる時にふと見せる表情には、近寄り難い翳《かげ》りを漂わせる。その明暗が、この浪人の魅力であると廉造は思っていた。

「廉造さん、達者かい？」

「へぇ、お陰様で」

「そりゃ結構なこった。俺は風邪《かぜ》気味でね」

「そりゃ難儀で。春とは言え、朝晩はまだまだ冷えますからねぇ」

「気を付けねぇとな。俺たちゃ、いつまでも若くねぇんだからよ」

浪人は、萩尾大楽《はぎおだいがく》という。谷中感応寺《かんのうじ》裏に、萩尾道場という町道場を構えている剣客である。

流派は萩尾流《はぎおりゅう》と称しているが、自らの姓を付けているだけに、廉造も最初は胡散臭《うさんくさ》さを感じていた。

そして、廉造の読みは当たっていた。萩尾道場はただの町道場ではなく、腕の確かな門人を用心棒として派遣する事を稼業にしているのだ。

生国も知れない流れ者が始めた胡乱《うろん》な稼業に、「持って三か月だろうよ」と、谷中の町衆は高を括《くく》っていたが、今では中々の繁盛《はんじょう》を見せている。

故に剣に覚えがある浪人は入門したがるが、腕っぷしだけでなく人柄も見られるので、合格する者は少ないという話だった。

「人品にこだわらなきゃ楽になるんだが、この商売は信用が大事でねぇ。こいつを見極めるのが難しいのなんの」

と、大楽が嘆いているのを、廉造は何度か板場で聞いた事がある。

そして大楽は、今ではこの店の用心棒だった。

年に二両。それで、何かあれば駆け付けるという事になっている。

二両は安い、もう少し出せる。と廉造は言ったが、大楽はそれでいいと固辞した。喜七は小さい店で、いつも荒れているというわけではない。大楽は数日間、喜七を観察した上で値付けをしたのだと言った。

確かに、大楽の世話になる事は滅多にない。年に一度か二度、それも酔客を叩き出すというぐらいだった。

谷中で、萩尾道場の世話になっている店は多かった。まるで場所代《ショバ》を貰って面倒を見るやくざのようでもあるが、本人は商売だと言っているし谷中界隈ではすこぶる評判が良い。ここ一帯を仕切るやくざの金兵衛《きんべえ》一家は、大楽を苦々しく思っているようだが、如何《いかん》せん萩尾道場は百戦錬磨《ひゃくせんれんま》の用心棒集団。手出しが出来ず、何度かの対立の挙句に手打ちになっている。

「熱燗《あつかん》を、萩尾さんに出してくれ」

皿を引いてきた律《りつ》に声を掛け、廉造は奥の板場に引っ込んだ。

律は姪《めい》である。兄夫婦の一人娘であったが、『お駒風《こまかぜ》』と呼ばれる安永五年（一七七六年）の流行り病で両親が亡くなると、廉造が養女として引き取ったのだ。今年で十七になる。日に日に美しくなる年頃だった。

（婿探《むこさが》しは、まだ早いだろうな……）

大人しいが気が利く娘で、客からの評判もいい。独り身の廉造にとって、唯一の家族である。いずれは、兄のものであったこの店を、婿と継いで欲しいとも思っていた。

廉造は、煮立った鍋の蓋《ふた》を開け、厚揚げと大根を醤油《しょうゆ》と酒、そして生姜《しょうが》などで煮込んだものを皿によそった。

「これもな」

「あい」

律が煮込みと酒が載った盆を抱え、表に出て行く。

廉造は、焼き場を一瞥《いちべつ》した。弟子の久助《きゅうすけ》が鰆《さわら》を焼いている。

(焼き加減を見誤るなよ……)

その言葉が口から出そうになったが、廉造は腕を組んで見守る事にした。


表が騒がしくなったのは、それから暫《しばら》く経っての事だった。

廉造が久助と共に慌てて板場から飛び出ると、若い男が律に絡んでいた。

(またか……)

ここ最近、律に対し執拗《しつよう》に言い寄っている男だ。名を吉蔵《よしぞう》といい、金兵衛が深川の妾《めかけ》に産ませた三男坊である。深川で生まれ育ち、去年の暮れに谷中に引き取られたらしい。

律とは同じ歳で、一目惚《ひとめぼ》れをしたという話だった。

相手が相手だけに、どうしていいものか廉造は悩んでいた。大楽に相談するのもいいが、その後に報復があるのではと思うと、容易に決断は出来なかったのだ。自分一人ならどうなってもいいのだが、律に危害が及ぶ事だけは避《さ》けたい。

しかし、こうも続くと我慢《がまん》も限界だった。そもそも廉造は気短《きみじか》な性質《たち》で、若い頃は喧嘩を繰り返しては、親代わりだった兄を困らせたものだった。

「やめてください」

吉蔵が、嫌がる律の腕を掴んだ。その時、廉造の中で何かが切れる音がした。手が包丁に伸びそうになる。が、それを止めたのは、大楽の一声だった。

「おいおい、そこの若いの」

猪口《ちょこ》を置いた大楽は、ゆっくりと立ち上がった。そして廉造に向け、さりげなく片目を瞑《つむ》る。心配するな、という事だろうか。

「何でぇ、お前は？」

「おや？　俺を知らねぇのかい」

「てめぇのようなサンピンなんざ知らねぇな」

「そうかい。まぁ俺が誰だっていいやな。だがよ、娘さんが嫌がってるぜ」

と、大楽は吉蔵の横にどかっと座ると、その肩に手を回した。

太く逞《たくま》しい腕だった。それだけで、吉蔵は身体の均衡を崩しかけた。

「やい、この手を離しやがれ」

「お前が娘さんの手を離したらな」

「誰が、お前なんぞに従うかってんだ。俺は金兵衛一家の――」

「あ?」

野太い声で、大楽が話を遮《さえぎ》った。思わず、吉蔵は律の腕を離す。律は慌てて奥へ引っ込んだ。

「いいぜ。女にゃ優しくねぇとな」

「てっ……てめぇ、俺が誰だか」

「金兵衛さんの三男坊だろ?」

そう言って、大楽が一笑した。その凄みに、吉蔵は下を向く。どうやら、すっかり縮み上がっているようだ。

「親や看板の名で戦っちゃ、男はお終《しめ》ぇだ。男ってもんはな、自分の顔と腕で戦うもんなんだ」

そこまで言った大楽は、鼻をくんくん鳴らすと、おもむろに吉蔵が首から下げていた守り袋に手を伸ばした。

「お前、こんなものを持ってんのか」

「やめろよ、待て」

大楽が、乱暴に守り袋を毟《むし》り取《と》る。そしてもう一度嗅《か》ぐと、吉蔵に顔を近付けた。

「こいつぁ、いけねぇよ。子供《ガキ》が手を出していいもんじゃぁねぇな」

「返せよ。今どきこんなもの珍しいもんじゃねぇよ。みんなやってんじゃねぇか」

「黙れ」

と、大楽が拳骨《げんこつ》を吉蔵の頭に放つ。

何を持っていたのか、廉造にはわからない。しかし、吉蔵は地蔵のように黙り込んでしまった。

「最近、江戸の市中に出回っていると聞いたが……。さっ、続きは外で話そうや。ここじゃ迷惑になるからな。勿論、この件は親父さんに話すぜ」

大楽は吉蔵の首根っこを掴むと、無理矢理立たせた。

肩に手を回して外へ連れ出していく。

このまま、金兵衛の所へ行くのだろうか。店への報復が心配だが、大楽なら大丈夫だろう、と廉造は思い直す。

この男は特別なのだ。何せ、谷中界隈では閻羅遮《えんらしゃ》と呼ばれている。谷中で非違《ひい》を犯せば、たとえ相手が閻魔《えんま》であっても行く手を遮る男という意味だった。

江戸編

第一章　敵は十万石

一

千里楼《せんりろう》。

仰々《ぎょうぎょう》しい文字で墨書《ぼくしょ》された看板が、春雨に濡れていた。

浅草の今戸町にある料理茶屋。中々に格式がありそうな店構えだ。

大楽が雨粒を弾くように傘を閉じ、身を屈めて門を潜った時、遠くで暮れ六つ（午後六時）を告げる鐘《かね》が鳴った。約束の刻限には、何とか間に合ったようだ。

「いらっしゃいまし」

大楽を出迎えたのは、四十路《よそじ》になろうかという女だった。色白で着物越しでもわかるふくよかな体型が、男を誘う色香を醸《かも》し出《だ》している。

恐らく、この店の女将《おかみ》であろうと大楽は思った。身体に纏わせている風格、存在感が違う。それは、ただの雇われ女中では得られないものだ。

「萩尾大楽という。人と待ち合わせをしているのだが」

すると、女の眼が一瞬だけ強い光を帯び、すぐに取り繕うように笑顔へと変わった。

「ようこそおいでなさいました、萩尾様」

それにしても、声色にまで艶《つや》っぽさが溢れている。良い女だと思うが、大楽はこういう年上の後家に騙《だま》され、手痛い目にあった事があった。江戸へ出てすぐの事。もう十三年も前の話だ。

「ご家老さんは来ているかい？」

「ええ、既にお待ちでございますよ」

「おっと、待たせちまったか。時間通りのはずだったがなぁ」

その言葉に女将は微笑《ほほえ》んだだけで何も答えず、付いて来るように促した。

渡り廊下で繋がった、奥の離れ。部屋の前には、若い武士が二人控えていた。女将が目配せすると、武士は頷く。そして、「お越しになられました」と、女将が襖越《ふすま》しに告げた。

襖が開く。眩《まばゆ》い光に、大楽は目を細めた。

男がいた。一人で酒を飲んでいたようだ。護衛が二人、男の背後に座している。彼らの分の膳《ぜん》は無かった。

「おお、来られたか」

男は立ち上がると、大楽を奥へ迎え入れた。

「さぁ、座ってくだされ」

そう促され、大楽は男の対面の席に座った。酒肴《しゅこう》の膳は準備されている。

男の歳は五十に一つか二つ足したぐらいか。小太りで色白。それでいて、狡猾《こうかつ》そうな目をしている。一見して鷹揚《おうよう》と見えるのは、そう演じているからだろう。典型的な詐欺《さぎ》師《し》の顔だ。

「突然お呼びたてして申し訳ございませんね。私は斯摩《しま》藩江戸家老の権藤次郎兵衛《ごんどうじろうべえ》と申します」

権藤と名乗った男の言葉に、大楽は思わず、顔を歪めていた。

斯摩藩。それは、十三年前に棄《す》てた故郷の名前だった。

「あなたとは初対面だが、私は父上も叔父上《おじうえ》も、そして御舎弟も存じて――」

「卑怯《ひきょう》だな」

大楽は権藤の言葉を遮ると、唾棄《だき》するように言い放った。

「とんだ卑怯野郎だぜ」

二度言った。護衛の二人が血相を変えたが、権藤は笑ってそれを止めた。

「やめなさい、お前たち。この方がどなたか知っているのか。あの萩尾一族の嫡男《ちゃくなん》だった御方だよ。藩主家御一門筆頭のね。しかも、その血脈には神君家康《しんくんいえやす》公の血が、松平《まつだいら》信康《のぶやす》公を通じて入っている。本来なら、私もお前たちも仰ぎ見なければならないお方だぞ」

「古い話を持ち出しやがって」

萩尾家の当主の一人が、小笠原忠真《おがさわらただざね》の庶子《しょし》を妻に迎えている。忠真の母・登久《とく》は、信康の娘であった。それから一度として途絶える事なく、大楽に繋がっている。

大楽は溜息を吐《つ》くと、権藤を睨みつけた。

「仕事の話じゃねえのかよ」

「まぁ」

仕事の話。そうした名目で呼び出されたのだ。しかも、呼び出した時の名乗りは、羽《う》州《しゅう》久保田藩《くぼたはん》だったのだ。

不意打ちだった。そして、それにまんまと引っ掛かった自分にも腹立たしくなる。

「いや、大変申し訳ない。嘘《うそ》でも吐《つ》かねば、あなたは来てくれないと思いましてな」

「当たり前だ。こちとら商売で忙しい身なんだぜ」

用心棒としての腕を売る萩尾道場の客は三十を下らない。毎日様々な問題が起こり、時には刀を抜く事もある。こんなところで油を売っている暇などないのだ。

「それに、藩《くに》とは縁を切った」

権藤は頷き口を開く。

「その辺りのご事情は、承知しております。ですが、あなたにとって悪い話ではありませんよ」

「どう悪くないんだ?」

「あなたの出方次第では、銭《ぜに》になります」

権藤が銚子《ちょうし》を差し出す。大楽は権藤を見据えたまま、自分の銚子を手に取って猪口に酒を満たした。

「上納金、いやアガリというものを納めなければいけないのでしょう?」

「よく調べていやがる」

萩尾道場は、一見して町道場であるが、その実は用心棒という堅気《かたぎ》ではない商売だ。故に首領《おかしら》と呼ばれる土地《ところ》の顔役に、上納金《アガリ》として稼ぎの一部を納めなければならず、その額は中々きついものがある。

「まぁ、聞くだけだぜ」

「流石は商売人だ。谷中ではいい顔だと聞きました。裏でも名が知れている。確か、閻羅遮でしたかな？　あなたの渾名《あだな》は」

谷中界隈で非違を犯せば、閻魔にさえ歯向かい、行く手を遮る。そうした意味で、閻羅遮と呼ばれていた。名付けたのは、今となっては誰だかわからない。気が付けばそう呼ばれていたのだ。

「藩《くに》を出た事で、あなたの運も開けたのかも知れませんね」

権藤が賤《いや》しい笑みを浮かべた。皮肉だろう、と大楽は思わず舌打ちをする。心底不快な男だ。

「ご用件は、御舎弟殿の事なのですが」

「主計《かずえ》か」

権藤が頷いて、猪口を口に運んだ。

「兄弟仲はどうなのですか？」

「異母弟。それに、十三年も会っていない」

「もう他人というわけですか」

大楽は返事はしなかった。

兄弟仲が悪いとは思わなかった。昔は、よく遊んだ記憶もある。しかし、主計の母は父の後添いで、藩主・渋川尭春《しぶかわたかはる》の妹だからか気位が高く、先妻の子である大楽に対して辛く当たっていた。それが兄弟の間でしこりになっているのは確かだった。

そんな主計とは、斯摩を出奔《しゅっぽん》して以来は会っていない。主計が自分をどう思っているのか、想像もできない。恨んでいるのか？　感謝しているのか？　それさえも。

黙り込む大楽に、権藤が大仰なまでに心配ぶる表情を浮かべ、口を開いた。

「国元で無茶をしたそうでして、脱藩したのですよ。なんでも藩内の膿《うみ》を出そうと動かれたようですが、それが何とも性急なものでして」

「昔から生真面目《きまじめ》で融通の利かない男だった」

「ええ。それでいて、前途有望な若者でもあります。それだけに、ここで躓《つまず》いてもらっては困るのです」

大楽は煙草盆《たばこぼん》を引き寄せ、懐から煙管《きせる》を取り出した。大坂の煙管《きせる》職人・堺屋儀平《さかいやぎへい》が手掛けた、木目が揃った高級品である。

大楽が煙管《きせる》に限らず、物に拘るようになったのは、三十を越えてからだった。それ以前は、食うだけで精一杯だった。

「ですが、失敗する事も大事です。躓き、倒れる。そして、立ち上がる。それを繰り返す事で、人は成長する。失敗から学ぶのは、若者の特権ですからね」

そんな権藤の言葉に大楽は、返事とばかりに煙を吐いた。

権藤が微《かす》かに眉を顰《ひそ》める。煙草の煙が苦手なのだろう。そして口を開く。

「主計殿が江戸に向かっているという報告がありました。そこで、主計殿が万が一にもあなたに助けを求めても、断っていただきたい」

「何故？　俺たちは腐っても兄弟だぜ？」

「もしあなたが手を差し伸べれば、主計殿の為にならない。きっとこれからも、あなたを頼るようになるでしょう。そんな事では、一門衆筆頭は務まりません」

「なるほどね」

「あと、もう一つ」

「注文が多いな」

「もし、主計殿があなたに何かを渡した時、それを私まで届けてくれないでしょうか」

権藤の表情は変わらない。じっと大楽を見つめている。

「要領を得んな。何かとは何だ？」

「それは、私もわかりません。だが、既にあなたの手にあるかもしれませんし、これから入るかもしれない、何かです」

「それが手に入れば、報《しら》せろって事か」

「悪いようにはいたしません」

主計がそれを奪って逃げたという事だろうか。しかし、大楽はその予想を口に出さなかった。

「いくらなら、その何かを買ってくれるんだい？」

「百両です」

「二百両だね」

「百五十両」

大楽は、肩を竦《すく》めて頷いた。

「そんなに大事なものなのか？」

「いずれわかるはずですよ」

「そんな代物を主計なんぞに盗まれるとは、斯摩藩の軟弱《なんじゃく》ぶりが知れるぜ」

「これは、手厳しい」

と、権藤は恥ずかしそうに笑んだ。が、その目の奥は笑っていない。

「そもそも、萩尾家は政事《まつりごと》に関わらない。それが藩法《はんぽう》じゃなかったのか」

渋川氏の一門衆筆頭である萩尾家は、早良郡《さわらぐん》に十七村八千石という大領を有している事を引き換えに、政事に介入してはならないという法度《はっと》がある。萩尾家が発言を許されるのは、御家が存亡の危機に瀕《ひん》した時だけだ。

「ふむ。そうなのですがねぇ」

権藤が、腕を組んで首を振った。

「藩政に関わらぬ事か」

「それも、あなたがこの件に関わればわかる事です」

大楽は、煙管《きせる》の雁首《がんくび》を叩いて、煙草盆に灰を落とした。

主計は藩の膿を出そうとしているのに、目の前の権藤はそれを助けるなと言う。

政争の臭いがする。

大楽には権藤がどんな男かわからないが、江戸家老をしているのだ。首席家老・宍戸《しし ど》川多聞《がわ た もん》の派閥に属しているに違いない。

それと敵対しているということは、主計は宍戸川と争っているのだろう。

宍戸川は、長く藩政を牛耳《ぎゅうじ》っている怪物である。大楽が出奔する前も、この男は首席家老の座に君臨していた。

（やるじゃねぇか）

主計は、控え目で弱気な男だった。生真面目な所はあるが、昔はよく泣いていた。そんな男が宍戸川に噛みつく。見上げた根性ではないか。

「大楽殿。それで、私はあなたの答えが聞きたいのですが」

「俺は藩《くに》を棄てた身だぜ」

「ですが萩尾姓を名乗っている」

「他に適当な姓が思いつかないだけさ。それに今更戻れるはずがねぇ」

「出奔の罪は既に許されているはずです。まぁ、あなたは帰参してきませんが」

大楽は無言で、猪口に手を伸ばした。流石は、有名な料理茶屋。甘露《かんろ》な酒だ。料理も旨そうだが、箸《はし》に手を伸ばす気は起きない。

「あなたに家督《かとく》を譲らせてもいいと、私どもは考えております。主計殿ではこの先不安ですしね」

「興味はないな」

「何なら、御妻女を主計殿と離縁させ、大楽殿に再嫁《さいか》させてもいいのではと私は思うのですよ。あなたの婚約者だったのでしょう？」

権藤がほくそ笑む。

大楽は、一瞬で血が沸《わ》くのを覚えた。怒り。何とか、抑える。かつての自分なら、殴り倒していただろう。それをしない分別は、三十を越して身に付けた。

夫婦《めおと》になるはずだった女。縫子《ぬいこ》。久々に、その名前を思い出した。

三歳年下で、主計には二歳年上になる。身分ある家柄で、心を通わせていた。家同士だけでなく、二人の間でも将来を誓い合っていた。しかし、自分は縫子を捨てて出奔した。主計と結ばれたと聞いたのは、江戸に出て暫く経っての事だった。

「……権藤さんよ。今更、飼い犬に戻る気はないね」

「ほう。あなたは武士を犬と言いますか」

「そうだな。そして、飼い犬でいる事を辞めた俺は野良犬。いや、稼業柄、番犬か」

すると、権藤は膝を叩いて笑った。だが、それが心からのものかはわからない。

「兎《と》も角《かく》、俺は藩《くに》も、家族も棄てた。だから、弟が何を言っても請け合うつもりはない」

「その答えが聞けて安堵《あんど》いたしました。それが、御身の為です」

大楽が肩を竦めて立ち上がると、権藤がくすりと笑った。

「噂通りですね」

「何が？」

「あなたは優しい男だと聞きました。十三年前の出奔も、弟に家督を譲る為なのでしょう？　その方が萩尾家は安泰だと。だが今回は、そんな気遣いは無用でお願いしますよ」

「脅しかい？」

「いいえ、お願いです」


「おい」

店を出ようとすると、声を掛けられた。

振り向くと、長身で気難しそうな男が立っていた。憲法黒茶《けんぽうくろちゃ》の羽織《はおり》と細縞の袴を、折り目正しく着こなしている。

「お前は」

大楽は、それ以上の言葉が出なかった。

乃美忠之助《のみただのすけ》。いや、今は乃美蔵主《のみくろうず》か。

目つきが悪く、硬い表情は如何《いか》にも神経質そうであり、事実そうである。着物には、皺《しわ》の一つもない。

乃美は、かつて藩校・修明館《しゅうめいかん》で共に学び、悪い事も含め共に遊んだ友だった。藩校の首席にもなった切れ者で、高い家格を利用して順調に出世していると、風の噂《うわさ》で聞いた事がある。

彼の他にも数名の武士がいた。乃美以外、知らない顔だ。江戸詰めの藩士なのだろう。

乃美とは話をしたいと思ったが、それを躊躇《ため》らわせる雰囲気が彼らにはあった。

おそらく、権藤の護衛。すると、乃美は宍戸川の派閥に加わったという事か。

残念だと思う反面、仕方ないとも思う。今の斯摩藩は宍戸川とその一党のものなのだ。

（またな）

心中で呟いた大楽は、乃美を一瞥して外に出た。

まだ、雨が降っている。細かい雨だ。大楽はこれぐらいならばと、傘を差さずに帰る事にした。

夜道を歩きながら、大楽は強い後悔を覚えた。

十三年前。一人の男を斬って、斯摩藩を出奔した。後にその罪は許されたが、帰参せずに浪人になった。

（もう俺には関係ない）

そう思うのは、あの時に全てを棄てたからだ。地位も、藩《くに》も、家族も、女も。

自分が出奔する事で、主計が家督を継げた。そうなる事も狙った。それが萩尾家の為に、最も善《よ》い選択だと考えたからでもある。主計が縫子と夫婦になったのには驚いたが、自分よりは主計の方が縫子に相応しい。

(なのに、馬鹿野郎め……)

主計が窮地に立たされている。そんな事など聞きたくはなかった。聞けば、気になってしまう。

甘い。大楽は自嘲《じちょう》した。全てを棄てたと思っても、口ほどに心は乾《かわ》いていないという事か。

それと同時に、権藤への腹立たしさも湧き上がっていた。

主計の苦境を伝えて、何を狙っているのか。きっと、目的は他にもある。主計の依頼を断れという忠告以外にも、何かがあるはずだ。

権藤の背後にいる、宍戸川の顔も浮かんだ。もう長い間、会っていない。だが、今でもはっきりと思い出される、あの男の顔。声。

かつて憧れた女《ひと》をあの男が奪った。縫子ではない。無足組《むそくぐみ》という下級藩士の娘。遠くで見ているだけの存在であったが、初めて惚れた女だった。それが宍戸川に見初《みそ》められ、妾となってしまった。

その宍戸川は、またしてもこの俺から大事なものを奪おうというのか。

忘れていた憎悪が燃え上がるのを、したたかに覚えた。

尾行。それを感じたのは、下谷坂本町《したやさかもとちょう》の筋《すじ》を歩いている時だった。

仕事柄、敵は多かった。用心棒をしていると、荒事が多い。そこから遺恨を持たれるのだ。命を狙われた事も一度や二度ではない。勿論、同業者からも襲われる事もあった。今の萩尾道場は、名声に見合っただけの敵も得ている。

（さて、どうしたものかな）

権藤の差し向けたものだろうか。

大楽は尾行の気配を感じながら、筋を逸れて要伝寺《ようでんじ》の方へ曲がった。この辺りは百姓地が広がり、人家は疎《まば》らである。

一度叩いておくか。それが出来るだけの自信はある。

萩尾流と名乗っているが、それは名のある剣術を修めていないだけだ。剣は、叔父の萩尾紹海《はぎおしょうかい》に教わった。

叔父は何故《なぜ》か僧形《そうぎょう》であったが、達人と呼んでもいいほどの使い手であった。一年の大半を旅で費やし、残りの僅かな時間で大楽に剣を授けてくれた。厳しいが優しい叔父だった。

継室に気を使って自分を冷遇した父よりも、叔父の方に父性を感じていたほどだ。本当の父親なのかもしれない、と思ってしまう事もしばしばあった。

その叔父は、大楽が十七の時に姿を消した。父も消息が掴めず、旅の最中に行先を涅《ね》槃《はん》に変えたのだろう、という事になっている。

その叔父が大楽に残したものは、萩尾流の秘奥・幻耀《げんよう》と、月山堯顕《がっさんたかあきら》という二尺四寸、幅広浅反りの剛直な実戦刀だけだった。

(やるか)

大楽は、意を決して振り向いた。

だが、そこに追跡者の姿は無い。姿こそ無いが、気配は確実にある。きっと、相手は闇で働く事を生業《なりわい》にした玄人《くろうと》だ。そこらの人間が出来る芸当ではない。

(面倒な事になりそうだ)

大楽は腰に帯びた月山堯顕の重みを意識し、再び歩き出した。

二

翌朝、居間でネギが入っただけの雑炊《ぞうすい》を啜《すす》っていると、大楽は人の気配を感じた。道場と母屋《おもや》を繋ぐ廊下。そこをこちらに歩いてくる。

大楽は丼碗《どんぶりわん》を置き、刀架《とうか》の方へと腰をずらした。

一人。足音に迷いも、警戒もない。真っ直ぐこちらに向かってくる辺り、物取りには思えない。ならば、門人か刺客か。

「味噌か……よい香りだな」

案の定、現れたのは門人の寺坂源兵衛《てらさかげんべえ》だった。皺が深い顔に微笑を浮かべ、向かいに腰を下ろす。大楽は緊張を解いて、再び丼碗を手に取った。

「どうした？　やけに警戒してたようだが」

「挨拶《あいさつ》の一つぐらい入れたらどうなんだ」

「おいおい。ここは儂《わし》にとって家みたいなもんじゃないか」

「ふん、親しき仲にも礼儀ありって言葉を知らねぇのか」

寺坂は萩尾道場の師範代であり、帳簿《ちょうぼ》や交渉など、裏方の仕事を取り仕切っている男だ。胡麻塩頭《ごましおあたま》をした五十路《いそじ》で、この稼業で最も信頼できる相棒である。勿論、無外流の腕前も確かだ。

谷中に道場を開き、それを用心棒屋として始めたのも、寺坂の助言があったからだ。剣も使えるし、算盤仕事にも長けている。訊いても寺坂は話したがらないが、恐らくどこかの家中で、役方でもしていたのだろう。人間もさばけていて、付き合うにも苦にはならない。

「しかし、飯炊きの女ぐらい雇ったらどうなんだ。銭が無いわけじゃねぇんだろに」

寺坂は、雑炊が入った土鍋を一瞥して言った。

「俺は一人がいいんだよ。あれこれされるのは好きではないし、息が詰まっちまう」

「じゃ、嫁さんは？」

「もっと御免だ」

「お前さん、それでよく俺と五年近く住んでたな」

「ずっと息苦しかったさ」

寺坂が返事もせずに、急須に手を伸ばした。

大楽が寺坂と出会ったのは、江戸へ出てすぐの事だ。

とある口入屋で、同じ仕事《ヤマ》を踏んだ。かなりの危険を伴ったもので、殺されそうになった寺坂を助けたのが縁で組むようになり、程なく寺坂の棲家に大楽が転がり込んだ。この男は江戸へ出て以降の大楽と苦楽を共にした唯一の男である。

この男と出会わなければ、今の自分はなかったであろうし、用心棒を派遣する商売もする事はなかったと、大楽は思う。

用心棒の多くが一人働きだが、組んだ方が安全であるのは勿論、失敗も少なくなる。そして何より、多くの仕事もこなせるのだ。

寺坂と二人で組んでいた時のそうした経験から立ち上げたのが、この萩尾道場だった。

「昨日はどうだったんだ？　千里楼で話をしたんだろ。確か東北の何とかっていう藩の江戸家老と」

「ああ」

と応えてから、大楽は湯のみに手を伸ばした。

「嵌《は》められた」

「嵌められただと？　どういう事だ」

寺坂の声色が一変した。大楽の言い方が悪かったのか、本気に捉えたようだ。敵が多い稼業をしている以上、こうした物言いも冗談《じょうだん》にならない。

だが、大楽は敢えて否定はしなかった。

「斯摩の奴だったんだよ。千里楼に俺を呼び出した野郎は」

寺坂が上目遣《うわめづか》いで、大楽を一瞥した。一瞬、鋭い光が帯びたような気がした。

「斯摩ねぇ」

寺坂は、大楽の過去を知る数少ない一人だった。

出会って五年目の夜、仕事で大きなヘマをした時、大楽は酔いに任せて言ってしまったのだ。もっとも寺坂は、それに対して何も言う事はなかったが。

「そうかい。そりゃ災難だったな。で、久し振りに同胞に会った気分はどうだ？」

「旧交を温めあったように見えるか？」

大楽がそう言うと寺坂は肩を竦め、音を立てて茶を啜《すす》った。

深刻に捉えているのかどうか、その表情からは読めない。

「で、何の用だったんだ？」

「……国元でな、俺の弟がやらかしたらしい」

「お役目の失敗か？　それとも個人的な問題か？」

「わからん。ただ、助けを請われても、一切関わるなと。それと、弟に何かを渡されたら、それを譲れとさ」

「何だいそりゃ」

「協力次第では、俺に萩尾家の家督を与えるらしい」

「ほう。いい話じゃないか。浪人稼業とはおさらば出来る」

「俺は好きで出奔した男だぜ。それに仕事がある」

「しけた道場じゃねぇか。藩主家に連なる一門の家督とは比べられんよ」

「酷い言いようだな。だが今更、飼い犬に戻る気はねぇな」

「野良犬の生活がいいのか？　明日の餌も知れぬ身だぜ。上納金《アガリ》も年々上がって厳しいもんがあるし。飼い犬になりゃ、少なくとも餓《う》える事はない」

「餓えても、俺は自分の意志で生きたいんだよ。それに、気に入らないのさ。脅しのような言い方にね」

　権藤の陰湿な薄ら笑みが、大楽の脳裏に蘇《よみがえ》った。それだけで、無性に腹が立つ。

「じゃ、助けるんだな」

「迷っている」

「弟さんを助けてやれよ」

　寺坂がそう言うが、大楽が助けたいのは、何も主計だけではない。将来を誓い合いながらも、勝手に反故《ほご》にした縫子への贖罪《しょくざい》もある。

　それでも、大楽は腹を括《くく》れずにいた。その理由は、怯懦《きょうだ》だった。

　権藤の忠告を無視する。それは、即ち宍戸川に敵対するというのと同意で、ひいては斯摩藩と一戦を交えるという事だった。

敵は十万石。戦う覚悟が、自分にはあるのか？　今の生活を、そして命を捨てられるのか？

自らに問うと、素直に首を縦に振る事が出来ないでいる。

「まぁ、いいさ。だが儂は兎も角として、門人が面倒に巻き込まれるのは御免だぞ」

「わかっている。それより、あの件はどうなった？」

大楽は、もう一つの懸案《けんあん》に話を変えた。

「お前さんの指示通り、金兵衛一家に探りを入れている」

あの件とは、吉蔵が持っていた守り袋の中身——阿芙蓉《あふよう》（アヘン）の事だ。

阿芙蓉は耶蘇《やそ》（キリスト教）と並ぶ、重大な御禁制である。

薬用で使われるのが殆どであるが、吸煙すると倦怠感《けんたいかん》に襲われ、常軌を逸した錯乱状態に陥る恐れがあるからというのが理由だった。

禁制にするべきだと訴えたのは、かの大岡忠相《おおおかただすけ》であり、八代将軍・吉宗《よしむね》がその進言を受け入れ、国内の生産を幕府直轄のみとし、唐土《もろこし》からの輸入も固く禁じた。

それ以降、阿芙蓉禁令は踏襲されているが、裏では阿芙蓉の密売買が横行していた。

当然幕府も無策ではなく、各地に隠密を派遣し厳しい取り締まりを行ってはいるものの、その利が莫大なだけにいたちごっこの状況が続いている。

その阿芙蓉を、金兵衛一家の吉蔵が持っていた。

この件については、金兵衛にお灸《きゅう》を据えてもらったが、大楽にはこれで終わるとは思えなかった。最近では、江戸市中で広まっているらしいが、谷中への流入だけは何とか阻止したいと考えている。

そんな大楽の心中を知る寺坂が口を開く。

「それと、谷中の十手持ちにはそれとなく伝えた」

「他言無用と念は押したかい？」

「勿論。谷中の首領《おかしら》の耳に入れれば面倒だ」

寺坂は、大楽同様に谷中では顔が広い。特に岡っ引きなどの、役人に近い方面とは顔が利くのだ。

「ありがとよ。阿芙蓉を見張る目は多い方がいい」

「しかし、道を断たなければ意味が無いぞ」

「まぁね。吉蔵は深川で買ったと言うが、俺は信じられん」

「萩尾、谷中を大事に思う気持ちは結構だが、阿芙蓉云々は用心棒がやる事ではないと思うがね」

「あんなものが出回れば、うちも困るだろ」

「困るが役人の仕事だろ？　そんな事より、お前は弟さんの事に集中しろ」

寺坂はそう言って立ち上がり、居間を出て行った。自分の部屋へ行くのだろう。

寺坂には五畳の一間を与えている。そこで、帳簿などの算盤仕事を行うのだ。そうした面倒事の一切を、大楽は寺坂に任せていた。

それから朝餉《あさげ》を済ました大楽は、客先に顔を見せるご機嫌伺いに出掛けた。

用心棒を請け負っている店に顔を出し、他愛もない世間話をする。それだけの事だが、顔を見せるだけで客は安心するし、時としてそこで新たな仕事を受けたりもするのだ。

「閻羅遮の大将」

声を掛けられたのは、中門前町に至る感応寺の裏道だった。振り向くと、歯の抜けた老爺《ろうや》が一人立っていた。

「なんだ、三爺《さんじい》じゃねぇか」

大楽が言うと、三爺と呼ばれた男は、顔をくしゃくしゃにした笑みを見せた。

「大将ってのは、やめてくんねぇか？　俺は単なる浪人だぜ。征夷大将軍じゃあるまいし」

「じゃ、閻羅遮の親分ってのはどうでぇ」

「やくざじゃねぇんだよ。大体、閻羅遮って呼ばれるだけでも小《こ》っ恥《ぱ》ずかしいんだ。萩尾で十分よ」

「何言ってやがる。大将のやってる事は、まんまやくざだろうに。ま、堅気を大事にしているだけましってもんだがよ」

銭を貰って、守ってやる。確かに、やくざ者の地廻《じまわ》りと変わりはしない。それだけに派遣する用心棒の人品というものは大事にしていた。

「それで、俺に何の用だ」

この三爺は三吉《さんきち》という名で、長く感応寺で寺男をしていた男だ。谷中の事情には詳しく顔も広い。大楽も三吉がもたらす情報に、何度か救われた事もある。

「いやね、最近見ねぇ顔が増えてるって思ってな」

見ねぇ顔とは、谷中界隈に流入した余所者という意味だ。勿論、堅気ではなくやくざ者である。

「新茶屋町あたりか。暮れ六つ（午後六時）を越えたぐらいに来やがる。どいつもこいつも、癖のある悪りぃ顔をしているぜ」

「金兵衛一家か？」

すると、三吉はとんでもないといった風に顔を横に振った。

「今の金兵衛一家に、骨のある奴はいねぇよ。でなけりゃ見ねぇ顔が谷中に入り込んだりするもんか」

「確かにそうだな」

大楽の同意に、三吉が破顔する。この男は、金兵衛一家とも近いが、内心では蛇蝎《だかつ》の如《ごと》く嫌っていた。

「それはそうと、阿芙蓉が谷中に入って来ているって話は知ってるかい？」

大楽は話題を変えた。いつも谷中の裏表を見ているこの男なら、何か知っているかと思った。

「最近噂のあれかい。煙草のように吸うと気持ち良くなるらしいね」

「ああ。金兵衛んとこの馬鹿息子が持っていた」

「すまねぇが、そいつに関わる情報《タレ》は無いねぇ」

「そうかい。なら、何でもいいので小耳に挟んだら教えてくれねえか？」

大楽は懐から小銭を幾つか摘まみだし、三吉に握らせた。

「合点だ。何かわかればすぐにでも報せるぜ。見ねぇ顔についてもな」

「ああ。だが、谷中の首領《おかしら》には内緒にしてくれよ」

「そいつも承知の助よ」

用心棒稼業で大事な事は、潜在的な敵を知る事だ。なので、依頼を受ける時は客から根掘り葉掘り身の上話を聞き出す。問題があらかじめわかっていれば、然るべき備えは出来るものである。


客先へのご機嫌伺いを終えた大楽は、新茶屋町に来ていた。

この町は、感応寺の参拝客を相手にした飲食店が多く、最近では傾城町《けいせいまち》の様相を呈して何かと揉め事が多い。

それは萩尾道場が抱えている客の数にも表れていて、この町だけで十七。それだけに、新茶屋町に詰めている用心棒も、道場内でも屈指の猛者《もさ》を揃えていた。

大楽は今日はこの町で、夜を迎えるつもりであった。それは三吉の話を聞いたからで、この谷中に入って来た見ねぇ顔がどんなものか、見てみたいと思ったからだ。

（金兵衛一家の領分狙《シマ》いか。或いは俺か）

あるいは萩尾道場憎しと、金兵衛一家が雇ったという線もある。

大楽は、表通りに建てた小さな小屋に向かった。

この小屋は萩尾道場の詰め所であり、昼番・夜番と決めて必ず一人は常駐させている。

つまりは自身番のようなもので、この日は二人の用心棒が待機していた。

「先生」

大楽の姿を認め、弾けたように一人が立ち上った。もう一人は大刀を抱えたまま、湯呑を啜っている。

立ち上がったのは七尾壮平《ななおそうへい》で、座ったままなのが平岡九十郎《ひらおかくじゅうろう》と言った。

七尾は腕こそ立つが経験が浅いので、歴戦の平岡と組ませている。一方の平岡は、萩尾道場でも古株だった。七尾は二十一で、平岡は三十五である。

「どうだ？」

大楽は七尾の肩に手を置いて、平岡に訊いた。

「何も。平穏なものですよ。昨夜は酔っ払いが暴れたそうですが、夜番の林《はやし》が叩き出しています」

「林に怪我は？」

「拳の掠り傷ぐらいですね。あの程度なら、治療代は取れんでしょう」

「この町の店からは多めに銭を払ってもらっている。これぐらいは契約の内さ」

平岡は、それに然したる反応も見せなかった。長く浪人をしている男で、万事に対し冷淡なところがある。平岡が放つ深い翳りを感じ取った寺坂に採用を反対された経緯はあるが、今では彼にとって良き話し相手になっている。

「そういえば、最近この辺りで見ねぇ顔が増えたそうだな」

「新茶屋の客は、初めて見る顔ばかりですよ」

「そりゃそうだが、薄暮れ時になると一癖《ひとくせ》もありそうな連中が増える、と三爺に聞いた。何か知らねぇか？」

そう訊き直すと、平岡が七尾に目で合図を出した。話せ、という事だろうか。

「確かに、見かけます。ですが、今の所は静かに酒を飲むだけですね」

「そうなのか？　平岡」

七尾の言葉を受けて大楽が尋ねると、平岡は微かに頷いた。それを見て大楽は言葉を続ける。

「金兵衛一家じゃないという話だが」

「どうでしょうね。雰囲気だけ見れば連中とは思えませんが」

やはり、狙いははっきりとしない。金兵衛一家なのか。或いは、自分か。

この稼業を始めて、随分と恨みは買っている。心当たりは多いが、権藤に忠告された後だ。何かが繋がっていると勘ぐってしまう。

そんな大楽に、平岡が首を傾げる。

「旦那。そいつらをどうするつもりなんで？」

「どうも。客に迷惑を掛ければ追い出すだけ。俺を襲うようなら、叩き潰すだけだ」

「旦那は相変わらず荒事が好きだな」

平岡のその言葉に、大楽は肩を竦めてみせた。

「荒事の方から俺に寄ってくるだけさ」

詰め所を出た大楽は、客先を回った。

世間話にかこつけて見ねぇ顔について訊いた所、やはり現れているようであった。それは毎日の時もあれば、数日を空ける時もあるらしい。別に暴れるわけではないそうだが、明らかに異質な存在だと、客達は口を揃えて語った。

谷中で阿芙蓉を売り捌いているのは、見ねぇ顔かもしれない。

この読みに根拠は無いが、一番辻褄《つじつま》が合う気はする。

暮れ六つ（午後六時）になり、大楽は客先を出て表通りに出た。方々の店から酔客の笑い声が聞こえて来る。

酒の臭い。人の熱気。規模はそれほどではないが、これが谷中の傾城町である。いつもの風景だった。

見ねぇ顔など、よくある話ではないか。それなのに、権藤の手先と結び付けて過敏に反応している自分がいる。萩尾道場を始めて、敵が増えた。それは気にしていないし、いつでも受けて立つつもりではある。

だが、敵は十万石。あまりにも強大である。それと戦う覚悟が、自分にはあるのか。

（気にし過ぎか……）

主計が——弟が何かを盗んで脱藩し、斯摩藩が弟を助けるなと言ってきた。今ある情報はそれだけではないか。そもそも、萩尾家の当主が脱藩するほどの事情はあるのだろうが、だからとて宍戸川と敵対すると決まったわけではない。

そこまで考えて、大楽は考えるのを止めた。

なんだかんだ考えては安心しようとする、そんな自分の臆病《おくびょう》さには反吐《へど》が出る。閻羅遮。谷中でいい顔になり、そう呼ばれるようになって、自分は腰抜けになったのではないか。

萩尾家の為に、家を飛び出した十三年前。そして生きる為に必死だった頃の闘争心はどこに消えたのか。それほど、今の生活が惜しいのか。

（敵は十万石）

もう一度、胸の内に呟いた。

三

大楽の前に出されたのは、鯖《さば》の味噌煮だった。それに丼飯と味噌汁、香の物がついている。

道場から五十歩ほどの距離にある食堂。屋号は『たいら』という。昼間しか開けておらず、夕方前には閉めてしまう。この店も萩尾道場の客であるが、酒を出さないだけに呼ばれる事が殆ど無く、故に安い手間賃で請け負っている。

「面白い話を聞いたんでね。昼飯を食いながらどうだ？」

と、大楽が寺坂に誘われたのは、七尾相手に道場で稽古をしていた時だった。

若くて活きのいい七尾の打ち込みを何とか弾いていると、寺坂が助け舟を出すように話しかけてきたのだ。どうやら、新しい情報《タレ》を仕入れたのだという。

大楽達がいるのは奥の一間。元々、たいらには土間席しかなく、この一間は店主夫婦が休憩などに使う場所である。寺坂は内密の話があるとして、この一間を特別に借りたという。

「まず食っちまうか」

寺坂の言葉を合図に、大楽は鯖に箸を伸ばした。

味噌味の濃い鯖で、丼飯を一杯。さらに残った煮汁を飯にかけて、更にもう一杯食べた。味に関して、たいらに不満はない。

「いつも思うが、まるで若造のような食べっぷりだな」

そう言った寺坂は、熱いほうじ茶を啜っている。

「食う量は変わらないね。それに、俺はまだ老け込んじゃいねぇよ。そんな事より、話ってぇのは何だよ」

大楽は、空いた皿を脇に寄せながら訊いた。店の者は、呼ばれるまでは入って来ない。そうした気配りは出来る店だった。

「お前が言う見ないい顔の事だ。平岡に聞いたよ。やけに気にしていたと」

「気のせいだろ」

「そう思っていても、周囲には案外と伝わるもんだ。特にお前さんは、鉄砲玉が現れても気にも留めないからな。だが今回は違う」

「気にしてねぇって」

「まぁ、そう言うならそれでいい。で、俺たち萩尾道場の門人としちゃ、黙って見てられないわけよ」

「俺はな――」

「弟さんと、何か関係がある。そう思っているんだろう？」

その寺坂の言葉に、もう否定のしようがないと、大楽は渋々頷いた。

「普段なら気にも留めなかっただろうな。だが、弟の話を聞いた後だ。疑わないほど、俺は無垢《むく》じゃない」

「そうだろう。で、お前の読み筋は？」

「さてね。ただの破落戸《ごろつき》かもしれんし」

権藤の監視かとも思ったが、新茶屋町にしか現れない所を見ると、そうとも言い切れない。なら考えられるのは商売敵か、酔客を装って命を狙う刺客か。或いは、単なる嫌がらせか。敵が多い身だけに、考えれば考えるほど読み筋は絡まっていく気がする。

「ひとまずの報告だが、金兵衛一家とは関係ないそうだ」

「お前さん、まさかわざわざ」

「ああ、行って来たさ、一人でね。金兵衛は驚いてたけどな」

寺坂は、言わば萩尾道場の副将である。それが金兵衛一家に単身で乗り込んだのだから、さぞ驚いたに違いない。

「何て訊いたんだ？」

「最近、新茶屋で見掛ける筋者《スジモノ》は、お前さんの身内かい？　とな。すると、顔を真っ赤にして否定されたよ。一家の若い衆が一度声を掛けたそうだが、拳骨一つ喰らって伸びちまったそうだ」

「信じられるのか？」

「まぁ、八割は」

大楽は、急須に手を伸ばした。湯呑はとうに空になっていた。寺坂も飲み干していたのか、無言で湯呑を差し出した。

「手間を掛けさせちまったな。だが、これで金兵衛一家の線は消えた」

とは言っても、他の可能性は大いにある。

「萩尾、それで弟さんの件はどうするつもりだ？」

そう訊かれ、大楽は腕を組んだ。

まだ決めかねているのだ。もし主計が目の前に現れれば、助けるかもしれない。あいつは昔から利口で、誰にでも気配りができる心優しい弟だ。その弟に、萩尾家嫡男という重責を、押しつけてしまった。その罪を贖えるなら、喜んで動こう。だが、敵は途方もなく大きい。

答えない大楽に、寺坂は一つ咳払いをした。

「儂はお前の決めた事なら、どこまでも従うつもりだ」

「そうさな」

大楽は目を閉じた。

命が惜しいのか。そう、自分に問い掛ける。

この手で、幾つもの命を葬《ほうむ》ってきた。いつ死んでも文句の言えない身である。しかし、無意味な死は嫌だ。せめて、意味のある死でありたい。

（ならば、助けるべきではないか）

少なくとも、愛する者の為にはなる。主計の、そして縫子の為には。だが――。

いつの間にか、臆病になったのだろうか。主計は助けたいと思う反面で、十万石を相手にすると思うと、何処かで怯んでいる自分もいるのだ。

昔は、無鉄砲だった。自分では色々と考えていたつもりだが、最後はどうにでもなれと腹を括《くく》れた。

斯摩藩を出奔したのもそうだった。そして江戸でも無茶をした。自らの命を試すような真似を繰り返し、そうして付いた渾名が閻羅遮だった。

少なくとも、権藤は癪に障る。権藤の上にいる宍戸川はもっと嫌いだ。憎んでいると も言っていい。

いいだろう。覚悟を決めてやる。しかし、自分一人だ。寺坂も他の門人も関わらせない。これは萩尾家を飛び出した、罪滅ぼしなのだ。

大楽は腹を決め、目を開いた。

「これは俺の家の話だからな。勝手にするさ」

「水臭いな」

「そうさ。俺は水臭い奴なんだ」

大楽の言葉に、それ以上、寺坂は何も言わなかった。

料理茶屋『熊辰《くまたつ》』の小僧が、新茶屋町の詰め所に駆け込んで来たのは、門人の一人が百目《ひゃくめ》蝋燭《ろうそく》に火を灯そうとした頃だった。

大楽が尋ねたところによれば、どうも熊辰で、酔客が暴れたらしい。それを七尾が止めたようだが、どこからか仲間が現れ、七尾と向かい合っているという。

「大将、暴れているのは見ねぇ顔だぜ」

小僧を追ってきたのか、続いて三吉が詰め所に現れた。

「三爺、そいつらを見たのかい？」

「勿論さ。小遣いを貰ったからね。その分の義理は果たさんとな」

「悪いね。じゃ、ちょっくら行ってくるか」

詰め所から熊辰は近い。大楽は詰め所に門人を残し、一息に駆けた。

熊辰の前に人だかりは無かった。遠巻きで見ているだけだ。

七尾が、まだ向かい合ったままだった。相手は四人。どれも町人だが、柄のいい連中ではない。

「先生」

七尾が振り向く。大楽は肩に手を置き、下がれと命じた。

「あいつらです。例の」

七尾は下がりながら、短く耳打ちした。唇は殆ど動いていない。

「おっと、助っ人かい？」

酔っている男が言った。小僧に酔客とは聞いたが、顔が赤いだけで本当に酔っているようには見えない。仲間の三人にも、酒気の色は見えなかった。

（まんまと誘い出されたか）

と、思った。やはり見ねぇ顔とやらは、俺を狙ったものなのか。

「悪いが、今日の所はこれぐらいにしといてくれねぇか。他のお客さんに迷惑でね」

大楽は、一歩踏み出してそう言った。

四人の顔は、どれも若い。しかし、それなりの悪事を重ねたような面構えだった。

「お、よく見りゃ萩尾道場の旦那じゃねぇか。知っているぜ。金兵衛一家をぶっ叩いて、谷中を領分《シマ》にしてるっていう」

「おいおい、俺は素っ堅気だぜ」

「やっている事はやくざじゃねぇか。でもよ、旦那が金兵衛一家を抑えているお陰で、俺たちが谷中で遊べるんだから感謝しねぇとな」

大楽は、小さい溜息を漏らした。

「やくざがいねぇならいねぇで面倒なもんだな。お前らのような、糞《くそ》の役にも立たない破落戸が蔓延《はびこ》っちまう。こちとら金兵衛一家だけで十分というのに」

「何だって？」

四人が、一斉に気色《けしき》ばんだ。

「ここでは他のお客さんに迷惑だ。裏手に人が寄り付かねぇ場所がある。そこで話《ナシ》つけようじゃねぇか」

「へぇ、いい度胸だな。流石、谷中の旦那ってだけはあらぁ」

大楽は一歩後退り、「お前は残れ」と、七尾に命じた。

「ですが」

「他で騒ぎが起きたらどうする？　客は熊辰だけじゃねぇんだぜ」

それで、七尾は引き下がった。

大通りから一本奥に入った道を辿ると、小さな不動尊が見えてくる。この辺りは、鬱《うっ》蒼《そう》とした木々も多く、この時分に人通りは無い。何とも陰気な場所である。

「ここらでいいだろう」

大楽は四人と向かい合った。夕闇が周囲を包んでいるが、支障がある暗さではない。

「このまま帰っちゃくんねぇだろうな」

「へへ。なら、こんな場所まで付いて来るわけがねぇだろ」

「確かに」

と、言ったと同時に、大楽は正面に立っていた男の顎に、掌底《しょうてい》を浴びせていた。

男が腰から落ちたところに、膝を叩きこむ。

男の口から、黄色いものが吐き出された。酸っぱさのある臭いが、大楽の鼻を突いた。

横から拳が来た。それを左の肘で弾く。

当たったのは肩で、そのまま顎を右の掌底で同じように打ち抜いた。そして腹。更に踏み込んで抱え上げ、背中から、叩き落とす。地に落ちた男の身体が海老《えび》のように反った。これで、暫くは息が出来ないはずだ。

やるなら、容赦はしない。殺さないまでも、動けないようにする。

容赦をして、後ろから刺された用心棒を、大楽は何人も知っている。

ふと大楽は、肌にひりつく何かを覚え、視線を残りの二人に向けた。

――匕首《ドス》を抜き払っていた。宵闇に、刃の鈍い白だけが、獣の目のように光っている。

「そいつを抜いちまったか」

「侠《おとこ》を売り物にしている以上、何としても勝たなきゃならねぇのさ」

「それは俺も一緒さ。だが、抜いちまった手前、手加減は出来んぞ」

大楽は月山堯顕を、するりと抜いた。長年使い込んだ相棒。手に馴染むことを再確認するように握りしめた。

男の匕首《ドス》が伸びて来た。迅い。

が、大楽はそれを身を翻《ひるがえ》して躱《かわ》すと、男の手首を刀背《みね》で打ち砕き、返す刀で残った一人の首筋に打ち込んだ。

「さてと」

大楽は、手首を打たれて蹲った男の首筋に、月山堯顕の切っ先を突き付けた。他の三人は伸びている。

「誰に頼まれた？」

「な、何の話だよ。俺たちはただ」

「単に遊んでいたわけじゃねぇよなぁ？」

と、大楽は刀をより首元に近付けた。

「手荒な真似はしたくねぇんだが、こっちも必死でね。俺が谷中の閻羅遮と呼ばれているのを知っているかい？　この谷中で非違を犯せば、閻魔様すら道を遮るって意味さ」

大楽は、刀の切っ先を蹲る男の頬に向けた。

「まぁ、そんな事はどうでもいい。言えよ」

「し、知らねぇって」

「どうしても言わねぇんだな」

すっと、頬に這わせる。それだけで、男の頬から血が流れた。

「やめてくれ」

「言うならやめてやるぜ？　言わねえなら、まず頬に穴が開く。まず右。そして左。ま、最後まで言わなきゃ死ぬ羽目になるだけだが、それまで色々としなきゃならん。面倒だし、俺も気分は悪い」

「知らねぇんだ。本当だって。俺は頼まれただけなんだ」

大楽は男の髷《まげ》を掴み上げた。

「俺の顔を見ろ。いいか。これがお前を殺す男の顔だ。お前は俺を殺そうとしたんだ。なら、手前が殺されても文句はねぇだろう」

「やめてくれ、言う。言うから」

「誰だ？」

「かほ」

「『かほ』ってのは、名前か？　屋号か？」

「屋号だ。嘉穂屋《かほや》の宗右衛門《そうえもん》」

その男は、両国広小路にある、両替商の隠居である。

だが、それは表の顔に過ぎない。真の顔は両国一体の裏を仕切る首領《おかしら》である。

江戸には『裏』と呼ばれる堅気には知り得ない暗い世界があり、そこを取り仕切る首領《おかしら》が十数名いて、彼らは『武揚会《ぶようかい》』と称し、八百八町を分割支配している。

武揚会の面々は表は勿論の事、裏にも強い影響力を持つ。

やくざや掏摸《すり》、金貸しに女衒《ぜげん》など堅気の稼業でない者は、仲介者を通じて必ず土地《ところ》の首領《おかしら》の世話にならなければならない。他にも厳しい掟があるのだが、こうした江戸の流儀に逆らえば、漏れなく三途の川を渡る事になっている。

大楽も用心棒という真っ当ではない商売をする上で、谷中の首領《おかしら》に話を通し、決して安くはない上納金《アガリ》を納めている。金兵衛一家との悶着《もんちゃく》を控えているのも、谷中の首領《おかしら》が仲裁に入ったからであった。

決して歯向かってはいけない存在なのだ。江戸の裏に疎かった頃は、大楽は何度も首領《おかしら》に抗おうとして、寺坂に必死に止められていた。今はそうではない。適当に付き合い、折り合いを付けている。十三年も経った今、かつてのような血気も侠気《おとこぎ》も無くなったのかもしれない。

「なるほど、嘉穂屋か」

大楽は頷きつつも、しかし、嘉穂屋が何故？　とも思う。

両国では商売をしてはいないし、恨みを買う理由が思い当たらない。むしろ武揚会に名を連ねる大物が、自分のような用心棒など相手にしようはずはない。

「あと、もう一つ。阿芙蓉を捌いているのはお前たちか？」

「阿芙蓉だって？　とんでもねぇよ。そんなもん売ってたら、こんなケチな仕事《ヤマ》を踏まねぇでも暮らせらぁ」

確かに、と大楽は頷いた。阿芙蓉自体が高級品であり、仕入れるだけでも銭と力が必要になる。そんなものがあれば、こんな鉄砲玉のようなマネはしない。

「谷中で持っていた奴がいた。何か知らねぇか？」

「どっかで買ったんだろう。俺らみたいな半端者《チンピラ》が手を出せる稼業《シノギ》じゃねぇ」

「本当か？」

男が首を縦に振る。よく見れば、まだ若い顔立ちをしている。本当に何も知らないのかもしれない。

「わかった。だが、早く江戸を離れる事だ。嘉穂屋の依頼だと喋った手前、何をされるかわかんねぇぞ」

　来た道を戻る途中だった。

寺壁沿いの一本道。男が立っていた。背は低い。やや太く、猫背だった。

「何か？」

「閻羅遮の行く道を遮りたくてですね」

「ほう」

男は中年の武士だった。自分よりは上。四十半ばから後半ぐらいか。締まりのない顔や恰好からは、うだつのあがらない凡庸《ぼんよう》な小役人という印象しかない。

「俺を遮りゃ、お前さんは怪我をする事になる」

「そりゃ怖い」

「怖がっているようには見えんぜ」

すると、男は苦笑いを浮かべ、人差し指で眉間を掻いてみせた。

「権藤の手先か」

「はて、どうでしょう」

「では、嘉穂屋か？」

男が笑みを崩さぬまま、鋭い視線を大楽に向けた。

「……それを何処で？」

「そりゃ、お前が氏素性《うじすじょう》を明かしてくれりゃ教えてやらんでもないが」

「難しいですなぁ、それは」

不意に、対峙《たいじ》の様相になった。距離は五歩半。

男からは凡庸な小役人という印象は消え、不気味で、それでいて得体の知れない妖怪に変わっていた。

(面白い……)

大楽は、気を放った。

しかし向かい合う妖怪は、それを上手く受け流したようだった。

只者ではない。それはわかる。だが、不快感も強かった。あの薄気味悪い笑みは、全身をねっとりと舐められている気分になるのだ。

斬ってやろうか。そう思った。捕まえて、話を聞くのが一番の手なのだろうが、そうした生半可《なまはんか》な真似をすれば、痛撃を受けかねない実力を持っているはずだ。やるなら、殺す気でやる。

腰を落とし、月山堯顕に右手を伸ばそうとした時、男が間合いを外すかのように、後方へ跳び退いた。

「危ない、危ない。今日は挨拶のつもりで来たんですよ」

と、男は笑顔を崩さずに言い、大楽も姿勢を戻した。対峙の気配は消えている。

「名前も名乗らずに挨拶もなかろうよ」

「それはまた、今度という事で」

「もう会いたかねぇよ」

「嫌でも、またお会いする事になりますよ」

そう言って男は踵《きびす》を返し、闇の中に消えていった。

四

穏やかな海だった。波はあるが、舟底を舐める程度で大きく揺らすほどではない。

釣り日和というものだ。大楽の他にも幾つか舟は出ているし、鉄砲洲《てっぽうず》の辺りは、釣果を競う太公望《たいこうぼう》で溢れかえっている。

江戸浦。鉄砲洲から沖合へ二町ほど乗り出した、海上である。

そこで大楽は、竿《さお》を出して釣りに興じていた。

釣りは、斯摩にいる時からの趣味である。唯一とも言っていい。

萩尾家の所領・姪浜《めいのはま》は、浜の字が付くように海に面していた。

唐津街道《からつかいどう》沿いの宿場町でもあるが、一本奥に入れば漁村と繋がっていて、町中にあっても潮の臭いは濃い。

また、その海は博多浦と呼ばれる湾で、比較的穏やかな内海だった。ぜんざいの餅《もち》のように瓢箪《ひょうたん》の形をした島が一つだけ浮いている。そして湾を抜ければ、漆黒《しっこく》の玄界灘《げんかいなだ》だった。

大楽は海を眺めて育った。屋敷では継母に苛められ、その継母に気を使う父親からも、煙たがられた。仕方なかった。継母は、藩主の妹なのだ。堪える日々の鬱積《うっせき》が、広大な海へと駆り立てたのだろう。

五歳で、釣りを覚えた。漁村の子供たちが教えてくれたのだ。最初は浜や礒から釣ったが、程なく仲間と舟を出して釣るようにもなった。

身分を超えた、初めての友達だった。屋敷を抜け出しては、何度も遊んだ。喧嘩もした。

だが、その繋がりも継母に取り上げられた。藩主家、ひいては神君に連なる一門の武士が、軽々しく下々と関わるものではない、と叱責されたのだ。同時に継母は、網元を呼びつけて釘を刺したので、大楽に声を掛ける者は自然といなくなった。

その日以来、大楽の釣りは独りでするものになったが、新たな釣り仲間を得たのは、十二歳で入った藩校での事だった。

「釣り、した事あるか？」

そう声を掛けてきたのは、忠之助と当時は名乗っていた、乃美蔵主である。

乃美とは修明館の寄宿舎で生活を共にするうちに親友となり、釣果を競う好敵手となった。

主に斯摩城下や姪浜で競い合い、今は自分が二つ勝ち越しているが、この十三年間その記録は変わらない。

全く動かない竿先を眺めながら、大楽は久し振りに見た乃美の顔を思い出した。

陰気な顔は、相変わらずだ。順調に出世しているそうだが、それだけ厳しい立場にいるのだろう。

昔、乃美は執政府入りを目指すと言っていた。斯摩藩では、中老に上がれば執政府の一員となれる。今はどの辺りまで登ったのだろうか。権藤の付き添いをするぐらいだから、まだ奉行にもなっていないのはわかる。

（しかし、何が起きているのだ）

あの生真面目な主計が脱藩したのだから、藩内は深刻な状況なはずだ。しかも、萩尾家は藩主家の一門衆であり、血筋を辿れば神君家康、そして長子だった信康にも通じる名門である。その当主の出奔が御家に与えた衝撃は計り知れないし、一連の騒動が幕府の耳に届かぬようにもするであろう。

（やはり、主計は宍戸川に歯向かったのか。そして奪ったものは、奴の弱みか……）

様々な可能性は浮かぶが、結局は想像でしかない。これ以上の推測をするには、現在の斯摩藩の状況を知らな過ぎるのだ。

藩主は渋川堯春《しぶかわたかはる》で、世子《せいし》は一橋家から迎えた渋川堯雄《しぶかわたかかつ》。藩政は十三年前から変わらず、宍戸川一派が独裁している。

意図的に故郷の事を聞かないようにしていたので、知っているのはそれぐらいのものだ。

「旦那、どうしやすかい？」

と、大楽の思考を遮るように、艫《とも》に腰掛けた船頭が言った。

沖に出て暫くは潮が動いていたが、今は下げ止まっている。食いも悪くなり、魚信《アタリ》など最後はいつだったか？　と、忘れるほどにない。

「そうさなぁ。もう竿仕舞いにしようか。これ以上、釣れる気がしねぇ」

「他の舟は粘っているみたいですが、いいんですかい？」

「構わん、構わん。今日の俺はついてねぇんだよ」

「流石は萩尾の旦那だ。何事も引き際が大事でさ」

そう言うと、船頭はむっくりと立ち上がった。もう老齢だが、経験豊かな船頭である。

「そういや、少し前に釣り人が海で死んじまったんですよ」

大楽は「そうか」と呟いて仰臥《ぎょうが》した。

詳しくは聞かないが、海を甘く見たからそうなったのだろう。海は恵みをもたらすだけではなく、時として人に牙を剥く獣なのだ。大楽もその事を、十六の時に身を以て痛感した事がある。

「浦の外に出ると、魚種も豊かだし、大物も釣れるぜ」

その話を聞いたのは、藩校での事だった。父親が船手方という学友の言葉で、「そこを知らなきゃ、斯摩の釣り師とは言えんな」とも、付け加えられた。

若かった大楽は、血潮が沸きたった。

海は博多浦しか知らなかったのだ。釣りに対して寛容だった叔父からも、浦の外、つまり玄界灘へ行く事だけは厳しく禁じられていた。

玄界灘へ出てみたいと大楽が言うと、乃美は止めた。

素人《しろうと》が出るような海ではない。ましてや、博多浦で使っている小舟では無理だと。

しかし、どうしても行きたかった大楽は、一人でも行くと告げると、乃美は仕方ないという表情で、付き合ってくれた。

二人で銭を出し合い、博多の船主に頼んだ。斯摩の者では断られると思ったからだ。

「素人に耐えられる海じゃねぇですよ」

船主は渋い顔をした。

季節は冬。玄界灘が、最も厳しい荒れを見せる季節だった。

それでもいい。どうせ見るのなら、最も厳しい顔が見たいと言って更に銭を積むと、船主は仕方がないという風に頷いた。

乗り込んだのは、姫島行きの五百石ほどの弁才船で、二人で払える額ではぎりぎりの大きさだった。

博多浦までは、いつもの海。しかし、浦の外を出ると、まず海の色が変わり、そして波の質が変わった。

まるで、黒い獣だった。玄界灘の水はどこまでも深い闇で、荒れ狂った波が牙を剥いていた。

海は弁才船を容赦なく揺らし、大楽も乃美も釣りどころではなかった。盛大に吐き、這《ほ》う這《ほ》うの体で博多へ帰港した。

船乗りたちは、その姿を見て笑った。言わんこっちゃない、軟弱な青侍とも思ったのだろう。事実、そうだった。

海では気を抜けない。剥き出しの命を晒していて、いつ何があるかわからないからだ。しかし、同時に雄大で親しみすら覚える。どこまでも、海は自由なのだ。

だから大楽は、海が好きだった。

誰かが、尾行《つけ》ている。

その気配を感じたのは、明石町で釣り舟を降りた時からだった。

初めは、気のせいかと思った。だが、十軒町に入った時には、それが明確な意図を持ったものだと、大楽は確信した。

だが、相手は素人だった。隠れよう隠れようとして、余計に目立っている。

先日の中途半端な腕を持つ破落戸といい、嘉穂屋は手駒に窮《きゅう》しているのだろうか。

大楽は、追跡者の視線を背中に浴びながら、十軒町にある蕎麦屋に入った。釣りの後に立ち寄る馴染みの店だった。

「いらっしゃい」

店に入ると、蕎麦を湯がく熱気と共に、板場から景気のいい声が飛んできた。

頼んだのは、ざる蕎麦と天ぷらのかき揚げ、そして酒だった。かき揚げは季節の野菜で、菜の花の黄色も入っている。

大楽は出された蕎麦を、黙々と啜《すす》った。この店のつゆは薄いので、麺をどっぷりと付ける。かき揚げは、塩を振りかけて、そのまま齧《かじ》った。

「ここの蕎麦は旨いですな」

ふと、背後から声を掛けられた。

振り向けば、あの男が、背を向けて蕎麦を啜っていた。

「お前」

「これは、奇遇ですなぁ」

男も振り返って笑う。男映えのしない、むさ苦しい中年男の顔がそこにあった。言葉も出なかった。その気配を全く感じなかったのだ。

確かに追跡者の気配は背後にあり、それは店に入るまで感じていた。そして店に入ると気配は消え、大楽は少なからず安堵していた。

しかし、実際はもっと身近にいた。すると、下手な尾行は気を逸らす為の罠だったという事か。

そんな大楽に、男は言葉を続ける。

「私も、この店の蕎麦が好きでしてね」

「そうかい。俺はそうでもないね」

「またまた。贔屓《ひいき》の店じゃありませんか。確か先月も来てたでしょう?」

そう言われ、大楽が舌打ちをした。

ずっとこちらを監視していたという事か。しかも先月というと、権藤と会う前の話だ。

「どうです? 折角なので」

「おい、待てよ」

制止も聞かずに、男は自分の盆を持って大楽の前に座った。男はかけ蕎麦を食べているようだ。

「名前も知らねぇ奴とは食いたかねぇんだがな」

「それは失礼。では、名乗りますよ。私は徒目付《かちめつけ》の椋梨喜蔵《むくなしきぞう》という者です。勿論、あなたと同郷でございますよ」

「すると、親玉は大目付か」

椋梨は軽く微笑み、蕎麦を啜った。

嘉穂屋の手先ではない。まず、そう思ったが、それを頭から信じる事は危険だった。

「徒目付という事は、お前さんは藩の命令で俺を監視しているわけか」

「一応、御舎弟殿が脱藩をされたので。その探索ですよ。連れ戻さねばなりませんから」

「なんだ、主計が持っているあれの事かと思ったのだが」

椋梨の蕎麦を啜る手が止まった。今度は、大楽が笑む番だった。

「それで、海に出てたので？」

どうやら椋梨は、海上であれの受け渡しをしたのでは？　と思ったようだ。するとあれは、海でも渡せるような代物なのか。大楽は相手の反応を見つつ答えた。

「そうとも限らんよ。釣りは趣味でね」

「あなたが話してくれるとは思っていません。ただ、あの船頭に訊けばいいだけです」

「そんな事をしてみろ。お前さんの首が飛ぶぜ」

ざる蕎麦を食べ終えた大楽は、酒を注いだ猪口を呷った。

「あなたという人は、真っ昼間から穏やかではない事を言う人ですな」

「俺が手を下すわけじゃねぇよ」

「鉄砲洲界隈の首領《おかしら》だ。侍を殊《こと》の外《ほか》嫌っている男でね」

「では、誰が？」

「武揚会ですか」

「ほう。浅葱裏《あさぎうら》でも存在は知っているんだな」

「私が江戸詰めになって二年になりますんで」

「たった二年じゃ、まだまだ浅葱裏だぜ」

鉄砲洲の首領《おかしら》は、船頭のまとめ役も兼ねている。

幾ら武士とは言え、その手下の船頭に乱暴を働けばただでは済まない。実際、どこぞの小藩の江戸家老が詫びを入れたこともあった。

「ここは江戸だ。斯摩の田舎者にゃわからねぇ決まり事ってものがある。俺も慣れるのに数年掛かったもんだよ」

「ならば、やめときましょう」

椋梨も蕎麦を食べ終え、茶に手を伸ばした。大楽は酒だった。

「それで、萩尾さん。あなたはあれを持っているのですか？」

「さて、どうだろうな」

「もしあなたがお持ちであれば、そこそこの値が付きますよ」

「それは権藤に聞いた」

「それで、お持ちなので？」

「知るかよ」

大楽はそう言い捨てると、銭を置いて席を立った。椋梨の目がこちらを向く。猜疑《さいぎ》に満ちた眼差しである。

「またな、と言いたい所だが、お前さんとはこれっきりにしたいもんだ」

「二度ある事は何とやら、と申します」

大楽はそれには何も答えず、片手を挙げた。

とりあえず、一つ揺さぶりを入れた。これで相手も、こちらが言いなりになる玉ではないと意識するだろう。

斯摩藩の政争に巻き込まれたくはないが、かと言って主導権を握られて振り回されるのは嫌だった。それに、椋梨という男も癪に障る。


その小男が現れたのは、大楽が風呂で潮を洗い落とし、倦怠感《けんたいかん》に身を投げ出していた夕暮れの事だった。

庭先に気配があった。何気なく眼を向けると、鳶《とび》風の小男が控えていた。出っ歯の鼠顔《ねずみがお》。年の頃は、何度会ってもわからない。老けているかのようにも見えるし、若くも見える。

「よう、子鼠《こねずみ》。悪いな、来てもらって」

「へい。そりゃ旦那のお呼びなら」

子鼠と呼ばれる男を、大楽は居室に招き入れた。

「色々と面倒に巻き込まれちまってな」

「旦那は短気ですからねぇ。短気は損気、でも元気がありゃ弱気も豪気ってね」

「それで敵を作ったんじゃ世話もねぇな」

「こりゃ、やっぱり短気は損気ですねぇ」

そう言って笑ったこの男は、凄腕の密偵だった。子鼠は渾名で、本当の名前はわからない。密偵という稼業の掟なのだろうと、大楽は勝手に思っている。

この子鼠は探索に確かな腕を持ち、どんな修羅場でも切り抜ける身の軽さを持っている。ひと仕事の相場は高いが、それだけ正確な情報を持って帰っている証拠だった。

萩尾道場でも何度か世話になった事があるが、この男とのやりとりは寺坂が受け持っていたので、大楽が直接絡んだ事はなかった。

「急な仕事を頼んで悪かったな」

「いえいえ、あっしもちょうど暇になっちまいましてね。そりゃ仕事《ヤマ》を選ばなきゃ幾らでもありますが、何でもかんでもって具合じゃゃ、あっしの価値が下がるものでして」

「わかる気がするな。で、俺の依頼はその価値があったというわけか」

「ええ、そいつはかなり。なんせ、あの嘉穂屋に関わる事でしょう？　一応ですが、あっしは根岸の益屋《ますや》さんに世話になっておりまして。そいつは寺坂さんからも聞いておりましょう？」

「ああ。つまり、商売敵《がたき》というわけか」

「へぇ、表でも裏でも」

根岸の益屋とは、嘉穂屋同様に江戸の裏を仕切る武揚会の一人、益屋淡雲《ますやたんうん》の事である。巣鴨を中心に根岸一帯を領分《シマ》として持ち、表向きの生業は嘉穂屋と同じ両替商。しかも場所までも同じ両国広小路だった。子鼠が仕事を受けた理由はそこにあるのだろう。

「で、何かわかったかい？」

「まぁ。嘉穂屋さんは色々と手を広げているんですねぇ」

子鼠に頼んだ仕事は、嘉穂屋と斯摩藩との関係の調査である。

権藤に呼び出された日以来、身の回りが妙に騒がしくなった。嘉穂屋の手先と思われる破落戸の出現。そして、謎の男。

大楽は、嘉穂屋に恨みを買った覚えはなかった。両国界隈で仕事はしていないし、第一嘉穂屋のような武揚会の面々とはぶつからないように気を付けている。

だとすると、嘉穂屋が誰かに頼まれたという線が濃厚で、その最右翼が権藤であった。

「嘉穂屋さんは、博多に一つ店を出しているようでして」

「博多か」

「へぇ。斯摩のお隣ですねぇ」

かつて博多は黒田家が治めていたが、二代藩主・黒田忠之《くろだただゆき》の頃、重臣の一人が、主君が謀叛《むほん》を画策していると幕府に上訴。それにより改易され、今は博多を中心にした福岡の一帯は、幕府直轄領となっていた。

「店を出したと言っても、暖簾《のれん》分けしたわけじゃねぇですよ。嘉穂屋には与六っていう番頭がいましてね。この男が嘉穂屋を辞めて、故郷の博多で始めた店だそうです」

「何の商いだ？」

「廻船《かいせん》。傾いた店を買い取って始めたみたいですねぇ。弁才船を二艘《そう》で回しているようなんですが、面白いのがその先ですぜ」

子鼠が、ぐいっと膝を前に進めた。

「屋号は久松屋というんですがね。この与六って男の後ろ盾になっているのが、須崎屋という太物問屋で」

「須崎屋だと」

大楽が話を遮ると、子鼠が歯を剥き出し、意味あり気に笑んだ。

「何か繋がりやしたかねぇ」

「須崎屋は、斯摩の御用商人の一人だ」

「そいつぁ、なんと」

「しかし、嘉穂屋の番頭風情が、傾いたとはいえ、店の一つ買い取れるもんかね」

「まぁ嘉穂屋が銭を出したんでしょう。あっしにゃ、その先の事はわかりませんが」

「あり得る話ではあるな」

兎に角、これで斯摩藩と嘉穂屋が、須崎屋と久松屋を通じて繋がった事になる。

「旦那。この話を、益屋さんの耳に入れてもよろしゅうございやすか？」

「駄目と言っても、話すって顔をしているぜ」

すると、子鼠は声を上げて笑ってみせた。

「渡世《とせい》の義理ってもんがありますからね」

「この件を、寺坂に話さないと約束してくれればいいさ」

「秘密ですかい、寺坂の旦那にゃ」

「心配をさせたくないんでね」

子鼠は素直に頷くと、「では、あっしはこれで。また何かありやしたら声を掛けてくださいよ。久々に面白そうな仕事《ヤマ》でございやすから」と、言い残して部屋を出て行った。

一人になった大楽は、また畳の上に身を横たえた。

須崎屋。博多に本店を置く一方で、斯摩城下にも支店を置いて、藩主家、特に奥向きに太物（綿織物・麻織物など）を納入している。

斯摩商人にしてみれば、外敵である。だが御用商人なので、手出しが出来ない歯痒い存在でもあった。

ただこれは十三年前の事で、今の立場がどうなっているかはわからない。

（だがなぁ……）

斯摩藩と嘉穂屋の接点は、久松屋とそれを援助している須崎屋を通じてという事であるが、それでは何とも遠く、無理に繋げた感がある。

何か理由があるはずだ。商人と商人を繫ぐ、理由が。

(それにしても、主計の野郎。何をしたのだ、お前は)

あいつは江戸を目指しているという。いや、もう江戸にいるのかもしれない。どっちでもいい。さっさと俺の目の前に現れ、事の次第を打ち明けてくれればいい。それなら、協力もしてやろうというものなのに。

五

不意に殺気が襲ってきた。

江戸、氷川明神の道を挟んで裏手にある、斯摩藩中屋敷。その庭園の一角である。

朝から、鈍色の雲が広がっている。雨が降りそうで、降り切らないのだ。遠くに見える千代田城も、どこかくすんで見える。

その空の下で、渋川堯雄は抜き身の一刀を正眼に構えた。

敵はいない。目の前には、見事な欅《けやき》の木が佇立《ちょりつ》しているだけである。それでも、自分に向けられる殺気は絶えず続いていた。

何処からだ? と、探ってみても、その出所はわからない。とすると、この欅が殺気を放っているのだろうか? まさか、とは思う。しかし、長年の時を経た物には、魂が宿るともいう。

小癪なものだ。木端《こっぱ》の分際で、貴種と呼ばれる一橋に歯向かうとは。ただ面白いとは思う。この私に挑もうとする身の程知らずなど、そうはいない。

堯雄はそう、鼻で笑う。

剣は将監鞍馬流《しょうげんくらまりゅう》を学んだ。一橋宗尹《ひとつばしむねただ》の末子として生まれ、物心がつく前から竹刀を握らされ、父が死ぬと一橋家を継いだ兄、治済《はるさだ》の勧めで、将監鞍馬流の門を叩いたのだ。

剣が好きだったというより、誰かと戦って勝つ事が好きだった。そうした勝負好きの性分は、父にも兄にも見られた事で、それは偉大なる祖父、八代将軍吉宗公の血なのだろうと言い聞かされていた。

そして数ある養子先の中でも、筑前の外様《とざま》大名である渋川家を選んだのも、戦いを欲しての事であった。

首席家老の宍戸川多聞とその一派が、藩主の堯春を蔑ろにして藩政を壟断《そうだん》し、我が世の春を謳歌《おうか》している。

宍戸川は、先代藩主、堯宗の近習から出世し、風流狂いの堯春が望む物を与える事で信任を得て首席家老の座を掴んだ、絵に描いたような奸臣だった。海千山千の曲者と知られ、出世の為には竹馬の友ですら容赦なく叩き潰してきた怪物である。

屑《くず》が屑を使って治めている藩《くに》。それは、これ以上にない敵である。が、斯摩藩を選んだのは、それだけの理由ではない。もっと豊かになれる、そんな可能性を秘めていると睨んだ故なのだ。

斯摩藩は早良郡の室見川《むろみがわ》以西と志摩郡《しまぐん》、そして怡土郡《いとぐん》の一部を領し、表高は十万石である。だがその実は二十万石、更に開発を進めれば、それ以上になるのでは？　と、事前の調査で導き出していた。

また、隣接する一大商都、博多の存在もある。黒田家の改易に伴い天領となった博多の面倒を、博多御番《はかたごばん》と称して斯摩藩が肩代わりしていた。治めているのは福岡城代と博多奉行の幕臣であるが、治安維持など実務的な人員は、斯摩藩が出しているのだ。

その博多を、長崎のような海外貿易の湊にしようという計画が、幕閣の中で話し合われているという。

計画を主導するのは、鎖国の緩和を目論む老中、田沼意次《たぬまおきつぐ》で、もしそうなった場合、斯摩藩が得られる利益は計り知れないものになる。

当然、鎖国緩和策には反対の声も多く、朝廷の周辺で反対論を声高に叫ぶ者もいたが、意次は力でねじ伏せる事に成功している。兎も角、早晩幕府は何らかの決断をする事には間違いない。

堯雄にとって、斯摩藩は金の卵である。その卵を賭《と》して宍戸川と勝負し、そして勝利した暁には、藩政改革という勝負で全国の諸大名と争うつもりでいる。目指すべきは、日の本一の名君たる称号だった。

その為に二年もの間、自分を偽り周囲を欺いてきた。

藩邸内では、人の好い青二才を演じた。いつも笑顔を絶やさず、特に江戸の宍戸川派を率いる権藤には気を使い、何事も頼る風を装った。剣術だけの馬鹿と思わせていた。

これも、こちらの動きを気取られない為の偽装である。

しかし、それも終わりを告げようとしている。昨年の秋に堯春が隠居の意向を示したのだ。恐らく、年内には家督を譲られる事になるだろう。

それを受けて、堯雄は少しずつ牙を剥き始めた。

まず人を集めた。宍戸川に反感を抱く、有能な者。そして、能力はあるが身分や性格が災いして出世出来ない者だ。

今は一橋家から随行させた者を除いて、近習に七名を集めている。自派を築くような動きに権藤は苦言を呈したが、堯雄は表では笑顔で受け流し、裏では正室の慶《けい》を使って黙らせた。

醜女《しこめ》である慶は、自分に惚れ込んでいる。そして、堯春はそんな慶を玉のように可愛がっている。慶から堯春に働きかけさせ、堯雄の行動にお墨付きを与えたのだ。

それが昨年の末の事で、それ以来というもの、権藤率いる江戸宍戸川派の態度が微妙に変化してきている。恐らく、国元にいる宍戸川からも何か指示があったのだろう。

自分の行動を警戒すべきか、単なる気紛れなのか、今は推し量っているのかもしれない。

大名が家臣を排除するには、「思し召しに能《あた》わず」という一言で済む。実際側近の中には、その一言で宍戸川を失脚させるべきと言うものもいたが、堯雄は聞く耳を持たなかった。

理由はただ一つ。それでは面白くない。

そう堯雄が考えるうち、殺気が更に強いものになった。

欅だろうか。確かに圧倒してくるような大樹である。まるで、深山に棲む老剣客。悠然としながらも、内に猛々しい闘気を秘めているような。

いや、違う。そう思った時には遅かった。殺気は背後からだったのだ。

慌てて振り返ると、男が控えていた。庭に臨む廊下で、軽く顔を伏せている。

「お前だったか」

乃美蔵主。昨年の秋に、国元から江戸詰めに役替えになった男である。

斯摩藩内では切れ者との評判であるが、愛想がない性格が災いして上役の評判は悪い。だが、それを補って余りある能力で、嫌われている割には出世しているようだ。今は表方使番《おもてがたつかいばん》として、斯摩藩の渉外を担当している。

「面を上げよ」

堯雄が命じると、乃美がゆっくりと顔を上げた。

陰気な顔だった。細面で彫りの深い顔立ちだが、眼には蛇《へび》のような暗い光を湛《たた》えている。

「やっと来てくれたか」

「折角のご招聘《しょうへい》に、参上が遅くなり申し訳ございません」

乃美は眼を逸らさずに答えた。怯えのない声だった。それ以上に、不敵な眼である。

誰にも屈しない、利用してやる、と言わんばかりの眼だった。

「梟雄《きょうゆう》の相だな」

「滅相もございませぬ。これは顔だけでございます」

「そうかな」

「こればかりは、生まれ持ったものでございまして」

「いや、いい。だから、呼んだという所もある。お前が来てくれたという事は、私の為に働くと決めたと受け取っていいのだな」

乃美は、堯雄が目を付けていた男だった。国元での働きぶりを報告書で読み、そして江戸へ来てからの姿を吟味《ぎんみ》し、側近に加えようと決めたのだ。

能力だけでなく、血筋も申し分がない。

乃美家は渋川家の重臣の家系で、子女を数名側室として藩主家に送り込んでいるほどだ。中でも乃美六太夫《のみろくだゆう》という男は、二代・三代藩主に側用人として仕え、強大な権力を得た。しかし、驕慢《きょうまん》な性格が災いし、三代藩主の死と共に失脚してしまった。それ以来、乃美家は家格こそ高いが鳴かず飛ばずでいる。

本来ならば、執政府の列にいてもおかしくない。それだけに、現執政府への不満は大きいであろう。そこも利用できると、堯雄は踏んだ。

「どうだ？」

堯雄は、乃美が座している縁側に腰掛けた。

「若殿は世子であられます。故に、若殿の為に働くのは当然の事」

「そうだ。だが、今は世子に過ぎない。そして、今の斯摩は宍戸川の天下だ」

「いずれ、若殿が斯摩を治められます」

「それでは遅い。それに代替わりというやり方で宍戸川を失脚させても、その胞子は残るかもしれぬ。そうならぬ為には、根こそぎ焼き払う必要がある」

「それを私に？」

「そうだ。そして、焼き払った大地で新たに育てる作物の種蒔《たねま》きも、お前に手伝ってもらうつもりだ。一人で、十万石もある畑の手入れは骨だからな」

乃美の口許が微かに緩んだのを、堯雄は見逃さなかった。

「私か、宍戸川か。それを選んでもらおう」

「選ぶ余地もございません。若殿の為に、身命を賭す覚悟にございます」

「藩邸での暮らしが辛いものになる。それはお前だけではない。国元に残した妻子も、白い目で見られよう。それは我慢してもらわねばならんが」

「我慢は暫くの間だけでしょう。いずれ大手を振って歩かせていただきます。そうならねば、若殿に協力する意味がございませせぬ」

「面白い。過ぎた口を利く奴だ」

そう言うと、乃美が平伏した。身命を賭すと言ったが、その言葉を鵜呑《うの》みには出来ない、と堯雄は思った。

梟雄の相がそう思わせるのか。或いは、感情の籠っていない声色からか。

（きっと、惟任光秀《これとうみつひで》も似たような顔だったのだろうよ）

ならば、私は織田右府《おだうふ》か。この男を使うか、この男に使われるか。それもまた、面白い勝負になるやもしれない。

場を改めるため、二人は一度縁側を離れた。

向かったのは、中屋敷の離れにある、利休好みの侘《わ》びた茶室である。建てたのは二代前の藩主で、名茶室として江戸の貴人層には知れたものらしい。だが、維持するだけで大金が消えていく。義父の堯春が気に入っている手前疎かに扱えないが、家督を継いだ暁には取り壊そうかと考えている。

その一室に、二人は足を踏み入れた。

茶室であるが、湯も沸かしていなければ、茶器の一つも無い。改めて部屋だけを見れば、殺風景なものである。

それでも、この場所を選んだのは、他人の耳を気にしての事だった。乃美を麾下《きか》に加えた事は、いずれわかるからいい。しかし、これから話す事は知られてはまずかった。

中屋敷は堯雄の棲家といえど、宍戸川派ばかりと見るべきだろう。宍戸川派は多い。いや、堯雄の側近以外は、江戸も国元も宍戸川派ばかりと見るべきだろう。それほどの基盤を、宍戸川は一代で築いていた。

改めて、その政治力と野望は尊敬に値する。

「萩尾主計の一件についてだがな」

乃美は姿勢を正して、堯雄を見据えた。

この男の表情から、感情は読めない。人間の熱を感じさせないのだ。この男が、どうして嫌われているのか、何となくわかる気がする。

「今の状況が聞きたい」

「状況と仰いますと？」

「まずは、主計の所在だ」

主計と数名の同志が、昨年の暮れに脱藩した。その報を側近の一人から知らされた時、思わず驚きの声を上げたのを堯雄は覚えている。

藩内に自治を認められた一門衆の筆頭たる萩尾家当主が脱藩した事よりも、藩の存亡を左右する重要な機密を持ち出したという事が、より衝撃だったのだ。

その機密については、大まかな内容は掴んでいるが、この江戸では安易に口に出せない。もしそれが幕府の知るところになれば、改易は必定《ひつじょう》。その時点で自身の野望が詰んでしまう。

「わかりません。江戸にいるのかどうかさえ」

「同志もか？」

乃美が首肯で応えた。

主計と共に脱藩した同志は三名。それぞれ散って藩を出たのだ。宍戸川はすぐさま追っ手を放ち、一人は赤間関で追っ手に囲まれ自刃。もう一人は京都で捕縛され拷問を受けたが、口を割らず死んだ。残りの一人は行方不明である。

散り散りに行動したのは、機密を誰が持っているか、わからない状況を作り出す為であろう。今の所、その策略は功を奏している。

「わからないというのは、お前だけでなく権藤も、という意味だな？」

「ええ。権藤は、主計殿の捜索を裏の者にも頼んでおります。もし、主計殿が江戸に入れば、すぐに所在を掴めるはずでしょう」

「裏の者とは、やくざか？」

「武揚会です」

「ほう。武揚会と言っても色々いるが」

「嘉穂屋です。ご存知でしょうか？」

堯雄は頷いた。嘉穂屋は、両国で両替商を営んでいるが、裏ではその一帯を仕切っている首領《おかしら》だった。

「何故、嘉穂屋なのだ。権藤は何故、数いる武揚会の首領《おかしら》の中から、嘉穂屋と結びついた？」

「さて。その辺りの話に私は加わっていませんし、私のような浅葱裏では、裏の事はとんと。ですが、古くからの付き合い、という雰囲気はございます」

「調べられるか？」

「相応の銭さえいただければ」

「任せる。出来れば、我が陣営に味方する首領《おかしら》も欲しいが」

「難しいかもしれませんが、当たってみましょう。嘉穂屋は武揚会の中で伸長著しく、内心で嫌っている者もいましょう」

江戸の裏の事は、武家社会に生きる者にはわからないものがある。だが、権藤が嘉穂屋を使っているとなると、自分も協力者を得る必要がある。

そして、その為にはかなりの銭を積む事になるだろう。江戸では、銭が全てなのだ。しかし、今の堯雄に自由に扱える銭は僅か。それ故に、兄の治済に掛け合うつもりだった。宍戸川を倒し、藩の全権を掴む。それは治済の意向でもある。

「他には?」

「先日、権藤が主計殿の兄である萩尾大楽と会っております。私も同行したのですが、どうやら主計殿が現れたら報せてくれというもので」

「それで?」

「明確に断ったわけではないですが、弟の事は自分に関係ないという素振《そぶ》りだったようです」

萩尾大楽については、主計が出奔した折に一応の報告は受けていた。

二十歳の頃、父である萩尾美作《はぎおみまさか》の命を狙っていた、柘植小刀太《つげことうた》を斬って出奔。それから江戸へと登り、用心棒を束ねる萩尾道場なるものを経営しているという。

堯雄が知っているのはそれぐらいで、他は剣の使い手である事と、谷中ではいい顔である事ぐらいだ。

それ以上の事を、堯雄は詳しく聞こうとはしなかった。それは、この一件で大楽に大した役割があるとは思えないからだ。そして何より、かの松平信康を通じて神君家康公の血脈を受け継いだ萩尾家から、やくざ紛いの浪人者を出しているという事に、堯雄は不快感を抱いていた。

貴種には貴種の責務と権利、そして誇りがある。その血脈を僅かといえど受け継いでおきながら、素浪人風情に成り下がるとは、徳川一門の面汚しと言わずにおられない。

「何とも冷たい男だな。私の兄と大違いだ」

「いえ、そうではございません」

「どういう事だ？」

「大楽という男は天邪鬼《あまのじゃく》なのです。照れくさいのか、素直に好きだとか助けてやるだとか言えない性分でして。不遇な生い立ちが、面倒な性格にしたのかと思っております」

不遇な生い立ちという言葉に、堯雄は引っ掛かった。

彼は少なくとも、斯摩藩では二番目の家格を誇る家の嫡男に生まれている。その上、徳川家の血筋まで引いているのだ。不遇という言葉から、遠い生まれのはずである。

「お前は、萩尾大楽について詳しいのか？」

「親友だと思っています。大楽も私の事はそう思っているでしょう。十三年もの間、顔を合わせておりませんが」

「長い間、顔を合わせずとも親友と呼べるのかな？」

「呼べなくなる理由がありません。ただ、十三年会っていなかったというだけです」

その感覚はよくわからなかった。

思えば、友は？　と問われて浮かぶ顔が自分には無い。信用の置ける家臣はいる。しかし結局は家臣であり、友ではない。人は常に従うか従われるか、なのだ。

「それで、大楽はどう動くと思う？」

「大楽が権藤や宍戸川に協力する事は、まずありません」

「何故、そう言い切れる？」

「これも、大楽の性格でございます。高慢に振る舞う輩《やから》が嫌いなのですよ。その上、大楽は十三年前も宍戸川への悪口を口にしていました。それに……」

乃美は一度言葉を切り、再び口を開いた。

「女を宍戸川に取られています。女と言っても、憧れという青いものですが」

「なるほどそれ故に許せない気持ちもあるだろうな」

「ですので、向こう側へ走る事は無いでしょう。この十三年で変わっていなければ」

「わかった。大楽がこの件でどれほどの役を演じるかわからぬが、差し当たりこちら側の駒にしておくに越した事はなかろう」

「ですが、若殿」

乃美の声が、一段と低いものになった。

「注意を払わねばなりません。私は大楽の名が出て来た時、厄介なものが現れたと思いました。奴は必ず、萩尾様を――弟を助けようとなされます。そして、状況を混乱させるものにするはずです」

「それほどの男なのか、大楽という者は」

「閻羅遮と、谷中界隈では畏怖されているようです。何でも、閻魔ですら非違を犯せば道を遮るという意味があるそうで」

閻羅遮の大楽。きっと鬼のような男なのだろう。乃美の話を聞いていると、会ってみたいと思えてきた。出来れば、麾下《きか》に加えてもいいかもしれない。

「乃美、大楽について知っている事を文書に纏めて出せ」

「わかりました。明日にはお見せ出来るかと。それと、裏への取り次ぎも始めます」

「忙しくなるな」

「若殿。もとより、承知の上にございます」

「それとだ、乃美。これよりは若殿ではなく、殿と呼べ」

乃美を残して茶室を出ると、侍女を引き連れて庭を歩いている慶に出くわした。

「堯雄様」

慶がこちらに気付いて手を振る。それに堯雄も笑顔で応えた。今年で十六になる慶は、相変わらずの醜女であるが、それ以外では文句はない。

いや、醜女である事も問題ではない。美しいだけなら、他の女で済ませればいい。重要な事は、この女が自分の意のままに動くかどうかなのだ。

第二章　裏の首領《おかしら》

一

「お前、何をやらかしたんだ」

大楽が客先廻りから道場に戻ると、出迎えた寺坂がそう言い放った。

眉間に皺を寄せた表情にも、普段とは違う声色にも、焦りや緊迫感を漂わせている。

「俺が動くと何かが起こるぜ？　何だったかな？　動けば雷電のなんちゃら」

「冗談を言っている場合ではない。谷中の首領《おかしら》が、お前に会いたいのだとよ」

谷中の首領《おかしら》とは、道灌山の傍に居を構える富農、佐多弁蔵《さたべんぞう》の事である。

正業は下國村《しもくにむら》の庄屋であるが、近くに抱え屋敷を構えている夜須《やす》藩に出入りし、物資や人員を調達する御用聞きも務めている。

百姓でありながら、莫大な財産と権威を背景にして谷中界隈の表裏を仕切っている事から、弁蔵は谷中の首領《おかしら》と呼ばれている。

「今から来いと言っている。縄で縛ってでももってこな」

「ったく、人様の予定などお構いなしかよ」

と、大楽は吐き捨てた。

江戸浦での釣りから、二日。嘉穂屋の手下に襲われて、五日は経っている。何かが動き出すには、意外と遅いように思える。

「笑い事じゃないんだ。何をやらかしたんだって、儂は訊いてんだ」

「何も。俺と茶を飲みながら世間話でもしたいんじゃねぇのか?」

「問題は、その世間話の内容だ。さては、弟さんの事だな」

「どうして主計の事に弁蔵さんが口を出すんだ。きっと用心棒絡みで、揉め事があったのだろうよ」

大楽は寺坂と共に道場を抜け、母屋へ繋がる渡り廊下を進みながら言い放った。

「そんな事はない。稼業で不始末があれば、儂の耳に入るようになっている」

「そう言えば、最近あんた耳が遠いぜ」

「だから冗談はよせよ。身に覚えは?」

「さぁ。上納金《アガリ》はちゃんと払ってるしな。まぁ、値上げ交渉かもしれんがね」

「銭の事なら儂だけを呼ぶはずだ。萩尾道場の財布は儂が握っていると、首領《おかしら》も百も承知よ」

「そうさなぁ」

「ほら、弟の事しか考えられん。お前は最近、コソコソ隠れて何かしているようだしな」

大楽が質問には答えずに居室に入ると、昼飯が用意されていた。飯と香の物、それに豆腐と嘗味噌《なめみそ》が添えられている。

「あんたが?」

「ああ、そうだよ」

寺坂はその足で、台所へ行った。茶を準備している。

「まるで古女房だな、こりゃ」

「その古女房に、隠し事は通用しねぇよ」

台所から一声上げる。それから、盆に茶を載せて運んできた。本当に古女房だ。

「俺は、あんたを巻き込みたくはないんだ」

「水臭ぇ事を言いなさんな。儂はお前さんの力になりたいんだよ。十三年だぞ、十三年。危ない橋も何度も渡ったよな。用心棒をまともな稼業《シノギ》にしようと、この道場を立ち上げた時もそうさ。最初の三年は、特に死に物狂いだったよな」

「文字通りな。実際に死人も出た」

大楽は豆腐を先に平らげると、飯を茶漬けにして、胃に流し込んだ。寺坂も箸を進めながら話している。

「他にも色々あった。だがその都度、俺たちは二人で何とかしてきた」

だが、今回は洒落にならない。破落戸との争いと、政争とでは比べ物にならない。

大楽はその言葉が喉まで出かかった。それを言ってしまえば、寺坂の決意は余計に固まるに違いない。

「今回も二人で乗り切ろうじゃねぇか、萩尾よう」

「気持ちは嬉しいがね」

「お前は友達だ。いや、弟に近い気持ちを、儂はお前に抱いている。そんな儂を不義理な男にしないでくれよ」

寺坂の声には、切実な願いに似た色が籠っていた。大楽は茶碗を置くと、寺坂を見据えた。真剣な眼差し。巻き込みたくは無かった。しかし、そう言われれば、頷くしかない。それに立場が逆であったのなら、きっと同じ決断を下したはずだ。

「わかった。だが、状況がはっきりするまで待ってくれないか。今はまだ、敵と味方の区別もつかん」

「勿論。だが、何かあればすぐに知らせてくれ。それまで道場は儂が見ておく」

「すまん」

「なぁに、いいって事よ」


立派な長屋門が見えてきた。

谷中の首領《おかしら》、弁蔵の屋敷。近郷の者は、畏敬を込めて佐多屋敷と呼んでいる。

「これは萩尾様」

三十を過ぎた男が、出迎えに現れた。猛禽《もうきん》のような鋭い顔付きの男は、弁蔵の側近で鍬太郎《くわたろう》という。弁蔵の右腕として、主に裏稼業を支えている。

「佐多の旦那が俺を呼んでいると聞いた」

「ええ。旦那様がお待ちしております」

鍬太郎は、付いて来いという素振《そぶ》りで大楽に目配せをした。猫のように、しなやかに歩く。そこには少しの隙も見いだせず、それなりの修羅場をくぐった事がうかがえる。

通されたのは、いつも使っている客間ではなく、弁蔵の私室だった。名主としての、御用部屋というものだ。

「旦那様、萩尾様をお連れいたしました」

「入りなさい」

その声を合図に、鍬太郎は障子を開けた。

弁蔵が背を丸めて、文机で算盤《そろばん》を弾いていた。帳簿の確認をしているのだろうか。算盤の珠を弾く小気味のいい音が続いている。

そうしている間に、鍬太郎が気配もなく弁蔵の背後に控えた。まるで猟犬《りょうけん》。鍬太郎を見る度に、そう思ってしまう。

「申し訳ございませんね。わざわざ来ていただいたというのに、御覧の通り仕事の途中でして」

「いえ、構いません。こっちは話しさえしてくれればいいのですから」

「結構」

弁蔵が目もくれずに言った。

弁蔵は大楽の四つ上の三十七。隠居した父の跡を継いで、谷中の首領《おかしら》になった男である。豪放だった父に似ず、頭で勝負する男だ。出入りしている夜須藩と交渉し、人足の手配や飼葉の納入、糞尿の汲み取りなどの諸費用を見直させるという、父親が出来なかった事を就任後半年でやってのけている。

「寺坂に聞きましたよ。俺に話があるそうで」

「ええ、そうです。少し込み入った話でしてね」

そこで、弁蔵は算盤を弾く手を一旦止めた。

冷たい眼が、こちらに向く。侠《おとこ》としての凄みは皆無であるが、怜悧《れいり》な顔立ちを持つ弁蔵と向かい合うと、大楽は心中を見透かされているかのような気分に襲われる。

「それは、あなたの事です」

再び、弁蔵の手が動き出した。

「俺の？」

「そうです。萩尾さん、あなた両国の嘉穂屋さんと揉めているのではありませんか？」

やはり。どう言い訳しようか一瞬だけ考えたが、すぐに考えるのを止めた。

この男に、嘘は通用しない。悪さに関する嗅覚については、まるで寺小屋の師匠のような鋭さを持っている。

「いやぁ……その」

大楽は、額を指で掻きながら苦笑を浮かべた。

「やはり、話は本当でしたか」

「誰が、弁蔵さんに？」

「萩尾さん、質問しているのは私ですよ」

弁蔵は算盤仕事を終えたのか、帳面を閉じ算盤と一緒に片付けた。そして、身体をこちらに向ける。

「困りますね、そういう事はちゃんと報告してくれませんと」

大楽は、大きな体躯を小さくして押し黙った。

（まったく、一々細けぇ男だぜ）

弁蔵の言わんとする事は理解できるが、大楽は内心で悪態をついた。

どうも、この男が苦手だった。嫌いではない。ただ、小言が多すぎる。もう少し鷹揚になれば、男振りもぐっと良くなろうものなのに、勿体ない。

弁蔵は、大楽を見据えたまま大きな溜息を吐いた。

「それで、揉めている理由は何ですか？」

「そんな事、俺の方が聞きたいぐらいですね」

「身に覚えは？」

「あったら言ってますよ。今の所は両国に客はいませんし、土地《ところ》の首領《おかしら》とは揉めないようにしています。弁蔵さんの手前もありますしね」

「その子分衆とは、何かありませんでしたか？　誰かとひと悶着《もんちゃく》があり、その問題を嘉穂屋さんに報告した可能性は？」

「それもありません。弁蔵さん、俺こそ聞きたいんですよ。急に襲われたのですからね」

するど、弁蔵は腕を組んで目を閉じた。

「有《あ》り体《てい》に申しますと、あなたは危うい状況にあります。これは、私の知人が教えてくれたのですがね。どうやら嘉穂屋さんの周囲が色々慌ただしく、胡乱《うろん》な輩が出入りしているとの話を聞きました」

「胡乱ねぇ」

武揚会そのものが胡乱だと思ったが、それは口に出さなかった。

「そうした中で、私の所に斯摩藩からの使者が来ました。あなたの故郷《くに》ですよね」

「斯摩藩がどうして？」

「人捜しです。私と萩尾さんの関係を知っているのか知らないかはわかりませんが」

人捜しとは、主計の事だろう。しかし斯摩藩には、嘉穂屋が付いているはずだ。その嘉穂屋がいながら、どうして弁蔵に協力を請《こ》うのか？

藩が二つに割れているのかもしれない。それなら、話の辻褄《つじつま》が合う。

だが、宍戸川に対抗出来得る、気骨ある者が藩内にいるとは思えない。乃美蔵主以外には。

「それで、何と返事を？」

「お断りしました。ご存知でしょうが、佐多家は夜須藩に出入りしていますのでね。その手前、安易に引き受ける事は出来ません。それに、どうもきな臭い」

「そうですか」

「萩尾さん、何が起きているのです?」

弁蔵が、大楽を見据えた。鋭い視線と、圧力。これが首領《おかしら》の顔だろう。豪放磊落《ごうほうらいらく》だった、先代の面影もある。

大楽は視線を逸らさなかった。見つめ合う。そうしながらも、言うべきかどうか、逡《しゅん》巡《じゅん》した。

「斯摩藩の江戸家老に呼び出されたそうですね」

大楽の迷いを破るように、弁蔵が口を開いた。

「……それを何処で?」

「少し調べました。驚きましたよ。斯摩藩の江戸家老に呼び出されたと思いきや、嘉穂屋さんから襲われる。国元での問題が江戸に波及しているのでしょうが、私としては萩尾さんの面倒を見ている以上、今回の件を看過出来ません。しかも、武揚会の一人が関わっているとなると尚更です」

「上納金《アガリ》の義理って奴ですか」

「義理ではなく、義務ですね。あなたの稼ぎの上前をはねている以上、私はあなたを守る義務があります。勿論あなたに非がなく、そして助ける事で得られる利を上回る損失が無ければの話ですが」

「へへ、そりゃ心強い」

「だから話してもらえませんか？」

そこまで言われれば、大楽に断る道は残されていない。もしここで断れば、強力な後ろ盾を失うと同時に、難しい敵を増やす結果になる。

「仕方ないですな」

大楽は、権藤に呼ばれた夜の事から嘉穂屋の刺客に襲われた時までの事を、洗いざらい話した。弁蔵は熱心に聞き入り、合間合間に質問を投げかけてくる。

「——なるほど。そのようなご事情があったとは」

「ですが、これは身内の話。なので、弁蔵さんの手を煩《わずら》わせるつもりは」

「義務ですよ、萩尾さん。お武家様の内訌《ないこう》に口を挟むつもりはありませんが、嘉穂屋さんは違います。私と同じ、市井《しせい》の住人。しかも、武揚会の一員なのですから。もし嘉穂屋さんが萩尾さんを付け狙うのであれば、私はお守りいたします。でなければ、萩尾さんから上納金《アガリ》を頂戴している意味がございません」

「俺を助けると、嘉穂屋とぶつかる事になりますよ。その損失の方が大きいんじゃないですかねぇ」

「確かに仰る通りですが、何かと問題を抱えている嘉穂屋さんを叩いて大人しくさせる。その利が大きいのですよ」

相変わらずの弁蔵である。百姓なんか辞めて、商人にでもなればいいいと大楽は思う。

「それと阿芙蓉の事ですが、大層心配していると聞きました」

「糞っ、三吉の野郎ですか？　それとも十手持ちの野郎どもか」

「誰が話したなど、今は関係ありません」

ぴしゃりと言われ、大楽は肩を竦めた。

「あなたの心配は理解出来ますし、嬉しくも思います。しかし、阿芙蓉の谷中流入を止めるのは、私の責務。知った以上は、私が責任を持って引き受けますので、萩尾さんはこの問題から手を引いてください」

「そりゃ、まぁ弁蔵さんが乗り出してくれるなら……」

「あなたは、まず御実家の問題に集中するべきですよ」

大楽は、寺小屋の師匠に叱られているような心地で頷いた。

◆　◆

「鍬太郎、もういいですよ」

大楽が部屋を出て、その大きな身体が見えなくなると、弁蔵は口を開いた。

鍬太郎がスッと立ち上がり、隣の部屋から二人の男を連れて来た。根岸の首領《おかしら》・益屋淡雲と鼠顔の男である。

淡雲は、満面の笑みを浮かべていた。六十を超えた小太りの老人で、一見して人が善さそうに思えるが、当然それだけの男ではない。鼠顔の男は商人の手代《てだい》風で、部屋の隅に控えている。

「いやぁ、佐多さん。お手間を取らせましたなぁ」

淡雲は、そう言って一笑した。

「いえ、益屋さんの頼みでしたらこのぐらいは」

「なんの、なんの。しっかりと、お話を聞かせていただきました」

御用部屋の裏、ちょうど床の間の部分に小さな部屋があり、そこは隣の部屋と繋がっているのである。また話し声が聞こえるよう、幾つもの仕掛けがある。

「嘉穂屋さんは、何とも怪しゅうございますなぁ」

薄ら笑みを浮かべたまま、淡雲は言った。それに弁蔵は答える。

「どうも、商売の方が芳《かんば》しくないという話ですよ。まぁ、そこはご同業の益屋さんの方が詳しいでしょう」

嘉穂屋の生業は、両国広小路の両替商である。今は婿養子に譲っているが、その男が米相場に手を出して失敗した。そこでの損失を補う為に、今は遮二無二《しゃにむに》になっていると弁蔵は掴んでいた。

「金策の為に無茶をして、武揚会の法度《はっと》を犯していると、益屋さんは睨んでいるのですね？」

「まぁ、そんなところではないかと」

「具体的に、法度の何を犯しているのかご存知でしょうか？」

「阿芙蓉の密売ですよ」

淡雲は、事もなげに言い放った。

武揚会には幾つかの掟があり、抜け荷や阿芙蓉の売買の禁止もその一つだった。

「数年前から、江戸に御禁制の品々、特に阿芙蓉が少しずつ流れ込んでいましてねぇ。それは、佐多さんも存じているでしょう」

弁蔵は頷いた。それどころか、今は谷中の阿芙蓉を鍬太郎に命じて調べ上げている最中だ。阿芙蓉に関わった者を捕らえ、購入した道筋を聞き出している。

「幕府開闢《かいびゃく》より江戸の裏を任されている武揚会としては、御公儀が禁じた品々が流通している事実を看過する事は出来ません。そうでしょう、益屋さん」

「勿論です」

武揚会設立の背景には、徳川幕府の存在がある。幕府開闢当時、治安の悪化を憂いた幕府は、町の有力者を集めて各地区の裏を取り仕切るように命じ、そして彼らが腐敗しないよう、厳しい掟を有した武揚会を設立させたのだ。

そうした経緯がある以上、武揚会が幕府を絶対視するのは無理もない話である。

「しかも嘉穂屋さんは、取引の現場を役人に踏み込まれたというではありませんか。ええと、確か……」

「越後長岡での話ですね。何とか逃げ切れたとは聞きましたが、押収された阿芙蓉の量も多く、その損失を取り戻そうと躍起になっているとか」

「米相場の損失に阿芙蓉取引の失敗。弱り目に祟《たた》り目の嘉穂屋さんは、大きな商売を考えているのかもしれません。このまま御禁制の品々が流れ込めば、武揚会の責任になります。それで私は秘密裏に調べさせ、どうも禁制品が筑前から入っているのでは？　と睨んだわけですよ」

「なるほど。それで、萩尾さんを」

「ええ。これに控える者が、密偵として萩尾さんに雇われましてねぇ」

そう言って、淡雲は後ろに控えている鼠顔の男を一瞥した。男は歯を剥き出し、媚《こ》びるような醜い笑みを浮かべた。

「その依頼というのが、嘉穂屋さんと斯摩藩の関係を探れというものだったんですよ。その結果を私に耳打ちしてくれたのです。おっと、当然ですが萩尾さんの了承は得ております」

「それで、嘉穂屋さんと斯摩藩の関係というのは？」

「嘉穂屋さんが、番頭だった男を博多に送り込み、久松屋という廻船を始めさせたわけですがね。その後ろ盾として協力したのが、須崎屋という太物問屋なんですよ。そして、須崎屋は斯摩藩の御用商人で、首席家老、宍戸川多聞とは近しい関係。細い糸ですが、何とも疑わしい」

「されど、斯摩藩と嘉穂屋さんを繋ぐ糸はあるわけですね。そして、その両者が萩尾さんの弟を追い、萩尾さん本人にも目を付けていると」

「ええ。凄腕も呼び寄せているようですよ、嘉穂屋さんは。確か……人斬り藤兵衛《とうべえ》でしたかな？　暫く上方へ行かせていた彼を呼び寄せたとか」

人斬り藤兵衛。本名は瀧川《たきがわ》藤兵衛といい、銭で人殺しを請け負う始末屋の中でも、名の通った男の一人である。

「何となく筋が読めてきた気がしますね」

「おっと、佐多さん。その先は口に出したらいけませんよ。まだ証拠は何もないのですから」

と、淡雲は大袈裟《おおげさ》な表情を作って、人差し指を口の前に押し当てた。

「それに、この部屋は誰が聞いているかわかりませんからねぇ」

皮肉かとも思ったが、弁蔵は笑う事にした。

「口に出す時は、動かぬ証拠を掴み行動を起こす時だけですよ。軽挙妄動《けいきょもうどう》は武揚会を二つに割り、江戸の静謐《せいひつ》を脅かす事になりますから。嘉穂屋さんは武揚会でも古株で、方々に影響力がありますし」

嘉穂屋は、様々な場所に銭を撒いていた。特に南町奉行所は、奉行の牧靱負《まきゆきえ》以下与力・同心の殆どが、嘉穂屋から賄賂を受け取り、何かと便宜を図っている。

「わかりました。肝に銘《めい》じておきます。ですが、差し当たり私は、嘉穂屋さんに邪魔されぬよう、萩尾さんを手助けすればいいのですね」

「そうしていただくとありがたい。私の所からも、人を出すつもりでいます。萩尾さんには、嘉穂屋さんの不正を暴く尖兵になってもらわねば」

「ですが、益屋さん。萩尾大楽という男を甘く見てはいけません」

弁蔵の言葉に、淡雲の薄ら笑みが一瞬だけ真顔になった。

「それはどういう事で？」

「あの男は好き嫌いが激しい男でしてね。そして決して馬鹿ではありません。利に敏《さと》いですが、利では動かず、情に脆いですが、情だけでは動かない事も」

「何ですか、それは」

「つまり、理解し難い男なのです。私も長い付き合いですが、あの男だけは読めません」

すると、淡雲は一笑した。

「面白い男ですな。差し当たり、気を付ける事にしましょう。敵は少ない方がいいですからね」

「ええ。彼を敵に回すと厄介極まりないかと」

二

よく晴れていた。

上空では鳶が鳴きながら、大きく旋回している。長閑《のどか》なひと時。そう感じられるほど、ここ数日は平穏な日々が続いている。

弁蔵に呼び出されて五日。この間、大楽の身の回りには何も起きていない。嘉穂屋からの妨害も、斯摩藩の椋梨も現れる事もなかった。

(弁蔵が裏で手を回しているのだろうか)

江戸には計り知れない深い闇があり、堅気には知る由もない。ただこうも平穏であると、ここ数日間の出来事が嘘のように思える。

「萩尾のおいちゃん」

大楽が甘味茶屋の縁台で茶を啜っていると、七つほどの少年が駆け寄ってきた。

「よう、善七んところの坊《ぼん》じゃねぇか。どうしたんだい?」

「おいちゃんにこれを渡せって、預かってきたんだ」

と、少年は四つ折りにされた紙きれを懐から差し出した。

「これは?」

「さっき、知らねぇお武家様に頼まれてよ。おいちゃんに渡してくれって。小遣いまでもらっちまったよ」

大楽は少年を待たせたまま、その紙を広げてみた。

——今宵、浄妙寺《じょうみょうじ》にて——。

誰からなのか。差出人の名は無かった。だが、恐らく主計であろう。そうであって欲しいとも思う。

「おい、これをお前に渡した侍はどんな奴だった？」

「おいちゃんより男前だったけど、薄汚れてた」

「そうか。俺より男前ってのは余計だな」

大楽は少年の頭を一つ撫でると、甘味茶屋の奥に向かって、「おい、こいつに旨い団子を三つほどやってくれ」と、叫んだ。


夜。月が昇り始めた頃に、大楽は道場を出た。

谷中は寺町だ。盛り場は兎も角、大小様々な寺院が建ち並ぶ地域は、この時分になると人通りは殆どなく山門も固く閉じられている。

大楽は尾行の気配にだけは注意していた。もし呼び出した相手が主計ならば、何処かに潜み自分を監視する追手によって、主計の身柄を押さえられる危険がある。勿論、自分を狙う刺客がいないとも限らない。今の江戸は自分にとっても主計にとっても、敵ばかりだと思っていた方がいい。

七面明神をやり過ごすと、浄妙寺が見えて来た。どこぞの塔頭《たっちゅう》（本寺の境内にあるわき寺）というわけではないが、小さな寺で住持《じゅうじ》の他には寺男が一人いるだけである。谷中の外れにあり、周囲は百姓地だった。

山門は閉まっていたが、くぐり戸は少し開いている。大楽は周囲を見渡し、尾行が無い事を確認すると、くぐり戸へ近付いた。

「お入りなされ」

中から声がした。誘われるままに中に入ると、住持が一人待っていた。

歳は五十半ば。萩尾道場の客ではないが、何度か顔を合わせた事はある。別段親しいと言える間柄でもない。

「御坊が俺を?」

そう問うと、住持は首を振って庫裏《くり》の方に眼をやった。

「名も明かさぬ侍でございますよ。一夜の逗留《とうりゅう》を請われましてな。事情があって名は申し上げられぬと。これも仏の導きとお受けしたが、お知り合いですかな?」

「さて。自分の名も明かさずに他人様を呼び出すような知り合いはいねぇな」

やはり、主計かもしれぬ。その期待を胸に庫裏の一間へと入ると、見知らぬ若い武士が待っていた。

百目蝋燭の灯りの中で、若い武士がしたたかに頭を下げる。

大楽は想像以上の落胆を覚えながら、黙礼で応えた。

「初めて御意を得ます。私は斯摩藩書院番士、立山庄之助《たてやましょうのすけ》と申します」

立山という武士は、二十五か六といった所か。色が白く、目鼻立ちがしっかりしている。あの少年が言っていたように、男前で綺麗な顔立ちだった。

「大楽様のお話は、主計様より常々聞いておりました」

「へぇ、主計に」

立山は少し頷き、膝を詰めてきた。

「単刀直入にお訊きしますが、主計様の所在をご存知ではないでしょうか？」

「何だ、お前も権藤の回し者かい」

「その名が出るという事は、主計様の脱藩の件をご存じなのですね？」

大楽は、一呼吸だけ間を置いた。その僅かな時間で、明かすべきか考え、「知っている」とだけ答えた。

「やはり、お聞き及びでございましたか」

「俺の質問にも答えろよ。お前が権藤の手下かどうかってな？」

「いえ、それだけは断じて違います」

立山は、間髪《かんはつ》容れずに即答した。

「証拠が無いとねぇ。違うと言われて『はい、そうですか』って信じられるほど、俺はお人好しじゃない」

「私は、主計様と共に脱藩した同志の一人なのです」

その言葉に、大楽は目を見開いた。まさか同志がご登場するとは思わなかった。

「権藤の野郎は、主計に同志がいたとは言ってなかったぜ。椋梨って野郎も」

「隠したのでしょう。全てを明かす必要はありませんから」

確かに。大楽は頷いて「お前と一緒に主計は脱藩したのか？」と訊いた。

「厳密に言えば、一緒ではありません。他に二人いますが、それぞれ散り散りに分かれて藩《くに》を出ました」

「誰が機密を持っているのか、攪乱《かくらん》する為だな？」

「ええ、その通りです」

「それで、俺を呼び出した理由は？」

「先程申し上げました通り、主計様の所在を」

「ちょっと待て。何故、俺が主計の居場所を知っていると踏んでいる？」

「それは……。主計様が江戸で何かあれば、大楽様を頼れと言われたからにございます。そして、主計様も大楽様を頼ると」

嘘は吐いていない。それは立山の目を見ればわかる。

だからとて、この男を簡単に信じる事も出来なかった。

「へぇ、そいつは見込まれたもんだぜ。だが、権藤と俺が手を組んでいるとは思わねぇのかい？　主計がいなけりゃ、俺が萩尾家を継げるのだし」

「それはありませんね」

「何故、そう言い切れる？」

「主計様が、大楽様を信じているからです。あの方が信じたのなら、私も信じる。それこそ、同志というもの」

「青いな、全く。笑わせるぜ」

「それに、本当に通じているのなら、この場でそうした質問をしないと思います」

「そりゃそうだ」

　頭は悪くないが、青い。しかし、その青さが信用できる点だった。

　主計と、同類の匂いがする。あいつも、義だの忠だのという規範を重んじる所がある。類は友を呼ぶ、と思えば納得だった。

「主計の居場所はわからん。だが、助けるつもりさ。だから教えてくれ。斯摩で何があったのか。そして、主計は何を持ち出したんだ」

　大楽の言葉に、立山は一つ頷き、口を開いた。

「我が藩は財政難にございます。それは大楽様がおられた時と変わりありませんのでご存じでしょう」

「ああ、知っている」

　財政の窮乏《きゅうぼう》は、享保年間（一七一六年～一七三六年）に起きた大飢饉《だいききん》が原因だった。五十年近く前の事であるが、領民の約三割という餓死者を出した惨事の爪痕が、深く残っているのである。執政府は何度か藩政改革を実施したというが、奔放な藩主家の浪費もあって思うような結果を挙げていない。

「最近は幾分か持ち直しはしましたが、未だ厳しい状況にあります」

「らしいな。それこそ、持ち直したのは宍戸川の手腕だと聞いたが」

「ええ。長く財政難に対して有効な対策が出来なかった為、一門衆を中心に執政府へ……宍戸川に批判が寄せられたのです。ただでさえ、一門衆に評判は良くない男ですから」

「そうだな。俺の親父も嫌っていた」

萩尾家は一門衆であり、その筆頭格でもある。その一族である自分が言うのだから間違いない。

「故に、宍戸川は本腰を入れました。質素倹約のみならず、藩内の殖産《しょくさん》を奨励《しょうれい》し、特に木蝋《もくろう》や和紙、斯摩《しま》絣《かすり》を博多から江戸や上方へ売り込みました」

「それだけを聞きゃ、中興の名宰相じゃねぇか」

「しかし、どうもおかしいと疑念を抱いた者がおりました」

「誰だ？」

「喜多村源内《きたむらげんない》。勘定奉行支配下の算用会計方《さんようかいけいがた》頭取です」

「喜多村か」

この男は知っている。藩校で同輩だったのだ。一本筋が通った男で、曲がった事が嫌いだった。あまり話す機会は無かったが、確か乃美とは親しかったはずだ。

「ええ。喜多村殿は藩の帳簿を確認し、それを勘定奉行に上げておりましたが、どうも数字に不審な点があると独自に調査をしたそうです」

「それで？」

「江戸や上方で捌いた藩の殖産品が、相場の十数倍で取引をされていました」

「そこは手練手管じゃねぇかい？　宍戸川は武士と言うより商人のような男だ。相場より大きく売った可能性はあるぜ」

「そうかもしれません。殖産方の役人は、宍戸川が見込んだ者が集められておりますから。しかし、喜多村殿は納得せず、更に調べを続けました。上役の勘定奉行には報告せず、たった一人で」

「生真面目なこったな。昔からそうだったがな」

「時を同じくして、船手方の谷万助《たにばんすけ》殿が、大島の漁師に奇妙な船の存在を聞き、船手頭へ報告しました」

「奇妙な船？」

大島と言えば、玄界灘と響灘《ひびきなだ》の境界にある小島である。

「ええ。見慣れぬ形状の船だそうで。大島の漁船と協力して取り囲もうとした所、一目散に離脱したそうですが」

「なるほど。そりゃ、異国の船だろう」

立山は、何の逡巡もなく頷いた。

「それで執政府はどうした？」

「一応は動きました。船手頭が自ら指揮し捜索をしたようですが、何も見つからず。異国船は漂流したもので、自力で帰ったのだろうと結論づけました」

「まぁ、あり得ない話ではねぇな」

大楽も叔父に、異国船の話を聞いた事がある。

特に宝暦年間（一七五一年～一七六四年）には、長崎で行われた貿易制限であぶれた者が、玄界灘に現れては抜け荷をしていたという。そこで斯摩藩は幕府の命を受け、長州藩や小倉藩と共に異国船の討伐を行っている。姪浜の漁師は、その海戦に水主《かこ》として駆り出されたのだ。

「ですが、玄界灘の捜索を行った数日後、喜多村殿が殺されたのです」

「何？」

「勘定所からの帰り、背中をばっさりと。恐らく口封じでしょう。跡継ぎがいなかった喜多村家は無嗣断絶《むしだんぜつ》。そして、屋敷と共に喜多村殿の所持品が全て押収されてしまいました」

「そうか。喜多村は不正の真相に辿り着いていて、宍戸川がその証拠を奪おうと画策した」

「その通りです」

「だが、そこに主計がどう関係しているんだ。聞く限りだと、喜多村の一人働きじゃねぇか」

「喜多村殿は孤軍奮闘を続けていましたが、いよいよ身の危険を感じたのか、宍戸川を苦々しく思っていた主計様に、後ろ盾になるよう協力を求めたのです。主計様は快諾し、喜多村殿はこれまでに掴んだ証拠を主計様に預けました。殺される三日前の事です」

「で、喜多村が殺《け》された後は？」

「主計様は信頼できる同志と共に、調査を受け継ぎました。私もその一人です。そして、遂に掴んだのです。動かぬ証拠を」

立山は些《いささ》か興奮気味だった。僅かだが、顔も紅潮している。そうした所が青い、と大楽には思える。

「それは？」

「抜け荷の割符です。宍戸川は御用商人の須崎屋六右衛門と組み、玄界灘の沖合で、唐船や阿蘭陀《オランダ》船と取引をしていたのですよ」

やはりな。と、大楽は内心で頷いた。

抜け荷の収入は殖産で得たものに上乗せして、藩の金庫に入れた。しかし、その金額の操作に穴があったので、喜多村の目に留まってしまった。いや一本筋が通った喜多村だからこそ、そのまま流さなかったのだ。他の者なら気にも留めなかったか、見て見ぬふりを決め込んでいたであろう。

「しかも、その抜け荷の輪が斯摩と博多で根深いものであるという事もわかりました。博多と斯摩の裏には、玄海党《げんかいとう》という集団がいて、抜け荷に関わっているのです。そして彼らによって、荷は全国に捌かれているとか」

「なるほどな。相場以上の利は、抜け荷によるものか」

玄海党の頭が宍戸川か須崎屋かわからないが、その品々は久松屋によって運ばれ、嘉穂屋にも入っている。嘉穂屋としても、大事な抜け荷の道を潰されたくはないので、主計を追っている。全てに合点がいった気がした。

「立山、経緯はわかった。だが、それだけ訊くと宍戸川は忠義の為にやっているように聞こえるぜ？　もしかすると、奴は汚名を覚悟で抜け荷を行い、事が露見《ろけん》すれば一人で罪を背負う。そんな覚悟があるかもしれねぇ」

立山が、呆気に取られた表情をしている。正気か？　と言わんばかりだ。勿論、冗談である。しかし、立山のような青い奴を見ると、ちょっかいを出したくなる。

「藩庫に納めている額は、ごく一部です」

「何故それがわかる？」

「主計殿が、長崎に手を回して抜け荷の相場を調べました。それと殖産品の額を鑑みると、藩庫に納められる額は、十分の一にも満ちません。つまり、残りは宍戸川と玄海党によって配分されているのです」

立山の言葉が本当なのか、大楽に判別は出来ない。だが、宍戸川ならやりそうな事だと思った。

宍戸川は、守銭奴《しゅせんど》である。銭に卑しく、平然と賄賂も受け取る。しかし、銭に見合った恩恵しか与えない。噂では、賄賂の額と名前を帳面で記録しているとも言っていた。

「それで、主計が脱藩したのは何故だ。公儀に訴える為か？　殿様か？」

すると、立山は首を横に振った。

「世子、堯雄様です」

「ああ、一橋からの養子の」

「お殿様は風流狂いを続けさせてくれる宍戸川を断罪する真似はしません。あの二人は一心同体ですから。ですが、英明と名高い堯雄様ならばと踏んだのです」

「それでか。しかも追っ手が掛からぬよう、それぞれに分かれて」

「大楽様」

と、立山は首にかけていたお守り袋を外した。

そして留め口の紐を解いて開く。中から出て来たのは、親指よりやや小さい木片だった。

「これは？」

「どうぞ、お手に取って」

大楽は言われるがままに、その木片を摘まみ取った。

木片には、何やら文字が彫り込まれ、墨入《すみい》れされている。だが、それはちょうど半分で立ち割られているようで、何と書いているのかは見えない。また、切断面は緩やかな波状となっている。恐らく、もう一つ同じものがあり、組み合わせる事で一つの文字となるのであろう。

裏面も文字がある。そこには、三文字の漢字が記されている。微かに『行龍』の文字が見える。

「鄭行龍《ていぎょうりゅう》。唐土の海商です」

「すると、これが盗み出した機密という事か」

「偽物ではございますが、ほぼ同じものです。もう片方は鄭行龍が所有しています」

「雌雄一対になっているのか。そして、割符を組み合わせる事で抜け荷の取引をするってわけだな？」

「ええ。かつて勘合貿易というものが唐土との間にありましたが、手法としては同じでしょう」

大楽は、割符をお守り袋へ戻した。

「で、本物は？」

そう訊くと、立山の視線が強いものになった。

無理もないと、大楽は苦笑した。割符の所在こそ、主計一党の最後の秘密なのだ。そこまで踏み込ませるべきか、この男は迷っているのだ。

「申し訳ありませんが、私は知りませせぬ」

立山が軽く目を伏せた。

「主計様にしかわかりません。お持ちなのかどうかさえ私には」

「そうかい。だが江戸の裏は、その割符を巡って大騒ぎだぜ？」

「そのようですね。斯摩藩と須崎屋の追っ手は何度か躱しましたが」

「それだけじゃねぇぞ。嘉穂屋は俺にちょっかいを出すほど本気だし、佐多も益屋も興味津々って具合だ」

立山がぽかんとした表情を浮かべていた。

（浅葱裏は、これだから面倒臭ぇ）

かつて、自分も野暮な田舎侍であった事を思い出しながら、玄海党と呼ばれる抜け荷一味と、その買い手であろう嘉穂屋との関係、そして武揚会についても説明した。

「何とも、江戸というのは伏魔殿ですね」

「銭の亡者が跳梁跋扈《ちょうりょうばっこ》しているのさ」

立山はふっと笑みを浮かべて、偽造割符の入ったお守り袋を、大楽の前に差し出した。

「どうぞ、お持ちください」

「おい、お前」

「剣術がからっきしの私より、大楽様の方がこれを守り通せますし、何より有効に使ってくれそうですから」

「俺を利用する気か？」

「大楽様を騒動の渦中に引きずり込む行為だとは自覚していますが、主計様の御意思でもあるのです。もし、大楽様が騒動に関わる事があれば、これを渡してくれと」

大楽は舌打ちをして、お守り袋を掴み取った。

「その心の内は存じ上げません。主計様は、無口な方でございましたので。しかし、大楽様の事を語る時、その表情は和《やわ》らぎ、憧れと敬愛が見て取れました。恐らく自慢の、そして頼れる兄上なのでしょう」

殺し文句だ。主計め。どこまでも、俺を使いやがる。それは利用なのか。或いは頼っているのか。

「いいだろう。こいつは俺が持っていてやる。だが、使い方は任せてもらうぜ」

それから、大楽は立山に藩内の情勢を聞いた。

宍戸川を敵にまわす。その為には、ある程度の事は知っておかなければならない。

藩内は相変わらず、宍戸川の天下。藩執政府は子飼いで固め、江戸屋敷も片腕の権藤を送り込む事で制御下に置いている。

また、先年には七人の息子の内の二人を、若年寄と寺社奉行に引き立てている。来年には執政府入りもあり得るのでは？　と噂されているという。

庫裏を出る前、大楽は立山にこれからどうするのか訊いた。

「江戸の郊外で身を隠しますよ。何か動きがあれば、藩邸にいる同志から連絡が入る手筈になっていますし」

「日野本郷に佐藤《さとう》という名主がいる。俺とは昵懇《じっこん》の仲で、お前一人を匿《かくま》うぐらいの力はある男だ。何かあれば頼ってくれ。俺の名を出すだけで話を聞いてくれるはずだ」

「お気持ちだけで。これ以上、大楽様にはご迷惑をお掛けできませんので」

「何を今更」

大楽が鼻を鳴らすと、立山は微笑んで肩を竦めた。

また何かあれば知らせると言って、大楽は浄妙寺を辞去した。

時刻はわからないが、闇の濃さは増している。大楽は山門脇のくぐり戸から外に出た。

不穏な気配は無く、茫漠《ぼうばく》とした闇だけがあった。

三

久し振りの谷中は、縁日かと思うほど、人出が多かった。

谷中は江戸の郊外、それも寺町というから閑静な場所かと思っていたが、感応寺を中心に新茶屋町から中門前町にかけては、中々の賑わいを見せている。

堯雄は二名の供を連れ、谷中界隈を練り歩いていた。目的は、萩尾大楽。この男を、己の眼で見定める為だ。

乃美の大楽に関する報告書は、精細を極めていた。萩尾家中での大楽の立場。父親と継母との関係。斯摩にいた時代に好んだもの、場所。剣の師である叔父の事。斯摩を出奔した理由。そして、大楽が谷中で閻羅遮と呼ばれるようになった経緯まで書かれていた。

その報告書を何度も読んだ堯雄は、麾下に加えたいと思った。

「家臣になれと言って、素直に従うような男ではありません」

堯雄の心中を察してか、乃美はそう忠告してきた。

確かに、そうであろう。藩主家の一門衆という身分をあっさりと捨てる男だ。ただの一言で従えられるとは思っていないし、そういう男は求めていない。

ならば、どうするか。

頭を下げるか？　銭を積むか？　いいや、違う。侠《おとこ》を売り物にしている男だ。こちらも侠《おとこ》を見せるしかない。

(兎も角、まず顔を拝みに行こう)

そう思い立ったのは、二日前の事。

乃美に命令すれば、すぐに大楽と会える算段を付けてくれるだろう。しかし、それでは意味がない。気構えない大楽が見たい。あの男が、谷中でどう生き、どう振る舞っているのか。そこで見極める。自らの手駒になり得るか、否かを。

「五重塔が無いのは、あの大火が原因だったと聞いた」

ついでにと参詣した感応寺を出た堯雄は、独り言のように呟いた。

左右に侍《はべ》る護衛は顔を見合わせると、熊のように厳つい田原右衛門《たばらうえもん》が頷いて口を開いた。

「左様にございます。殿が十二の時でしたか」

「すると、十年も前になるのだな」

目黒行人坂から出火した火が瞬く間に広がり、夜の闇を紅蓮《ぐれん》の炎で赤く照らした。あの日の地獄絵図は、そうそう忘れられるものではない。

明和九年（一七七二年）の大火で、一万数千もの人間が死んだ。江戸という町は、大火の度に多くの命を焼き尽くしてきたが、それでも絶える事はないから不思議である。

「あの大火で、私と田原殿は兄君に命じられ、殿を連れて火の手が及ばぬ郊外へ逃げたのを覚えておられますか?」

そう訊いたのは、色男の溝口文四郎《みぞぐちぶんしろう》である。

「忘れるはずはなかろう。お前たちは、命の恩人なのだからな」

田原と溝口は、一橋家から堯雄と共に渋川家に入った近習だった。堯雄の護衛だけでなく、手足となっても働く。田原が三十二で、溝口は二十九。二十二歳の堯雄にとっては兄のような存在であり、斯摩藩内に於《お》いては、唯一信頼できる家臣だった。

「しかし、殿も回りくどいやり方をなされる。萩尾という者にお会いしたいのなら、呼び出せばよいのです」

溝口が話題を変えた。大楽の件は、二人に伝えてある。主計の兄という事も、麾下に加えたいという事も。

「それは駄目だ。私の名を出した途端に相手が構えてしまう。知らぬままで会う方が、あの男を知れる」

「そんなものなのですかねぇ」

男が男を知る。その為には、必要な事だ。

「溝口、殿には深いお考えがあるのだ」

田原が口を挟み、溝口は肩を竦めた。

二人には、気軽な物言いを特別に許している。田原が軽口を叩く事はまずないが、田原にしても溝口にしても、貴種たる自分にそうするだけの権利は十分にあるのだ。

あの火事の日、堯雄は兄、治済と共に白金にある別邸にいた。朝から目黒不動を参拝し、百姓地を散策して帰った頃合いだった。

兄は火消しの指揮に一橋の屋敷へ戻ったが、田原と溝口に自分を託し、ただ逃げろと命じた。迫りくる業火の中を、田原と溝口は手を引いて逃がしてくれた。

何度も死を覚悟した。その度に、あの二人が盾になってくれた。二人の身体には、あの時の火傷が幾つかある。それからだ。二人を忠臣と頼るようになったのは。


ふと、周囲が騒がしくなった。

巻き舌の怒声が聞こえてくる。すぐに「喧嘩ですね」と溝口が耳打ちした。

「行こう」

堯雄が二人に目配せをして先に進むと、若い男が破落戸たちに足蹴にされていた。

破落戸は三人。周囲には風車が散乱している。不運にもあの風車売りは、破落戸たちにぶつかってしまったのだろう。若者は腹を蹴り上げられて蹲ると、乱暴に髷を掴まれた。

風車が踏み潰される。しかも、執拗《しつよう》にだった。若者の口からは、悲愴な声が漏れた。

「殿」

前に出ようとした堯雄を、田原が止めた。しかし、堯雄は首を横に振った。

「無用だ。私が破落戸風情に後れを取るか」

破落戸たちは、なおも若者に対して何かまくし立てている。相手を委縮させて支配する。破落戸の典型的な手法だった。

「そこら辺でやめておけ」

堯雄は、破落戸の前に進み出て言った。

「なんでぇ、サンピン」

「やめろと言っている。多勢に無勢、卑怯とは思わんのか？」

堯雄は、頭領格と思われる破落戸に言った。

「はぁ？　てめぇにゃ関係ねぇだろうが」

「お前たちのような輩が、俺の視界に入っている。それだけで不快であるし、関係もある」

「何だと？」

「屑は去《い》ね、という事だ」

頭領格の顔がみるみる赤くなる。堯雄はそれが妙に楽しかった。挑発が効いている。何と単純な輩であろうか。

「言うじゃねぇか。面白い。この俺様に盾突こうとはな」

そう言って、頭領格が大きく踏み込んできた。拳。余裕を持って躱し、手首を掴んだ。それなりに迅いし、喧嘩慣れもしているのだろう。だが相手の力量を測れない所が、この男の限界である。

堯雄が腕を捻りあげると、頭領格の表情が苦悶に満ちたものになる。

「放して欲しいか？　いいだろう。こんな事をされては何も出来ぬからな」

と、押し出すように手を放すと、頭領格が一気に踏み込んで来た。堯雄も前に出る。

右の掌底で顎を打ち抜き、膝が落ちた所に、左の肘を顔面に叩き込む。更に抱え込んで、背中から地面に投げ落とした。

「兄ぃ」

見ていた破落戸二人が駆け寄る。堯雄が顔を覗き込むと、雷に打たれたように二人に脅えが走るのがわかった。

堯雄は懐から銭を何枚か摘まみ出すと、二人にそれを握らせた。

「これで医者でも連れて行ってやれ」

二人は倒れたままの頭領格を抱き起こして、駆け去って行く。

群衆が、拍手を投げかける。苦笑いを浮かべる堯雄に、風車売りの若者が礼を言う。

「構わぬ。当然の事をしたまでだ」

武士には義務がある。それは弱き者を守る事だ。

武士が米も作らず二刀を差して偉そうにしているのは、いざという時に戦わなければならないからだ。でなければ、ただの穀潰《ごくつぶ》し。そんな武士なら、この世にいない方がいい。

不意に、群衆が静かになった。そして、道を譲るように二つに割れる。

現れたのは、大きな男だった。地味な単衣《ひとえ》に袴《はかま》。総髪は整っているが、無精髭《ぶしょうひげ》を蓄《たくわ》えている。

「お見事」

男は野太い声で言った。

誰かが、閻羅遮と呼んだ。男はそれを気にする風もなく、堯雄の前に立つ。

「こりゃ、俺の出る幕は無かったな」

この男が、萩尾大楽。そう気付いた堯雄は息を呑んだ。

「あの破落戸たちは、近頃谷中にやってくる、やくざ者でねぇ。俺たちも手を焼いてんだ。お前さんには礼を言わなきゃな」

「それには及ばんよ」

「しかし、凄い手並みだねぇ。こんな骨のある侍がいたんじゃ、俺の稼業はあがったりだぜ、なぁ皆の衆」

群衆が笑い、閻羅遮の名を呼ぶ。只者ではない存在感だ。この場の雰囲気を支配している。

堯雄はそんな彼に問いかける。

「すると、貴殿が谷中で話題の用心棒か」

「ほう。それを知っているお前さんは？」

「ただの旗本さ」

「ただの旗本ねぇ」

男が潮焼けした顔に、少年のような笑みを浮かべた。堯雄はその微笑に吸い込まれそうになったが、同時に底が知れぬ暗さを持った瞳にも目を奪われた。

（これが、萩尾大楽……）

斯摩藩一門衆筆頭、萩尾家を継ぐべきだった男。そこらの破落戸とは、格というものが段違いだ。

「じゃ、旗本さん。俺の仕事を肩代わりしてくれた礼に、飯なんてどうだい？　俺が奢るぜ？」

「生憎《あいにく》だが、これから所用があるのでね」

「そいつは残念だ。だが、旗本さんよ。この借りはどっかで返させてもらうよ。俺は萩尾道場の用心棒、何かあったら声を掛けてくんな」

そう言った大楽は踵を返し、意気揚々と定食屋、たいらに入っていく。その大きな背中を眺めながら、堯雄はこの男が欲しいと心底思った。


それから幾つかの所用を済ませた堯雄が、赤坂氷川明神傍の斯摩藩中屋敷に戻ったのは、陽もどっぷりと暮れた頃だった。

御用部屋で溜まった報告書に目を通していると、襖越しに「殿」と声がした。

「入れ」

百目蝋燭の灯りで、陰気な顔が浮かびあがる。乃美である。この男は、いつも顔色が悪い。病気なのかと尋ねたことがあったが、昔からだという答えが返って来た。

「報告すべき事が、幾つかございまして」

乃美は襖を閉めると、堯雄の前まで膝行《しっこう》した。

「立山が江戸に入りました」

「ほう。無事に辿り着いたか」

立山庄之助は、主計と共に脱藩した男である。書院番士で、身分は馬廻り格。平士《ひらざむらい》に属する。堯雄が知っているのはそれぐらいで、勿論会った事もない。

「無事か？」

「ええ、嘉穂屋に追われているようですが、何とか逃げおおせております」

「やるではないか。困難な道のりだったろうな」

主計と立山以外の者は、江戸に辿り着けず命を落としている。

「そして権藤は、立山の入府に気付いていません」

「権藤と嘉穂屋は繋がっていないのか？」

すると、乃美が冷笑を浮かべた。人を小馬鹿にしたような、不快にする笑みだ。この男を親友と呼ぶ大楽は、よほど懐が深いのだろうと思ってしまう。

「それがもう一つの報告でして。どうやら権藤と嘉穂屋の仲が決裂したそうです」

「何だと？」

「両者は昨夜会談を行いましたが、物別れになったようです。権藤と嘉穂屋、双方の側から聞いた話なので確実でしょう」

乃美は堯雄の陣営に加わると、すぐに権藤と嘉穂屋の中枢にいる人間を、内通者としてこちら側に引き込んでいる。そこからの情報であれば、まず間違いはないだろう。

それにしても、乃美は油断ならぬ謀略《ぼうりゃく》の才である。故に得難い人材であり、既に参謀のような役割を任せている。

「しかし、何故だ？」

「嘉穂屋、そしてそれと繋がる須崎屋は、何とか抜け荷を続けたいのでしょう。一方の権藤、いいや宍戸川と言うべきでしょうか。その宍戸川は、全てを終わらせたいと考えているようで。その違いが物別れに至らしめたと」

「具体的には？」

「主計殿の処遇です。宍戸川は主計殿も立山も亡き者にして、抜け荷自体を闇に葬《ほうむ》るつもりでしょうが、嘉穂屋や須崎屋は違います。彼らが持っている物を回収し、異国との取引を続けたいのです」

「何とも欲深い事だ」

「それほど、御禁制の品……とりわけ阿芙蓉の利は大きいのでしょう。そして、日本《ひのもと》から売る俵物の利も」

わかる話だった。そこが武士と商人の違いとも言える。それにしても、面白い。宍戸川と玄海党の対立。それに自分と主計、大楽も加われば、水面下での争いが一層混沌としてくる。

「まさか宍戸川派と嘉穂屋が対立し、こんな状況になるとは思いもしませんでした」

「三つ巴《どもえ》か。さしあたり、立山を保護しようか。それと、主計の捜索にも力を入れてくれ」

まだ、主計の所在は掴めていない。嘉穂屋も権藤も同じだろう。軟弱な御曹司と思っていたが、中々どうして隠れん坊が上手い。

「わかりました。それとこれが最後のご報告ですが、赤羽孫右衛門《あかばねまごえもん》という南町奉行の与力を、こちら側に引き込みました。殿は、この男をご存知でしょうか？」

「赤羽？　さて――」

「嘉穂屋の影響を強く受けている南町奉行所にあって、賄賂も受け取らずに正義を貫く、真っ当な役人でございます」

「正義か」

「青臭い事ですが、正義を貫く事が民の為だと、当人は信じております」

「で、その真っ当な役人が、私に何かしてくれるのか？」

「この男は、長年阿芙蓉の道を追っていまして、その密売に嘉穂屋が絡んでいると睨んでおります」

「なるほど、そういう事か。お前という男は抜かりないな」

「恐れ入ります。敵の敵は味方、と思いまして。つきましては、近日中にお目通りを願えましょうか？」

「よい。会おう」

嘉穂屋の線から、宍戸川を追い詰める事が可能かもしれない。乃美はいざという時に、赤羽の後ろ盾になる許可を求めたので、堯雄は了承した。赤羽の情報を得る。その代わりに、生命と情報の正確性を保証する。それが交換条件だった。

「殿、萩尾大楽はいかがでしたでしょうか?」

報告を終え、辞去しようとした乃美が、思い出したように口を開いた。

「御眼鏡《おめがね》に適いましたでしょうか?」

堯雄の脳裏に、大楽の潮焼けした顔が浮かんだ。

大きな男。野太く、豪快。それでいて、繊細《せんさい》な一面もあるのだろう。哀しみを内包した、そんな目をしていた。

「あの男を使いこなせる男にならねばとは思った」

その一言に、乃美は頷いた。この男には珍しい、満足気な表情で。

それを見て、堯雄は言葉を零す。

「まるで、月と太陽だな。お前たちは」

「よく言われます」

乃美が冷笑を浮かべ、堯雄は「行け」と言わんばかりに、手を振った。

乃美と大楽。この二人を並べれば、堯雄の藩政の全権掌握も容易になるであろう。

田原や溝口には出来ない仕事も、この二人なら出来るはずだ。

四

江戸浦の沖合だった。

静かな春の日差しの中、大楽は釣り舟の艫《へさき》に寄りかかり、堺屋儀平の銘を持つ煙管《きせる》を吹かしていた。

空高く、雲が流れていく。昼寝でもしていたい。そんな気分にさせる陽気だった。

「ちょいと、旦那。萩尾の旦那」

着流しに頬かむりをした子鼠が、声を掛けた。この子鼠だけが竿を出している。

「何でぇ、煩えなぁ」

「竿先が震えてんですよ。どうしたらいいんですかい？」

大楽は片目を開けて、子鼠を一瞥した。小刻みに震える竿を手に、あたふたと慌てている。

「引いてみろよ。そのしなり方だと、大した魚じゃねぇ」

「へ、へい」

と、釣りあげたのは、小さな鯵《あじ》であった。刺身にも出来ない豆鯵である。

「おお、旦那。釣りあげましたぜ。あっしの初釣果《はっちょうか》でさぁ」

「お前、釣りは初めてなのか？」

「あっしは山国の生まれでしてねぇ。川の釣りなら見た事ありますが」

それにしても子鼠は嬉しそうである。歯を剥き出して、何だかんだと喚いていた。こうも喜ばれれば、豆鯵も魚冥利《みょうり》に尽きるというものだろう。

「で、子鼠よう。俺を江戸浦まで呼び寄せて何の用だ。まさか、俺に釣術《ちょうじゅつ》指南を求めようってわけじゃねぇだろ」

「まさか、まさか。旦那に耳よりの情報《タレ》がございましてね」

そう言った子鼠は、手際よく針先に沙蚕《ごかい》をつけると、再び竿を出した。やはり、密偵をしているぐらいだ。手先は器用で、初めてにしては要領がいい。

「色々と探っておりましたら、嘉穂屋が御禁制の阿芙蓉に手を出していると掴みましてね」

「阿芙蓉。やはり嘉穂屋が……」

「ええ。何でも江戸だけでなく、大奥や京の公家《くげ》も客だという噂も」

「おっと、そっちには触れたくねぇよ」

「で、あっしは益屋さんの指示で、嘉穂屋の阿芙蓉が何処から流れているのか更に調べたんですがね」

「博多か？」

「御名答。って、まだ須崎屋とは決まっていませんが、どうやら玄界灘から博多を経由して流れているようでございます」

「そうかい。道理で益屋や佐多弁蔵がこの件に噛んでくるわけだ」

「阿芙蓉の売買は、武揚会で禁止された掟。その非違を正すのが、同じ首領《おかしら》を務める者の役目だそうで」

子鼠はそう言うが、それは表向きの話であろう。真の目的は、嘉穂屋が握っている阿芙蓉の道を奪う事にあるはずだ。益屋も弁蔵も、あの太い利を前にすれば無視は出来ない。必ずやこの一件は、阿芙蓉がもたらす利権の奪い合いになるはずだ。

「てなわけで、益屋さんから頼まれたわけですよ。閻羅遮を最後まで助けてやってくれって」

「何？」

大楽は突然の申し出に驚き、身を起こした。釣り舟が揺れたが、子鼠は平然としている。身体の使い方を心得ているのだ。

「これから斯摩藩とやり合うのに、あっしみたいな鼻の利く走狗《いぬ》は必要でしょう。勿論、無償《ロハ》でございますよ。銭は益屋さんから頂戴しているので」

確かに、欲しい人材ではある。密偵という類の輩は好きではないが、その有用性は承知している。それが銭も払わずに雇えるのなら、喉から手が出るほど欲しい。

しかし、無償《ロハ》なのだ。必ず裏があるのは間違いない。美味《うま》い話には気を付けろ。十三年前に江戸に出て、傷と共に得た教訓だった。

「疑っておりやすか？　まぁ旦那は一文も払わずに、あっしのような凄腕を雇えるんですから疑って当然。ですがね、益屋さんはそれでもいいって言うんですよ。阿芙蓉の証拠、言わば嘉穂屋を消せる口実を掴めれば」

「つまり、お前を俺に協力させる代わりに、そこで得た情報を渡せってぇ話だな」

「有り体に申せば、そういう具合ですねぇ。どちらにせよ、あっしは斯摩藩を探りやす。そこで旦那に協力するのは、言わば益屋さんの厚意みたいなもんでして」

言われてみればそうだ。自分に協力しなくても、勝手に探る事も出来る。それをせずに手を組もうというのだから、慈善事業のようなものだ。

(故に怪しくもあるのだがな)

しかし、ここで断って益屋を敵に回すのは悪手だ。それに、谷中でケツ持ちをしてくれている、弁蔵の顔を潰す事にもなる。

「……わかった。お前を仲間に加えてやろう。だが、条件がある」

「何なりと」

「俺を通して知り得た事を益屋に報告するのは構わんが、益屋の意のままってのは御免だ。つまり、俺の命令が第一ってぇわけさ」

「まっ、いいでしょう。ですが益屋を裏切れとか、あっしに死ねっていうのは無しでお願いしやすよ」

「当たり前だ。そして、もう一つ。お前の名前を教える事」

条件が意外だったのか、竿先に目をやっていた子鼠が顔を向けた。

「あっしの名は子鼠でさ」

「渾名はいい。俺は本当の名前も言えない奴とは組みたくないのさ」

視線を竿先に戻した子鼠は、暫く考えた後に、仕方ないという風に頷き、竿を置いた。

「あっしは江戸では子鼠と名乗っていますがね。本当の名前は、畦利《うねり》貞助《さだすけ》と申しやす。仲間内では、『逸殺鼠《いっさつそ》』なんて呼ばれてましてね。殺しが得意な鼠という意味でございやすよ」

畦利貞助。姓を名乗る辺りは武家だろう。だが、その恰好はいつも町人風である。

「逸殺鼠の貞助か。何とも禍々《まがまが》しい名前だが、顔とは不釣り合いだな」

そう言うと、貞助は歯を剥き出して笑った。歯茎《はぐき》が丸見えとなり、醜悪な人相である。

「あっしは忍びでしてね。生国も主家も言えませんが、今はしがない無宿人でございやす。探索も得意ですが、一番は人殺し。そっちの命令もお聞きしやすよ。あっ、でも旦那。貞助と江戸の町中で呼ばないようにお願いしやすね」


大楽が不穏な気配を感じたのは、貞助と別れ、道場への帰りの事である。下谷広小路から左に曲がり、不忍池《しのばずいけ》の畔《ほとり》を歩いている時であった。

誰かが尾行《つけ》ている。二人。いや、一人か。正確な数を読ませるようで読ませない、巧妙な追跡である。

夕七つ（午後四時）。陽は傾き出しているが、人通りは多い。一度足を止め、不忍池を望むように周囲を見渡したが、武士や町人それに僧侶と、行き交う人が多く、追跡者らしき怪しい影は無い。それでいて、肌を刺すような殺気だけは感じるから不思議だった。

（こりゃ素人じゃねぇな……）

大楽は、腰の月山堯顕の重さを意識して歩いた。こんな所で抜き合う事にはならないだろうが、腰の大刀を意識させるだけの腕前ではある。

懐には、立山に預かった割符がある。お守りとして首から下げてはいるが、権藤なり嘉穂屋なりが、その情報を掴んだのか。

あれから立山とは連絡を取っていないが、日野本郷の佐藤宅にはまだ現れてはいないようだ。立山が現れれば、報告が届くように手配している。

（あの野郎、素直に従ってりゃいいものを）

まったく、今頃何処に隠れているのか。既に貞助には、立山の無事を確認して欲しいと頼んでいた。貞助は数名の手下を抱えているらしく、主計と併せて追わせる事が出来るのだそうだ。

谷中感応寺の伽藍《がらん》が見えてくると、尾行の気配はきれいさっぱりと消えた。谷中では分が悪いと思ったのか。或いは単なる嫌がらせか、気まぐれか。

兎も角、身体が軽くなった大楽は、そのまま新茶屋町の詰め所に顔を出した。

平岡が一人座っていた。何をするわけでなく、大刀を抱え煙管《きせる》を吹かしている。

「一人か？」

「ご覧の通り、俺だけです。七尾を見回りに出しているので」

「そうか」

　大楽は、途中で購った団子の包みを差し出した。平岡はそれに目をやって、軽く頭を下げる。

「夜番だったかな」

「ええ、今日は朝まで」

　大楽は平岡の対面に座ると、煙草盆を引き寄せた。刻み煙草を丸めて、雁首《がんくび》の火皿に詰める。火を付けると、狭い詰め所は煙草の煙で真っ白になった。

「平岡、変わった事は？」

「特には無いですね。今のところは、平穏という所でしょう。さっき、そこで酔客が暴れていましたが、許される範囲ですよ」

「見ねぇ顔はどうだい？」

「いますけど大人しいもんですよ。旦那のお灸《きゅう》が効き過ぎたんでしょう」

　平岡が、団子に手を伸ばす。厳つい顔をしているが、この男は甘党である。酒を飲めないわけではないが、甘い物には目が無い。

「それより旦那。何やら面倒な事に巻き込まれているそうですね」

　平岡が、さも興味無さげに訊いてきた。大楽は返事とばかりに、煙管《きせる》の雁首を叩いて灰を落とした。

「寺坂か？」

「いえ、金兵衛一家の若衆頭ですよ。ちょっと野暮用があって話をしたんですがね、嘉穂屋が旦那に探りを入れているって言いやがったんです」

平岡は、金兵衛一家と仲が良かった。門人になる前はやくざの用心棒をしていたらしく、その時からの付き合いらしい。金兵衛一家のみならず他のやくざも、平岡に対し一目置いているように見えた。

過去に何があったのか。調べようと思えば簡単にわかりそうな事であるが、大楽は敢《あ》えてそれをしないでいる。過去の事など、本人が言いたくなった時に話せばいいのだ。

「他に何か言ってたかい？」

「まぁ、身辺には気を付けた方がいいというぐらいですかね」

「ご忠告、痛み入るぜ」

「それで、どうなんです？　嘉穂屋とは」

「揉めちゃいねぇさ。少なくとも、俺は相手にしねぇよ」

「ならいいんですがね」

平岡との付き合いは、七年ほどだろう。それでも、この男とは深い話をした記憶がない。年に数回、一緒に飯を食べるぐらいだ。

寺坂と違って、仕事以外では付き合わないし、身の上の話もしようともしない。少なくとも、平岡はそう決めているようだった。

「気になるのかい？」

「一応」

　すると、大楽は思わず笑った。一応と言う辺りが、平岡らしかったのだ。

「旦那には恩義がありますから。俺みたいな破落戸が、門人として谷中界隈の役に立っている。そう思わせてくれる恩義が」

「なぁに、気にするな。実家の話だよ。それで、俺に話を聞きたいらしい」

「さる門閥《もんばつ》という実家ですか」

　大楽の出自について、多少の事は知っているらしい。恐らく寺坂が教えたのだろう。その先は知っている風はないし、今までに聞いてくる事もなかった。

「大した事はねぇさ」

「足軽の小倅《こせがれ》だった、俺よりは名門ですよ。こんな団子なんて口にすら出来なかった」

　と、平岡は二個目の団子に手を伸ばした。粒あんが載せられた、よもぎ団子である。

「そう言われちゃ、返す言葉がねぇ。所詮、俺は苦労知らずの御曹司だよ」

「九州の斯摩でしたね、確か」

「お前さんは？」

「赤間関《あかまぜき》。家からは壇ノ浦《だんのうら》が見えましたよ」

「俺の家からは博多浦さ」

　大楽は煙管《きせる》を仕舞うと、立ち上がった。平岡が軽く頭を下げた。

詰め所を出ると、夕闇に町が包まれていた。

これからが、新茶屋町の本番だ。既に方々からは、酔いが回った客たちの威勢のいい声が上がっている。騒々しいが、これが新茶屋町の平穏な風景だった。

萩尾道場の仕事は、この風景を守る事だった。

誰しもが、気持ち良く遊ぶ。粗相《そそう》をしない限り、排除する事はしない。当然その『誰しも』の中には、客だけではなく店の者も含まれている。

再び不穏な気配を感じたのは、感応寺と林光院の間を貫く、鬱蒼《うっそう》とした小道でだった。

普段は中門前町を経由し、感応寺をぐるりと迂回するよう右回りで帰る。だが、今日ばかりは、谷中に入るまで目障りだった尾行に対して、「来るなら来やがれ」と、人気《ひとけ》の少ない左回りを選択した。半ばやけくそだが、案の定であった。

両脇の木々の間から、男たちの影がぬっと浮かび上がって来たのだ。

三人。大小を腰に差している。武士だ。ただ、頭巾で顔を隠している。

「何者《なにもん》だい？」

大楽は、懐手のまま鷹揚に構えて言った。三人の中から、一人が前に出た。

「萩尾大楽とお見受けする」

「だとしたら？」

「同道を願いたい」

「権藤……いや、嘉穂屋の手先だな」

三人は、その言葉に何の返事もしなかった。

「もう一度問う。同道してくれまいか？」

正面の男がそう言っている間に、二人が大楽の背後を取った。

一向二裏《いっこうにり》。三人で一人を襲うには、最善の手だ。どうやら、ずぶの素人ではなさそうである。

「嫌だね。俺は見ず知らずの野郎に命令されるのが嫌いでね」

「ならば致し方が無い。殺しはしないが、腕の一本は戴こう」

そう言うと、三人が一斉に刀を抜いた。

「先に抜いたのはお前たちだぜ」

大楽は鼻を鳴らして、懐手を解いた。

その刹那《せつな》。飛礫《つぶて》。密かに握っていたそれを、正面の男に投げつけた。

「うぐっ」

顔面に、飛礫《つぶて》がめり込んだ。呻《うめ》き、怯《ひる》む。その隙を突いて、大楽は駆け出した。

月山堯顕を抜き払った。男が慌てて刀を振り上げる。だが、遅い。大楽は、剣気を十分に込めて一閃《いっせん》させた。

手に伝う、久々の感覚。刀を持ったままの、男の右腕が宙に舞った。

「だから、言わんこっちゃねぇ」

大楽は踵《きびす》を返し、刀身の血を払う。

「すまねぇな、少し掠める程度にしときたかったんだが、斬ってしまった」

時として、刀は持つ者の意思に反して動く事がある。長年連れ添った月山堯顕もそうだった。主人の危険を察知してか、勝手に動いたのだ。

「駄目だな、真剣勝負から遠のくと目測を誤らぁ」

背後の二人は、仲間が斬られた事にも動じずに、ひとりごちる大楽に向かって正眼に構えている。手負いとなった仲間を気遣う風は微塵もない。

「後ろのお二人さんも、やるかい？」

二人は顔を見合わせ、頷いた。大楽が嘆息《たんそく》しつつ正眼に構えようとした時、二人が左右に跳び退いた。

道の向こう。提灯の灯りが一つだけ見えた。猛烈な殺気である。腕を斬られた男も立ち上がり、身構えた。

現れたのは、平岡だった。ただ提灯を手にしているだけだが、平岡が放つ圧力に三人に明らかな怯えの色が浮かんだ。

平岡が本気で誰かとやり合うのを、大楽は見た事が無い。しかし真剣を持てば、この男には勝てないと常々思っている。

「退けっ」

分が悪いと悟ったのか、三人が駆け去っていく。

平岡は何も言わず、転がっている右腕を拾い上げると、雑木林に投げ捨てた。

「いずれ野犬が始末してくれるでしょう。そのままにしておくと、驚かれますからね。役人も出張るでしょうし」

「助かった、と言いたい所だが、用心棒が持ち場を離れちゃならねぇぞ」

大楽は、月山堯顕を鞘に納めながら言った。

「七尾がいますよ。それに寺坂さんも」

「報せたのか？」

「いえ、厠《かわや》へ行くと出て来ました」

平岡の表情は動かないままだ。全てがどうでもいいような、遠い目をしている。

「気になっちまったんですよ。旦那の後を尾行《つけ》る奴がいて、旦那もそれに気付いている風がある」

「らしくねぇな。お前さんは、万事他人とは深く関わろうとしない性質《タチ》じゃねぇのか」

「本来はそうですよ。ですが、前も言いましたが、旦那には恩義がある。一応俺のような屑でも、恩義は忘れたくない」

「嬉しいね。だが、これ以上は御免こうむるぜ。これは俺の問題だ。お前もだが、道場の奴らも関わらせたくはない」

すると、平岡は軽く目を伏せた。承知した、と言ったように大楽には思えた。

「じゃ、俺は戻ります」

大楽を追って来る気配は、もう消えていた。

二人は、ほぼ同時に踵を返した。

「ああ、助かったよ」


大楽が家に戻り、居間に蝋燭を灯すと、むさ苦しい中年男が部屋の隅に立っていた。

椋梨喜蔵。頬かむりをした、黒装束。その顔を見るまで気配を感じず、驚きと共に大楽は舌打ちをした。

「お前を家守に雇った覚えはないんだがな」

すると、椋梨は苦笑いを浮かべてみせた。

「申し訳ないと思ったんですがね、私もお役目でして。そのまま引き上げる事も出来たのですが、こうして一言お詫びを申し上げようと、わざわざ姿を現した次第です」

「お気遣い、ありがとうよ。でもなぁ、お前がやっている事は、斬り捨てられても文句は言えねぇ事だぜ」

「それは怖い。ですが勘弁願いたいものです」

そう言いながらも、椋梨の表情には怯えの一つも無かった。

「なるほど。俺を襲った奴らは、お前の差し金だったか」

「いやいや、あれは違いますよ。私どもは今のところ萩尾さんの敵ではありません。味方でもありませんがね」

「すると、やはり嘉穂屋の手下か」

だが、これも椋梨がそう言っているだけで、裏では連携している可能性はある。斯摩藩と嘉穂屋、二つの組織であるが、両者は抜け荷で繋がる玄海党。一蓮托生《いちれんたくしょう》の関係なのだ。

「お陰様で、ゆっくりと探す時間がありました」

大楽は、軽く居間を見渡した。荒らされた形跡は一切ない。いつものままだ。

「私も玄人です。不快な思いはさせていないつもりです」

「『そりゃどうも』って言いたい所だが、お前さんが勝手に上がり込んでいるだけで、俺は十分不快だ」

「それはお詫びするしかございません」

「それで、肝心の探し物はあったのか？」

「残念ながら」

「欲しい物が何か教えてくれりゃ、渡さない事もないんだがな」

「冗談でしょう。あなたがそう素直とは思えませんよ」

「だな。もし、これ以上探したいのなら、力尽くになるぜ」

「その必要はありません。私はこれで退散しますんで」

「ほう、ここから退散出来ると思っているのか」

大楽がそう言って気を放つと、椋梨が左手を前にし、右手から何かを出すのが見えた。

「こんな物を、上役から貸し出されましてね」

持っていたのは、短筒だった。しかも、三銃身回転式のものである。命中精度は高いものではないが、三発連続で撃てる事は脅威だ。

「剣呑《けんのん》だな」

暫くの沈黙の後、大楽は口を開いた。背中に伝う汗。肌が粟立《あわだ》った。真剣では何度も立ち合ったが、鉄砲を向けられたのは初めてだった。

「だから使わせないでくださいよ。一発で脳天を撃ち抜かないと、私は手負いの萩尾さんに斬り捨てられてしまいますから」

「そう願いたいものだな」

椋梨は短筒を向けたまま、後ろ手に襖を開けた。そこから台所へ降り、勝手口から出て行くつもりなのだろう。

「そうだ、お詫びと言っちゃなんですが、萩尾さんに一つ耳よりの情報を教えてあげましょう」

「ほう、そりゃありがたい」

「嘉穂屋宗右衛門が、凄腕の始末屋を上方から呼び寄せたそうです。元は江戸にいましたが、暫く上方にいたそうで」

「標的は俺か？」

「さぁ、そこまでは流石に。萩尾さんかもしれませんし、御舎弟殿かもしれません。或いは、最近江戸に入ったという同志か」

同志とは、立山の事だろう。江戸にいるという事だけは掴んだのか。

「名前は、瀧川藤兵衛。居合からの連撃が得意で、裏では『鎌鼬《かまいたち》』なんて呼ばれています」

「鎌鼬の藤兵衛ね。お詫びにしちゃ、ありがたい情報だな」

「だから、言ったでしょう。私どもは、今の所は敵ではないと。ま、味方でもありませんが」

そう言って椋梨は、短筒の構えを解かずに後ずさり、闇の中に消えていった。

五

玄関で訪《おとな》いを入れる声があり、表に出ると背の高い男が立っていた。

大楽は、その顔を見て一瞬身を固くする。

乃美蔵主。陰気な顔立ちが、僅かに柔らかい。それが笑っていると感じられるのは、この男が親友と呼べる存在であるからだろう。

会いたかった。しかし、心のどこかで会うのが怖いと思う自分もいた。特に主計の問題に首を突っ込んでからは、その気持ちが大きくなっていた。

乃美は、宍戸川に従っているはず。いわば敵であるのだが、親友と戦えるほど自分は強くもないし、非情でもない。ならば、敵だと決まる日が遠いものであればいいと考えていたのだ。

「入れよ」

「いいのか？」

「積もる話もあるだろ」

と、大楽は顎をしゃくって、中に入るように促した。

乃美を通したのは、客間の縁側だった。並んで座った。雨後の昼下がり。昨夜遅くに降りだした雨は朝に上がり、午前から一変した陽気が縁側に差し込んでいる。

「十三年振りかな」

乃美が、先に口を開いた。

先日、千里楼で少し顔を合わせたが、あの時は言葉を交わしていない。

「もう少し早く来てくれると思ったんだがな」

「すまない。藩邸勤めは色々とあってな」

乃美の声は、あの頃より幾分か低くなっている。

最後に別れた時は、お互い二十歳の若造だった。いつの間にか、三十路を超えている。

「萩尾、俺は嫁を迎えたよ」

「まぁ、その歳になればな」

「良家の女だ。息子と娘が一人ずついる」

「俺は独り身だ」

「だろうな」

乃美は、縫子との事を知っている。だから、だろうなと言ったのだろう。

愛した女も、十三年前に捨てた。萩尾家を守る為にした事だが、それは縫子を傷つけていい理由にはならない。だから、所帯を持つ気にはならなかった。

しかし、当時はああするしかなかったと、今でも思う。

柘植小刀太という男が、父の命を奪わんとしていた。止めるには、斬るしかなかった。

柘植は堯春の使番として傍近く仕え、主に一門衆とのやり取りに従事する役目だった。

その日、柘植は二人の部下を引き連れて姪浜の陣屋を訪ねたのだが、その席で柘植は文書の不備を父に指摘された。些細な間違いだったので、父は優しく教え、再度持ってくるように命じたのである。

しかし、柘植はそう捉えなかった。恥をかかされたと、父を逆恨みしたのだ。確かに部下のいる前で指摘するなど、父にも配慮が欠けた所はあっただろうが、それぐらいで命を狙われていい理由にはならない。

堯春も宍戸川も、父を守る気配はなかった。一門衆の領袖《りょうしゅう》として強い影響力を持っていたからか、この際死んでしまえという気持ちだったのだろう。或いは、柘植は堯春や宍戸川の手先だったのかもしれない。故に、大楽は先手を打って柘植を斬ったのだ。

乃美は最後まで、出奔に反対した。柘植の逆恨みを訴えれば、殺人の罪も許されると言ったのだ。

しかし、大楽は聞かなかった。そもそも、出奔は罪から逃げる為ではない。主計に家督を譲る為だったのだ。

あの日も、今日のような春の雨後。室見川の河原で「じゃあな」と、言って別れた。

「あれから江戸に出たのか？」

「そうだ。色々あったがな。ようやく、ここまでの身代になれたよ」

大楽は、煙草盆を引き寄せた。懐から煙管《きせる》を取り出す。こんな高級品を買えるまでになったのだと、何となく思った。

「今日は、御舎弟の事で来たんだ」

「ま、そうだろうな」

乃美は、大楽が出した茶に手を伸ばした。

「どこまで、この件を知っている？」

「それは言えんな。だが権藤に呼び出され、嘉穂屋の手先に襲われ、椋梨って野郎に家探しされた。その程度には関わっている」

「椋梨か。あの者は、灘山衆《なだやましゅう》だ」

「やはりね」

灘山衆とは、渋川家が秘密裏に抱える忍び衆である。

斯摩城下から二里強ほど北西、玄界灘に突き出した西浦半島の臍《へそ》の部分に灘山がある。そこで住まう下士《かし》を灘山衆と呼び、諜報や暗殺に優れた技を代々受け継いでいるという話だった。

「で、今日は権藤の名代で来たのか？」

「いや、親友としてだな」

「俺には、宍戸川に従う親友はいねぇよ」

大楽は、乃美の立ち位置を確認する為に言った。

乃美が本当に宍戸川派なのか？　どの程度の近さにいるのか？　どれくらいの量の忠誠を注いでいるのか？　親友といえど、それを測らなければ、話は進められない。

「お前にはわからんだろうが、城勤めをしていると、好き嫌いでは語れぬ事があるのだ」

つまり積極的ではなく、渋々宍戸川派に属しているのか。乃美の表情から、その本心は読めない。

「知らねぇな」

大楽は、煙管《きせる》の煙草に火をつけた。独特の香りが漂う。

「昔と少しも変わらんな」

「お前もさ。昔から分別臭い奴だった。だがよ、乃美。お前は昔、宍戸川を倒すって言ってたぜ」

乃美だけではない。かつて、青かった時代。自分もまた言っていた。あの男を始末しない限り、斯摩藩政が健全に機能する事はないと。

今思えば、青過ぎるほど青い夢だった。

「だからこそだ。安易に対立すると、あっという間に潰される。刀はここぞという時に抜くものだろう」

「なら、お前は俺の敵か」

「御舎弟を助けると決めたのか」

「だとしたら？」

「私もお前に味方したい。だが私とお前の個人的な友誼で、乃美家を道連れにも出来ん」

「そうかい」

「だが、出来る限りは協力はする。友として」

と、乃美は懐から一通の書状を取り出し、大楽に差し出した。

「何だこれは？」

「託《たく》された。お前に渡してくれと」

表紙には、流麗な文字で『萩尾大楽殿』と、記されている。

「誰だよ」

「松寿院《しょうじゅいん》様だ」

その名前に、大楽は肺腑《はいふ》を突かれた感覚に襲われた。

松寿院。俗名は鶴《つる》。父の継室で、大楽の継母。そして主計の生母である。

「読んでみろよ。久し振りに、母親からの手紙だ」

大楽は鼻白んだ心地で、その書状を開いた。

手紙は時候の挨拶に始まり、十三年間の音信不通、そして冷遇した事への謝罪が綴《つづ》られていた。

そしてやはりと言うべきか、脱藩した主計を捜し救って欲しいと、懇願の言葉が続いた。このまま行けば、主計は切腹。そして萩尾家も取り潰しになる可能性があると。主計が何らかの処罰を受けるのは致し方ないが、利発に育っている市丸《いちまる》にはお咎めが及ばないようにしたい、その為に協力して欲しいとも書いてあった。

「久し振りに便りを寄越したと思えば」

「それだけ、今の萩尾家は窮地なのだ。憎たらしいお前に頼るほどにな」

憎まれ口しか叩かない、あの忌々《いまいま》しい継母が助けを求めている。そんな虫のいい話はあるか、と思う反面で、あの女に頼られる事の嬉しさもあった。

ここで助けなければ、男が廃る。そう思ってしまう自分は、何て甘く青いのだろう。

「御舎弟は、機密を若殿に渡そうとしている」

「何故？」

大楽はそう言うと、書状から顔を上げた。立山から主計の目的が何であるか、一通りは聞いていた。が、わかっていてなお訊いたのは、その真偽を確かめる為にだった。

「若殿だけが、宍戸川に対抗出来るからだ。宍戸川を信頼しきったお殿様では、証拠を握りつぶすだけだ。勿論、公儀に訴えればお取り潰しは免れない」

若殿とは、一橋から養子入りした堯雄の事だ。どんな男なのかわからない。だが、引っ掛かるのは、一橋家の出身であるという事だ。

「つまり、主計は若殿に期待をしているわけだ。宍戸川を倒す存在になり得ると」

「心の内まではわからんが、そうだろう」

「だが、若殿は一橋の出身。公儀とは近しい仲じゃねぇのかい？」

「それは心配に及ばん。老中の田沼様を一橋様は支持はしておられるが、必ずしも一枚岩ではないのだよ」

その辺りは、大楽ではわからない幕閣と御一門との暗闘があるのだろう。しかし、幕府も絡んでいるのであれば、この問題はもっと根が深く厄介なものになりそうだった。

「その若殿が、主計たちの期待に応えられる男ならいいが」

「私もそう願っている」

と、そこまで言って乃美はすっと立ち上がった。

「帰るのか？」

「ああ。これでも忙しい身でな」

「そこまで送ろう」

大楽も立ち上がると、道場と母屋を繋ぐ渡り廊下を進んだ。

「答えたくないなら、答えずともいい」

「何だ？」

「立山には会ったか？」

乃美が呟くように訊いた。どんな時でも、この男の声色や声量は変わる事はない。

「知らねぇな」

「そうか。この男が、嘉穂屋に追われている。権藤も立山が江戸に入った事に気付いたのか、討っ手を差し向けている」

「華のお江戸で鬼ごっこかよ」

日野本郷の佐藤宅には、結局行かなかったのか。内心で大楽は舌打ちをした。そこに頼れば、見つかる事も無かったであろう。

「救ってくれ。御舎弟の数少ない味方だ」

「勝手にするさ」

渡り廊下を過ぎると道場だった。今の時分、門人の姿はない。元より、門人はいても真面目に稽古に励むのは、七尾ぐらいのものだ。

「お前に会わせたい男がいる。私を親友と思うなら会ってくれないか」

「宍戸川に従う親友はいねぇと言ったろう」

「頼む。会えば、私の本心がわかるはずだ」

乃美と目が合う。感情が何処にあるか読ませない、冷たい目をしている。

昔はもっと笑っていたように思えるが、十三年の年月が乃美を蛇のような抜け目がない男に変えたのだろう。

「いい道場だな」

不意に、乃美が話を変えた。

「使い込んでいないだけだ」

「閻羅遮。そう谷中で呼ばれているとか」

「まぁ、破落戸の大将みたいなもんだ」

「頑張っていたんだな、お前も」

そう言って、乃美は踵を返した。大楽は返す言葉が見付からず、その背中を見送るだけだった。

六

その男が萩尾道場の門を叩いたのは、乃美が現れた二日後の事だった。

「入門希望か？」

居間で横になっていた大楽は、居間まで呼びに来た寺坂に訊いた。

「いいや、腕前の検分だ。ちゃんと紹介状もある」

と、寺坂が横になったままの大楽に、書状を差し出した。

差出人は、浅草の手配師である栄三郎《えいざぶろう》からだった。この度、大切な取引先の商家に用心棒を斡旋《あっせん》するにあたり、その腕前を試して欲しいとの事であった。萩尾道場では、そういう商売も寺坂の発案でしていた。

「なるほどね」

「儂がやろうか？　今のお前さんは、それどころではないだろ」

寺坂は気遣うように言ったが、大楽は首を横に振った。

「いや、いいよ。やれる事ってのは、今の所は何も無ぇんだ。身体を動かしている方が気晴らしにならぁ」

この二日間で大楽がした事と言えば、立山探索に奔走する貞助の報告を待つ事と、淡雲と組んで貞助を仲間に加えた事を寺坂に明かしたぐらいだった。

寺坂を巻き込みたくない。そうした想いはあったが、もし立場が逆ならば同じように協力しただろうと、割り切る事にした。様々な局面で寺坂の存在は心強くもある。

「そうかい。なら、久し振りに二人でやるか」

「年寄りの冷や水になるなよ。まずは七尾だ。次にお前さんが相手をしてくれ。最後に俺だ」

寺坂が頷いて、居間を出て行った。

それから稽古着に着替えて道場へ出ると、神棚の前に男が一人座していた。

大楽を見て黙礼をする。大楽も頷いて返した。

「三保勘助《みもりかんすけ》。浪人。光当流《こうとうりゅう》の免許持ちらしい」

寺坂が側に来て耳打ちした。

「あなたが、三保さんね」

大楽の声に、三保が顔を上げた。自分と同年代だろう。目鼻立ちがすっきりした、二枚目である。軽く微笑んでいたが、暗い目をしていた。

厳しい世界で、生きていた男の顔だった。多くの生死《しょうじ》も見て来たのだろう。男の経験は顔に出る。

それを笑顔で隠してはいるが、隠しきれていない翳りが、大楽には見て取れた。

「栄三郎さんによれば、依頼元は大切なお客らしい。こちらも、それなりに厳しくするよ」

「構いません。その為に、来たのですから」

「防具はどうする？　一応、用意はあるが」

「私は無用で。お相手はどちらでも構いません」

大楽は頷くと、道場脇で控えていた七尾を呼んだ。

「七尾、防具はどうする？」

「私もいりませんと言いたい所ですが、遠慮なく使わせてもらいます」

「ほう」

それを聞いた三保も、七尾に顔を向けた。

「私はこれから上州屋さんの不寝番《ふしんばん》があります。万が一怪我でもあれば、お客さんに迷惑になりますから」

「いい心掛けだ」

大楽がそう言うと、遠くで三保も満足そうに頷いていた。


勝負は一瞬だった。

開始の合図と共に、七尾が竹刀を落としたのだ。

基礎からみっちりと道場で学んだと思われる、端正な正眼からの小手。大楽の眼をしても、何とか見て取れるほどの迅さだった。

七尾はもう一本と三保に迫り、それも小手を打たれて敗れた。七尾も決して弱くはない。それでも一瞬で決めてしまう三保の実力は、中々のものがある。

二人目の寺坂とは、打って変わって長い対峙が続いた。お互い潮合を読むような睨み合いが続き、結果として三保が面を奪うと同時に、寺坂が三保の小手を打っていた。

「三保殿は本当にお強いな」

寺坂が皺が多い顔を崩して言うと、三保は顔を横に振った。

「いや、まだまだです。勝てたと思ったのですが、小手をやられるとは」

その言葉が本当なのか、大楽には判断できないでいた。寺坂との対峙に手加減をしているようには思えなかったが、三保の涼し気な表情に余裕を感じる。

(立ち合いたいな)

と、柄にもなく、大楽は思った。剣客の虫が騒いでいるのだ。

寺坂と相打ちになった時点で、この三保にお墨付きを与える事は出来る。つまり、浅草の手配師、栄三郎の依頼は終わっていた。

それに、師範代と相打ち。破ったわけではないので、大楽が出る必要も無い。しかし大楽にはそれはそれを別にして、三保の腕前に興味が湧いてきた。

「三保殿。少し休憩を挟んで、次は俺とやろうか」

「いや、その儀には」

三保は、慌てて顔を横に振った。

「どうしてだい？」

「萩尾殿には敵わない事は明白です。それに、もし万が一があれば後に恨みを残す事になりましょうし、栄三郎殿の顔を潰す事にも。今後のお付き合いを考えれば、私はお墨付きさえ頂戴できれば十分でして」

ほう、と大楽は目を見開いた。予想外の反応だった。

「だが三保殿。道場や用心棒というものは、評判が左右する商売なのだ」

「いやはや、そこは私を信用してくだされ。左様な不義理はしませぬ」

三保が、大楽を見据えた。笑顔だが、有無を言わさぬ凄味がある。やはり、只者ではない。

「いいだろう、だが『これでお引き取りください』と、銭はやれんよ」

すると、三保は吹き出すように笑った。

「まさか。私はお墨付きさえ頂戴出来れば」

大楽は頷き、寺坂に栄三郎へ合格と伝えるように指示を出した。

「三保殿。その名を忘れんよ」

「いや、忘れて結構です。次にお会いする時は別の名かもしれませんので」

そう言うと、三保は深々と一礼し道場を立ち去った。

「欲しいな」

三保を見送る寺坂が、呟いていた。

「へぇ、お前さんがな」

「儂も若くないからな。平岡は柄じゃないし、七尾は若過ぎる。あんな男が儂の跡を継げば、ここも安泰だろうよ」

確かに、道場に欲しい。三保と名乗った男の顔、そして最後の言葉。大楽の読みが正しければ、それは出来ない事だ。三保はそこらにいるような男ではないのだ。しかし、あの男は――

「江戸の闇は深いな、底が見えん」

「は？」

「誰がどこで誰と繋がっているか、知れたもんじゃねぇや」

寺坂が、言葉の意味を問い質そうとしたが、大楽は片手を挙げて道場を出て行った。

第三章　同盟者

一

立山が死んでいた。無惨《むざん》に。一切の容赦もなく、殺された。

いつもより遅くに目覚めた日の朝だった。大楽の寝所に、血相を変えた寺坂が飛び込んで来たのだ。

道場の庭にある、土塀《どべい》のちょうど真下。立山がうつぶせになって転がっていた。壁越しに、外から投げ落とされたのだろう。立山は裸にされた上に、後ろ手に縛られている。致命傷になりそうな、刀傷は無かった。その代わり、顔は原形を留《とど》めぬほど腫れ上がり、両手両足の指は鋸《のこ》のようなもので切り落とされていた。

嘉穂屋の仕業だ。大楽は確信した。権藤ならば、わざわざ自分を挑発する必要はないし、もっと政治的な手段を講じるはずである。

それに、この拷問。明らかに、暗い世界に生きる者の所業に違いない。

憤怒が、全身に駆け巡った。立山とは、一度しか顔を合わせていない。友でも同志でもない。しかし、信じてくれた。この俺を信じ、割符を預けてくれた男だった。

「見せしめだろうか」

寺坂が呟き、大楽は無言で頷いた。

逆らえば、こうなる。お前だけじゃなく、主計もだ。そう思わせる為に、わざわざ亡《なき》骸《がら》を投げ込んだに違いない。

身柄を押さえてでも、道場で匿っておけばよかった。

（すまん、立山……）

大楽が心中でそう念じていると、貞助が塀を飛び越えて現れた。いつものようにヘラヘラとした余裕は無い。

「旦那、申し訳ねぇ。あっしが未熟なばっかりに」

「お前のせいではないさ」

と、膝をついて謝ろうとした貞助を、大楽は止めた。

「それまで一日に一度、どこかで目撃されていた立山さんが、三日前に忽然《こつぜん》と消えたんでさ。その時に、嘉穂屋に拉致されたと気付くべきでございやした」

嘉穂屋はその日以降も、探索を続けていた。その動きを察知していた貞助は、立山の姿が消えた事を拉致とは結び付けなかった。

嘉穂屋が探索していた――いや、その振りをしていたのは、斯摩藩や萩尾道場を出し抜くためだったのだ。そして、その罠に容易く食いついてしまった。

「子鼠よう。お前さんは千里眼を持っているわけじゃねぇ。こればっかりは、立山の運というしかない」

そう、運が悪かった。主計と関わってしまった事。そして、頼ったのが俺だった事。即ち、萩尾家と繋がってしまった事が、運の尽きだった。

「しかし、許せねぇな」

大楽が呟くと、寺坂と貞助は顔を見合わせた。

「おい、萩尾。まさか嘉穂屋に殴り込もうなんて考えているんじゃないよな?」

「ああ、嘉穂屋の野郎をとっ捕まえて、殴り倒してやらぁ。そんで立山の墓前で詫びを入れさせるのさ」

「旦那、それだけはやっちゃなんねぇ。むしろ、それこそ奴の思う壺《つぼ》でございやすよ」

「そうだ。他の門人への迷惑も考えろ」

わかっている。わかっていてもなお、抑え難い憤怒が言わせているのだ。

「嘉穂屋の事は、益屋さんや佐多の首領《おかしら》に任せておくんなせい。野郎の懐は火の車。そこにつけ込んで、二人が嘉穂屋の財を買収しているんでさ。花魁の着物を一枚、また一枚と剥ぐ具合に」

「素っ裸になるまで待てって事か。まどろっこしいぜ」

「そろそろ嘉穂屋の銭蔵《ぜにくら》も底を尽きまさぁ。そうなればこっちのもんですよ」

武揚会の事は、武揚会に任せる。今の所は、それが一番なのかもしれない。

「だが、見逃すのは一度だけだ。これ以上、何かあれば奴を斬るぜ」

それに、貞助は何も答えなかった。

「寺坂、立山を頼む」

「それは構わんが、どうするつもりだ？」

「武揚会の相手は武揚会とくりゃ、武家の相手は武家。ちょっくら斯摩の侍に会ってくるぜ。立山の事も伝えねばならねぇし」

と、大楽は横たわった立山を一瞥した。

所持品は何もない。髻《もとどり》ぐらい渡さなければ、残された家族も納得はしないであろう。


神田明神を囲む森の傍で、乃美が待っていた。

約束した場所だった。大楽の姿を認めると、乃美は大楽に向かって軽く手を挙げた。

相変わらず、身綺麗にしている。皺一つない羽織袴を、折り目正しく着こなしている様が、この男の性格を如実《にょじつ》に表していた。

「すまんな、忙しい時に呼び出して」

「構わんよ。かつて親友だった男の頼みだ」

「かつて、か」

「そう、かつてさ。それより、俺に会わせたいという男は誰だ？」

「それは会ってのお楽しみだ」

「言えよ。俺は誰だか知らない奴と会うほど暇じゃねぇし、楽しみだとも思えねぇ」

すると、乃美は苦笑しつつ、溜息を漏らした。

「そう言うと思ったよ。だが名前を言うと、お前は会わぬと言い出しかねん」

権藤、或いは嘉穂屋か。まずこの二人が浮かんだ。

「相手による」

「だが、今のお前であれば、会う事に何ら損にはならんはずだ」

「いいだろう。なら、会ってやる。が、癪に障れば、斬ってしまうかもしれねぇぜ」

「お前は、口ほどに短気な男ではないさ」

それから大楽は、乃美の案内で昌平橋近くの船溜まりへ向かった。そこには乃美が手配したと思われる猪牙舟《ちょきぶね》と船頭が待っていた。

船頭と言っても、武士の格好をしている。乃美の護衛として同行したのだろう。

「何処に連れて行こうってんだ?」

「大川だ。屋形船を準備しているので、そこで会ってもらう」

二人が乗り込むと、猪牙舟が動き出した。

春も中旬。少し暑いくらいの陽気であるが、舟に乗ると川面を流れる風が心地よかった。

筋違橋《すじちがいばし》を潜り、和泉橋を抜けた所で大楽は口を開いた。

「大事な話がある」

そこまで言って、大楽は艫で竿を操る足軽を一瞥した。

「あれは気にしなくていい」

「そう言われても、俺は気にする」

「あの者は私の護衛も務めている者で、斯摩から伴った青柳文六《あおやなぎぶんろく》という者だ」

乃美は、それなりに剣を使える。他にも槍術や弓馬も会得し、藩校での評価も常に上位だった。護衛など必要ないとも思うが、万が一を考えての事だろう。

「文六には耳が無いと思ってくれ。いや、実際に耳が利かない」

大楽は青柳に目をやった。すると、何かを察したのか、青柳は顔を伏せた。

若い男だ。二十三か四ほどだろうか。日に焼けて精悍な顔立ちをしている。舟の扱いも巧みだった。

「目的地まで先はある。お前が言う、その大事な話とやらを聞かせてくれ」

「そうさな」

この男に、どこまで打ち明けてもいいものか。自ら切り出しておいて迷っていた。親友だった。いや、今もそう思っている。が、こうして迷っているのは、十三年という歳月が予想以上に重いものだったからだろう。

「私を信用しろとは言わん」

「ならなんだ？」

「宍戸川を倒す。その気持ちは変わらん」

大楽は、乃美を見据えた。嘘を吐いていない。それが向けられた眼光でわかった時、大楽は口を開いた。

「立山が死んだよ」

「いつ？」

乃美は、表情一つ変えずに訊いた。

「さぁ。昨日だろう。知ったのは今朝だ」

「どうしてお前が知っている？」

「立山の亡骸が、道場に投げ込まれていた。次はお前だという脅しだろうな。権藤か嘉穂屋か知らねぇが」

「権藤は動いていない」

乃美が即答した。

「何故、そう言い切れる？」

「今も、立山を捜しに人を動かしているからさ。権藤の側近を、こちら側に寝返らせている。何かしらの動きがあれば、私に報告が入るはず。しかし、今のところ何の報せもない」

「へぇ、こちら側ね。しかし、そいつが報告していない可能性はあるんじゃねぇのか？」

こちら側。その言葉で、乃美が宍戸川と権藤に与していない事を察した。

ならば誰か？　乃美が自ら旗頭になるとは思えない。この男は帷幄《いあく》にいる事を好む。必ず旗頭となる男を祀り上げるはずだ。

「それはないだろう。内通者の家族は、中屋敷で下働きをしている」

「おっかねぇな」

裏切れば殺す、という事だろう。昔から乃美は、仕事は徹底してやり遂げる男だった。それが、謀略にも役に立っているのかもしれない。

「まぁ俺も、権藤がやったとは思っちゃいねぇ。立山を殺《や》ったのは、嘉穂屋だろうよ」

立山の亡骸が、脳裏に蘇った。泰平に慣れた武士には出来ない、凄惨さが際立つ拷問だった。素人が出来るような手並みではない。

「その通り。嘉穂屋が立山を殺した」

「お前、さては知っていたな？」

乃美の表情に、大楽は何か察するものを感じ取った。

「嘉穂屋の子分も、一人だけこちら側に寝返らせている。立山は、深川で捕縛《ほばく》されたようだ。詳しい経緯はわからんがね」

「捕縛されたと聞いて、動かなかったのか？」

「動いたさ。しかし、捜しようも無かった。それに遅かった。まさか、嘉穂屋に直接乗り込むわけにもいかん。斯摩の田舎者には、江戸の闇は深過ぎる」

斯摩藩、いや乃美に後ろ盾となる武揚会の首領《おかしら》がいれば、また違った結果になったはずだ。佐多弁蔵に断られたらしいが、それから協力者を得られなかったのだろう。

「全くよ。お前という奴は、いつから薄汚ねぇ謀略が得意になったんだ」

「自分でも驚いているよ。だがな、そうした自分を嫌いではない」

「楽しいかい？　人を嵌めたり、脅したりするのは」

　すると、乃美が茜色に染まる空を見上げた。

「そうしないと、己の道は開けないという気持ちで始めた事だが、それによって敵が追い詰められる様を見るのは、案外嫌ではない」

　乃美、お前はそんな男ではなかったはずだ、と言う気は無かった。

　人は変わる。十三年という時間は、人をひとり変えるには十分な時間である。

「そうしなければ、私は宍戸川の走狗《いぬ》になり果てていた」

「城勤めの辛さなど、俺には無縁だからな。そうさせちまうものがあるんだろう」

　乃美は何も答えなかった。ただ、腕を組んで難しそうな顔をしている。

　乃美家は、藩内では高い部類の家格であるが、それ故の苦労というものはあるのだろう。

　左手に隅田村が見えて来た頃、乃美が川の中央で停泊している大きな屋形船を指差して言った。

「萩尾、あれだ」

「浅葱裏風情が洒落てるな。屋形船で密会というわけか」

　乃美はその言葉には答えず、青柳に向かって忙《せわ》しく手真似をした。接舷しろとでも言ったのだろう。猪牙舟が、屋形船に近付いていく。

「萩尾、ここからは一人だ」

「お前は？」

「話が終わるまで、釣りでもして待っている」

「羨ましいな。代わって欲しいぐらいだ」

障子張りされた屋形船は、小さく派手でもないが、気品を漂わせるものであった。

「萩尾」

大楽が立ち上がると、乃美が呼び止めた。

「立山に、何か託されたか？　或いは、御舎弟の居場所とか」

「……お前もそれを聞きてぇ口か？」

「ああ、聞きたい」

乃美が即答すると、大楽は鼻を鳴らした。

「お前には言わんよ」


「入るぜ」

と、大楽が無造作に障子に手を掛けると、そこには数日前に谷中での喧嘩を収めた、あの旗本の顔があった。

「何だよ、あの時の」

男は、静かに頷いた。白い肌で、目元が涼しい好男子である。おおよそ、苦労とはかけ離れて育った生い立ちだと思わせるものがある。

男の対面、四歩ほど前に、酒肴の膳が用意されている。男の目がそちらに向き、大楽は頷いて腰を下ろした。

「あの時、お前さんは俺の誘いを断ったがな」

「その節はすまぬ事をした。そして、旗本という肩書が偽りである事も謝っておこう。私は、渋川堯雄。又の名を、一橋隼人正《ひとつばしはやとのしょう》という」

大楽は、その名を聞いて舌打ちをした。

またぞ。また俺は騙された。そう思うと、あまりの滑稽さに笑いが込み上げてきた。

「そうかい、そうかい。お前さんが、噂の若殿か。どうも、斯摩の連中は人を欺くのが好きなようだな。権藤の野郎といい、乃美の野郎といい、お前さんといい。それとも、騙される俺が馬鹿なのか？」

「すまぬよ。あの時は斯摩藩世子としてではなく、一人の男として会いたかった」

「それで旗本ときたか。まぁ一橋と言っても、長男次男でなければ、旗本と変わらんしな」

すると堯雄は、小さい笑みを見せた。不遜な物言いにも顔色一つ変えない。むしろ、それを楽しんでいる風でもある。

「お前と私は、二重の縁で繋がっていると思っている。まずは、斯摩藩の君と臣。もう一つは、同じ神君家康公の血を引く親戚。何とも奇妙なものだと思っている」

「奇妙か」

と、大楽は銚子に手を伸ばして自らの盃に酒を満たす。そして、一口に呷った。悪くない味だった。流石、斯摩藩世子が口にする酒というべきか。

誰と飲むかで味が変わるのも、また酒。斯摩藩主家という、最も嫌な相手と飲んでさえ美味いのだから、相当のものであろう。

「親戚である事は兎も角、君臣の関係は無いぜ。俺はとっくに出奔した身だ」

「脱藩の罪は許されている。かと言って、暇を出されたわけでもない。よって、お前は未だ斯摩藩士だよ」

「勝手な理屈だ」

「勝手ついでに、もう一つ勝手を言おう」

「何だ？」

「私と手を組め、萩尾」

「俺に、お前さんに従えと言うのかい？」

「これは臣従ではないぞ。対等の同盟者として、手を組もうと言っている」

大楽は、盃を口に運ぶ手を止めて膳に戻した。

「お前が主計を救う為に動いているという報告は受けた。私も主計を救う為に動いている。これは共に手を組むべきだと思うが」

「どうしてお前さんは、主計を助けてぇんだ？」

「野望の為だ」

そう言った堯雄の笑みは、人好きのする温かみは失せ、まるで蛇のような狡猾な表情になっていた。

「私は、親政を望んでいる。執政府の決定に頷くだけの主君ではなく、自らの才覚で親政を為したい。その為には、宍戸川派を一掃しなければならない。藩主になった私が、『思し召しに能わず』と宍戸川を失脚させる手はある。しかし、それでは宍戸川の影響は残ってしまうだろう。奴は巨樹に巣食った黴《かび》だ。幹の根本にまで、胞子が及んでいる。そうなれば、巨樹を引き抜くしかない。つまり宍戸川だけでなく、その一派を尽く根絶やしにするには、それだけの材料がいるのだ」

「それが抜け荷か」

大楽は、敢えてそれを口にした。尭雄は動揺する事なく、深く頷く。

胆力はある。腕も立つ。頭も切れると言われている。この男が斯摩藩を継げば、間違いなく今よりは良くなるだろう。

宍戸川のような奸臣《かんしん》の跳梁を許さず、尭春のように風流狂いもしないはずだ。

しかし、何処か危うさも感じてしまう。志や夢ではなく、野望と言った尭雄に。

「抜け荷は大罪だ。宍戸川とその一派、そして一族諸共に消し去る大きな理由になる」

「それと同時に、玄海党とやらを潰せば、博多商人から斯摩商人への圧力も薄まるってわけか」

「よく知っているな」

「お前と主計は繋がっているのか？」

「微妙な所だな。主計は、私が味方であるとは知らぬ。だが主計は、私なら何とかしてくれると思って江戸へ向かっている」

「主計はお前さんを信じたわけか」

大楽は立ち上がると、銚子と盃を持って壁際へ寄った。そこには障子窓があり、開くと暮れゆく風景が見えた。

屋形船は、川面を舐めるようにゆっくりと進んでいる。今は向島辺りだろうか。町屋より田畑の方が多いように見える。

「まぁ、手を組むべきだろうな。その方が利口だ」

「そうだろう」

堯雄が、脇息《きょうそく》で頬杖を突いた。この男は、天性の威厳というものがあるのか、その姿勢一つとっても風格がある。

「だが、世の中は利口者ばかりじゃねぇ。それに理詰めされた真っ当な正論でも、必ずしもそれが最善の答えとは限らねぇんだな、これが」

「何が言いたい？」

「俺は、お前さんを信用出来ねぇのさ」

「乃美はお前の友と聞いたが、乃美は我が腹心。その乃美も信用出来ぬのか？」

「ああ、出来ないね」

と、大楽は銚子を傾けて満たした盃を、呷って言った。

「乃美は確かに俺の友だったさ。しかし、会わぬ間に変わってしまった。それに加えて言えば、俺はお前さんが嫌いだ」

最後の放言に、真顔だった堯雄が噴き出して笑った。だが、頬杖を突きくつろいだ姿勢はそのままである。

「面白い。だから、私はお前に興味を持った。だがな、萩尾。最後は私に従う羽目になるぞ。あまり使いたくない手ではあるがな」

と、そこまで言うと、堯雄は姿勢を戻した。

「国元では、萩尾家を取り潰しにするという話が出ている」

「汚ねぇ手だ」

「脱藩だ。それに萩尾家の所領を、直轄地として組み込む好機である。取り潰しの話が出るのも無理はない」

「だろうな」

「だが、私ならそれを止める力がある。勿論、交渉次第であろうが、九割は救えるだろう」

「それで、お前に従えってか？」

すると、堯雄は静かに首を横に振った。

「いいや、手を組むのだ。対等の関係としてな。もし私を主君と呼ぶに値する男だと思ったのならば、いつでも申し出てくれ。重臣の席を準備しよう」

「誰がお前の家来になるかよ。それに家来になりゃ、こんな物言いも出来ねぇしな」

「当たり前だ。私はお前を親戚だと思えばこそ、特別に許している」

大楽はするりと立ち上がると、堯雄の眼前に座り込んだ。

奥の障子が開き、二人の屈強な近習が入って来る。それを堯雄は、手で制した。

「主計には妻と幼い子がいたな。それだけではなく、出家した母親も。お前の返事一つで、残された者の運命は変わる」

迷う余地は無かった。しかし、このような手まで使うのか。乃美の入れ知恵の可能性もある。あの男なら、このぐらいはやりかねない。

「いいか、若殿さん。俺は用心棒で、雇われて仕事をする稼業だ。主計は守る。これは弟だからだ。しかし、お前の野望を無償で守る義理は無い」

「金か。では、雇おう。幾らだ?」

「一日二分」

「安いな」

驚いたように言ったが、堯雄の表情に驚きの色は無い。

「相場というものさ。本当はもっと踏んだくってやろうかと思ったが、どうせその銭は斯摩の領民から巻き上げたもんだろう。てめぇが汗を流して得たもんじゃねぇ。そう思ったら、二分ぐらいでいい」

「減らず口だな」

「それでお前の野望を守ってやる。あくまで、主計を守るついでではあるが」

「よかろう。一日二分で、闇羅遮を得られると思ったら、儲けものだ」

具体的にどう連携するか、そうした話はしなかった。ただ、主計を助けるまでは協力する。それを誓い合ったに過ぎない。そうした話は、乃美とするべきなのだろう。

「一つだけ、俺から頼みたい事がある」

と、大楽は堯雄に銚子を差し出した。

「聞こう」

「立山の事だ」

「死んだと聞いた」

「そうだ」

大楽は、立山の死に様をざっくりと語った。堯雄は怒りを抑えるように、下唇を噛んでいた。

「国学に通じていたと聞いていた。惜しい男だった」

「お前さんが藩主になった暁には、奴の事も考えてくれねぇか。奴だけじゃねぇ、途中で死んだ同志たちも」

酒が堯雄の盃に、なみなみと注がれた。それを堯雄は笑って受け、二口で空けた。

「当たり前だ。そうした者に報いてこそ、君主たり得る」

力強い言葉だった。確かに、こうした男なら主計も信じるかもしれない。自分はどうだろうか、大楽は考えた。

親政を欲する、一橋の養子。才気に溢れ、見栄えもいい。この男なら、斯摩を変えられるかもしれない。

だが――。

俺は信じられるのか、この男を。

二

刻まれた名前に、どんな意味があるのか？　瀧川藤兵衛は、この墓を訪れる度に思う。墓の下で眠る女は、どんな大層な戒名《かいみょう》を付けられたとしても、糸《いと》でしかないのだ。少なくとも、藤兵衛にとっては。

「すまんな、長いこと来られなくて」

そう呟くと、藤兵衛は目を閉じて手を合わせた。

線香の煙が揺れている。いつの間にか、桜は散り、葉桜の季節になっていた。

本所押上村にある真宗の寺院。藤兵衛の前には、二つの墓が並んでいた。一つは最愛の妻だった糸の墓。もう一つはいずれ入るだろう、自分の墓である。

糸が病で死んで三年が経つ。三回忌《き》の頃は大坂にいて、何も出来なかった。その代わりが、今日だった。

糸とは、駆け落ちだった。故郷は、野州《やしゅう》のさる譜代藩。その中でも藤兵衛と糸は、士分に属さない足軽の出身であった。

糸は幼馴染のように育った遠縁の娘で、寡黙《かもく》だが心根が優しい人柄だった。それを、藤兵衛はいつしか愛するようになり、糸もまたその気持ちに応えた。

いずれ夫婦《めおと》にという話が内々にはあったが、糸の父親は瀧川家よりも遙かに裕福だった家に嫁がせてしまったのだ。

そこで糸を待っていたのは、激しい折檻《せっかん》だった。夫となった男には酒乱の気があり、それを家族は止めようとしない。見かねた糸が止めに入るも、今度は糸に殴る蹴るの暴力を振るう。その上、義母からの冷たい言葉の数々が、糸を追い詰めた。子宝に恵まれない糸を、義母は石女《うまずめ》と詰っていた。

藤兵衛は糸の苦境に我慢が出来ず、ほぼ衝動的に二人で藩《くに》を捨てた。そして流浪《るろう》し、その果てに江戸に流れ着いた。

貧しくも穏やかな二人の日々は、人生で唯一の清らかな記憶として残っている。

江戸に出て五年後、糸の夫が江戸に現れた。自分と糸を討つ為である。藤兵衛は糸との生活を守る為に夫を誘い出して斬ったが、その直後に糸が病に倒れた。

猛烈な腹痛を訴え、そして吐血を繰り返した。腹に腫物《はれもの》があるらしく、今の医術ではどうにもならないと、匙《さじ》を投げられた。

藤兵衛に出来る事は、御禁制にされている阿芙蓉を与え、最後の時まで苦しみから解き放つ事だけだった。

藤兵衛は高価な阿芙蓉を得る為に、両国一帯の首領《おかしら》、嘉穂屋宗右衛門の始末屋となった。

この嘉穂屋は阿芙蓉を売買する道を持っていて、藤兵衛に高額な報酬だけでなく阿芙蓉も与えてくれたのだ。

糸は程なく死んだが、藤兵衛が始末屋を辞める事はなかった。糸の世話から葬儀一切を取り仕切ってくれた嘉穂屋への恩義もあったが、それ以上に糸を失った虚無感が、藤兵衛に他の道を選ばせなかったのだ。

どうにでもなっていい。いつ死んでもいい。その命を投げやりにする事が、始末屋という殺しの生業では役に立ってしまった。

最初の数年で、人を斬りに斬った。そして江戸でのほとぼりを冷ます為、大坂に拠点を移した。そこでも仕事《ヤマ》を踏んでいたが、急遽呼び戻されたのは嘉穂屋が窮地に陥ったからだった。

どうも武揚会の首領《おかしら》衆との間に悶着を抱えているらしい。

詳しい事情はわからないが、それ以上の事に藤兵衛は興味が無かった。頼まれたから、仕事《ヤマ》を踏むだけ。もとより、糸が死んで以来は全てのものに興味が無い。

死なないから生きている、そんな日々が続いている。

「瀧川先生」

そう声を掛けられ、藤兵衛は目を開いた。

ゆっくりと声の方へ顔を向けると、商家の番頭風の堅そうな男が立っていた。

「滑蔵《なめぞう》さんか」

「探しましたよ先生。愛宕下《あたごした》の宿所にいらっしゃらないので」

番頭風の男が、丁寧に言った。

この男は滑蔵といい、裏で嘉穂屋の片腕となっている男だ。歳は四十路を越えたぐらい。一見して真面目な勤め人のように見えるが、その本性は中々えげつないものがある。人を殺すのも、痛めつけるのも、女を手籠めにするのも平然と出来る類の人間だ。

「それは申し訳ない。久し振りの墓参りでね」

「御内儀様のですね。それはそれとして、仕事《ヤマ》の方はどうでしょうか?」

今回の標的《マト》は、南町奉行与力の赤羽孫右衛門。南町奉行所で唯一、阿芙蓉の流れを追っている役人である。

南町奉行以下の役人は、嘉穂屋が鼻薬を利かせているらしいが、この赤羽だけが従わない。恐らく先祖代々町奉行与力を務めてきた、正義の血がそうさせるのだろう。

今年で四十二。お役目を引き継いで以降、自らの正義を貫いてきた男である。

当初、嘉穂屋はその赤羽を捨ておいていたが、ここに来て事態が急変し殺す事《け》にしたらしい。どうも、対立する益屋淡雲と繋がっている事がわかったからだという。

「ぼちぼちだ。今はゆるりと機を見ている」

「『ゆるりと』ですか。しかしながら、旦那様が少々お焦りでしてね」

「気持ちはわかるが、この稼業には機というものがあってだな」

「それは承知しております」

嘉穂屋は追い詰められている。それは最近の人使いの荒さで、何となく察していた。大坂から戻るなり、益屋の影響下にある岡っ引きを二人斬った。そして、今回の殺し。その間にも、斯摩藩士の立山を捕らえ、萩尾大楽という男の腕試しもさせられた。

萩尾大楽は、実に不思議な男だった。潮焼けした顔に少年のような笑みを浮かべるが、その眼差しには暗い翳りがある。それはまるで、全ての人を拒絶していると言わんばかりのものがあるのだが、それでいて人好きのする、懐が深そうな一面もあるのだ。谷中で閻羅遮の旦那と敬意を込めて呼ばれているのは、そのせいであろう。人を受け入れてそうで、本当の自分を見せようとしない。何とも不思議な男だった。

その萩尾大楽が、斯摩藩の有力な一門衆の出身だという事は、そのすぐ後にわかった事だった。

嘉穂屋の窮地が、斯摩藩と深い関わりがあるのだろう。立山に大楽、そして今回の標《マ》的《ト》である赤羽は、斯摩藩中屋敷に出入りしているという報告を受けていた。

「私も先生にお任せしたいところなんですが、旦那様にせっつかれていまして」

「おぬしの立場もわかるが、標的《マト》は存外にも用心深くて中々機を掴ませてくれんのだよ」

赤羽は、柳生新陰流《やぎゅうしんかげりゅう》の目録を持つ使い手である。それなりに修行したからか、気配に敏い所がある。ここ数日ずっと尾行《つけ》ていたが、何度か気付かれそうになっていた。

「では、少々手が込みますが当初の計画で行きましょうか」

「構わんよ。本当は独りで仕事《ヤマ》を済ませたかったが、相手が相手だ。滑蔵さんに従おう」

赤羽の暗殺は、当初は滑蔵の主導で進んでおり、藤兵衛の役割は赤羽を斬るだけだったが、その計画は嘉穂屋の身内以外の協力が不可欠なものだった。その前に機会があれば斬ろうと、藤兵衛が動いていたのだ。

「わかりました。では、二日後に決行します。場所は、鉄砲洲の久庵《きゅうあん》」

藤兵衛は頷くと、柄杓《ひしゃく》と桶を手に取った。墓参りは済んでいる。あとは、住持に幾らかの銭を包んで帰るだけだ。

「しかし、滑蔵さん。赤羽殿は当世では珍しく真っ当な役人だね」

「ええ、そうです。賄賂は受け取りませんし、困った者は身分にかかわらずに手を差し伸べるという御仁です」

「そのような役人が増えれば、江戸の町はもっと良くなるだろうな」

「だから奉行所内では嫌われるのですよ。正義を全うする赤羽様が眩しくて仕方ないから。まったく、屑ばかりですね、今の役人は」

「でも、そんな赤羽殿を殺《け》さなきゃならない」

「それが先生の稼業ですから」

「わかっているよ。嫌というほどね」

滑蔵が目を伏せた。藤兵衛は軽く微笑み、そして踵を返した。

芝愛宕下にある藤兵衛の宿所に滑蔵が現れたのは、きっかり二日後だった。

この屋敷は旗本、最上對馬《もがみつしま》の別宅であるが、名義を変えぬまま嘉穂屋が買い取り、大坂から戻った藤兵衛に提供してくれたのだ。

住んでいるのは、藤兵衛と若い下女が二人。下女は見栄えが良い女ばかりで、それも嘉穂屋の気遣いである。先日などは、「二人のうち、いや二人とも後添いにしていいのですよ」と言われたほどだ。当然、糸だけを愛している藤兵衛には、その気は全く無かった。

「どうです、ここでのお暮らしは？」

「快適だよ。何の不自由もない。快適過ぎて怖いぐらいだ」

「それはちょうどいい。旦那様がこの別宅を、先生に差し上げようかと言われていたのですよ。勿論、女たちも込みで」

「ふむ。魅力的な話であるが、それは御免こうむるよ。甘い話には裏があるものだ」

そう言うと、滑蔵の両目が鋭く光った。

「その言い様。もしや、先生は旦那様の善意を疑っておられますか？」

「私も始末屋として、一端《いっぱし》に稼ぐ身さ。善意が善意だけでない事ぐらいわかっている」

「先生はどんな真意があると？」

「自分で言うのもおこがましいが、嘉穂屋さんは私を手放したくないのではないだろうか？　下女のどちらかを後添いにという話もその一環だろう」

滑蔵が、茶に手を伸ばした。目の光は穏やかなものに戻っている。

「仰る通り。旦那様は味方の囲い込みに必死でしてね」

「それほど窮地におられるのか？」

「正業の両替商を、二代目の若に任せたら大損失を出しましてね。その尻拭いをしようと無理な商売をしたら、足がついてしまったのですよ」

「阿芙蓉か？」

その問いに、滑蔵は軽く微笑んだ。

「先生なら、問題ないでしょう。ええ、阿芙蓉です。それだけではなく、他にも南蛮や唐土の品々」

「抜け荷だな」

これは驚いた。嘉穂屋の阿芙蓉は、幕府専売のものを横流しで仕入れていると思っていた。まさか、抜け荷で阿芙蓉を得ていたとは思いもしなかった。

「扱う品もいつもより多く、仲介者も信用の置けない男でした。今は江戸浦で魚の餌《えさ》になっていますがね」

「それで、武揚会と揉めていたわけか。しかし滑蔵さんがいながら、どうして？」

「私は無茶だと反対したんです。ですが旦那様の逆鱗に触れてしまいましてね。お恥ずかしい話、つい最近まで外されていたんです」

なるほどと、藤兵衛は思った。嘉穂屋は仕方なく滑蔵を戻したが、未だ関係は修復に至っていないようだ。

「それで、斯摩藩との関係は？」

「とことん訊くつもりですね、先生は」

「興味はないのだが、私も嘉穂屋殿には世話になっている身。苦境にいるのに無視するのは忍びない。だが助けるにしても、敵がわからねば動きようもないからね」

確かに、と言わんばかりに、滑蔵は二度深く頷いた。

「端的に申せば、斯摩藩も我々の抜け荷に相乗りしております。その斯摩藩に、抜け荷の証拠となる物を盗んで脱藩した不届き者がいるのですよ。我々としても、それは捨て置けない。抜け荷が疑惑だけなら何とでも言って切り抜けられますが、その証拠がもし添えられていれば……」

「なるほど、それで合点がついた。脱藩した立山庄之助を拉致し、萩尾大楽の腕前を試し、斯摩藩と繋がりがある赤羽孫右衛門を殺《け》す。詳しい理由まではわからぬが、全ては斯摩藩から盗まれた証拠に繋がるというわけかな」

「まぁ、そんな所でしょうか。事態はもっと複雑になっておりますがね。何でも最近では、斯摩藩の世子様もこの争いに興味を示されているとか……おっと、いけない。お話しできるのは、ここまでという事で。それに、今日は大事な事をお伝えに上がったのですよ。先生、今夜予定通りにお願いいたします。無事に赤羽様を誘い出せたので。今日はしたたかに飲むはずですよ」

「あの用心深い赤羽殿がねぇ。どんな手を使ったのか訊きたいものだ」

するると、滑蔵がほくそ笑んだ。

「赤羽様の悲願であった我々への手入れを、南町奉行の牧様がお認めになったのです。赤羽様は、声をあげて喜んだそうですよ。今夜の酒宴は、探索の壮行会という名目で開かれるそうです」

「それで手入れはいつ行われるのかな?」

「まさか。永遠にありませんよ、そんなもの」

惨い事をする。そして、赤羽という男は哀れなものだ。不正を糺す為、たった一人で奮闘し、結果として後ろから刺されるのだから。

そう思ったが、口には出さなかった。この謀略の成否を決めるのは、自分なのだ。汚いなど、言える立場にない。

藤兵衛が来清衡《らいきよひら》を腰に差して宿所を出たのは、夕七つ(午後四時)の鐘が鳴る頃だった。芝愛宕下から鉄砲洲まで、つらつらと歩いた。天気は昼を境にして、低い雲が広がる空模様になっている。

鉄砲洲の久庵の右斜め前にある『蕎麦匠徳平《そばしょうとくへい》』に入った時には、江戸の町が茜色に染まっていた。

「先生、来やしたかい」

滑蔵の下に付いている若い男が、店の者より先に藤兵衛を出迎えた。人相が悪いやくざ者だが、恰好だけは堅気だった。

「二階を借り受けてますんで」

「そうか。この距離は都合がいいな」

「旦那様と懇意の店でしてね。色々融通が利くのですよ」

藤兵衛が頷き、二階に上がると四人の男たちが詰めていた。全員、堅気のような変装をしている。これなら、パッと見て怪しまれる事はないだろう。

「滑蔵さんは？」

一同の中に滑蔵がいないのを確認し、藤兵衛が訊いた。この計画は、滑蔵が絵を描いているのだ。指図役がいなければ始まらない。

「いらしておりやせん。お指図一切は先生にお任せすると」

「それは何故？」

任せると言われても大して驚きはしないが、理由だけは聞いておきたい。

「赤羽という男は、ずっと我々を探っておりやした。あっしのような小物なら兎も角として、滑蔵の兄貴が万が一にも顔を見られりゃ、この計画がおじゃんになっちまいますからね。まるで蛇のようなしつこさですぜ、ありゃ」

その男を殺す。その事に罪悪感が無いわけでもないが、仕方のない事だと諦めていた。そうした巡り合わせだったのだ。自分は自分の仕事《ヤマ》をこなすしかない。

「先生、赤羽が来やした」

そう言われ、藤兵衛は格子窓から少し顔を出した。

間違いない。あの削げた頬にギョロ目は、確かに赤羽だ。数人の仲間を引き連れ、意気揚々と久庵へ入っていく。せめて、末期の酒を存分に味わうといい。

「これから一刻ほどかな」

「へぇ。出る気配がしやしたら、手の者が報せてきやす。それまで先生は腹拵《はらごしら》えをして、ご休息を」

藤兵衛は、早速用意されたざる蕎麦を啜った。つゆの中に大根おろしが入れられていて、それがピリッとした辛みがあり、蕎麦の風味を際立たせている。最後になるかもしれない飯としては上々だ。

「先生」

そう声を掛けられたのは、来清衛の目釘を舐めて湿り気をくれていた時だった。

「赤羽は予定通り、この先にある居酒屋へ行くそうで」

「上手く運んだな」

藤兵衛は、刀の下げ緒で素早く袖を絞ると、その上から羽織を袖を通さないまま載せた。

板場の勝手口から、裏通りに出た。酒場の裏路地特有の、酒と残飯の臭いが鼻を突く。

暗い道を進みながら、藤兵衛は心気を整えた。

いつ死んでもいい。糸が死んで以降の自分は、余生に過ぎないのだ。そう思っても、闘争を前にすれば、滾るものが無いわけではない。相手は不浄役人とは言え、将軍家の直臣。しかも、柳生新陰流の使い手である。

手筈通りの場所で、入り組んだ路地の暗がりに身を潜めた。ちょうど、天水桶《てんすいおけ》の陰になり表通りからは見えないはずだ。

待つ。遠くでは、犬の遠吠え。それ以外は、静寂だった。

「赤羽は真ん中を歩いておりやす」

背後の闇から人の気配を覚え、耳元で囁かれた。藤兵衛は、喉を鳴らすような返事を返した。

声が聞こえてきた。楽しそうに談笑している。

その中の赤羽の声が、はっきりとわかった。そして、目の前を通り過ぎていく。藤兵衛は、一度だけ大きく息を吸った。

ゆっくりと、道に進み出た。赤羽が振り向くと同時に、彼の周囲の四人はスッと跳び退き逃げ道を塞いだ。

赤羽の顔。驚きと怒り。悟ったか。ああ、そうだ。お前は裏切られたのだ。仲間にも。上役にも。

赤羽が慌てて、刀に手を回す。しかし抜く暇を与えず、藤兵衛は来清衡を抜き打ち、斬り上げていた。

「おのれ」

腹に響く、赤羽の怒声。返す刀で頭蓋から斬り下ろす。更に、胴を抜いた。

鎌鼬。そう、心中で呟いた。光当流にある居合に、独自の妙技を加えて生みだした藤兵衛の秘奥である。

赤羽は垂れ落ちる臓物をそのままに、ぐるっと身を翻して、自分を裏切った面々をひと睨みして斃《たお》れた。

終わった。それを確認すると、藤兵衛は来清衡の血を赤羽の羽織で拭い、鞘に納めた。

「合力、感謝する」

藤兵衛は、残った四人に言った。それは、こちら側である事を確かめる為だった。

今一気に襲われたら、ひとたまりもない。この四人は、仲間を裏切った走狗《いぬ》。一度裏切った者は、簡単に裏切るものだ。

僅かな沈黙。その後で四人は、「あちらです」と、藤兵衛の為に用意された退路を指で示した。

三

突然、乃美に役替えが申し渡された。

表方使番与力から中屋敷留守居助役《なかやしきるすいじょやく》への転任である。

職位としては降格であり、江戸藩邸の中枢から遠ざけられ、出世競争から外された事を意味している。

乃美にその事を言い渡したのは権藤で、その傍に控える側近たちは、終始薄ら笑みを浮かべていた。目下であるのに自分たちより出世していた事が気に入らなかったのだろう。

ただ、そんな事はどうでもよかった。権藤などという俗物に頼る蠅《はえ》など眼中に無い。降格の目的は明らかだ。堯雄派を江戸藩邸中枢から外し、かつ中屋敷に集めて一緒くたに監視する事にある。

中屋敷を統括する留守居役の瀬渡十蔵《せわたりじゅうぞう》が、監視の任にあたっていた。この男は権藤の盟友と呼ぶべき男。本来同格の競争相手であったが、今は権藤を支える立場にある。しかし、その瀬渡が堯雄派に転じたのは、つい最近の事だった。この事実を権藤は知らないのだろう。今回の役替えが、そのいい証拠だった。

「これから、中屋敷に向かいます」

乃美がそう言って立ち上がると、権藤は「身の振り方をよくよく考える事だ」と告げた。

乃美が御用部屋を出ると、冴えない中年の男が代わるように部屋に入っていった。

徒目付の椋梨喜蔵。灘山衆の忍びであり、権藤に従って動いている。これから密談を交わすのだろう。

(椋梨をこちら側に引き込めれば)

そう堯雄とも話し合ったが、すぐに却下された。堯雄は走狗《いぬ》には興味が無いようだ。

乃美は中屋敷に入ると、まず留守居役の瀬渡に挨拶を入れた。

瀬渡は、今年で五十二になる。生まれも育ちも江戸であり、長年権藤と共に江戸での宍戸川派を支えて来た。

瀬渡を自派に引き込んだのは、堯雄自身である。瀬渡の力量については乃美は評価していないが、堯雄が自ら選んだだけあって何かしら認める所があったのだろう。

堯雄は一橋の御曹司ながら、人を見る目は確かにある。それが天性のものなのか、培ったものなのかはわからないが、これまでに堯雄が選んだ顔ぶれを見れば納得がいく。

瀬渡も、そうした一人なのだろうか。堯雄は、「お前を真似て、瀬渡の心を突いてみた」としか説明しなかった。

瀬渡は権藤の親友でありながら、中屋敷留守居という権力を伴わない名誉職にある。職位だけは高いが、江戸での藩運営の中枢たる上屋敷から外されていて、やる事と言えば屋敷の管理ぐらいのものだ。その辺りの不満を、堯雄は突いたのだろう。

ただ不安もある。これから瀬渡が直属の上役になるが、堯雄派の中では自分が先達。微妙な関係を強いられる可能性はある。

「お前が乃美だな。上屋敷では、何度か見掛けた事があったが」

「左様に。こうしてお話をするのは、初めてかと」

すると、瀬渡は大仰に猪首《いくび》を縦に振った。自分を大きく見せ、こちらの方が立場は上だと思わせたいのかもしれない。

(この男が、私の出世を阻む敵になるやもしれぬ)

瀬渡を自派に引き込む事で、宍戸川や権藤に圧力を加えたかもしれないが、代わりに腫れ物を抱え込んだとなれば笑えない冗談だ。

そう考えていると、乃美の推察が杞憂《きゆう》だと言わんばかりの一言を、瀬渡は告げた。

「お前は、好きに動け」

「好きに、ですと？」

「ああ、好きにしていい。俺はな、江戸で自尊心を保てる程度の職に就き、日がな一日のんびり過ごせればいい。その為に、若殿に忠誠を誓ったのだ」

「自尊心でございますか」

「そうだ。権藤の下では、自尊心は保てぬのだ。あいつとは幼馴染でな。どうしても奴の下に見られるのは辛抱ならんのだ。友であるが故にな」

その気持ちを、乃美は痛いほどわかる。やはり、親友とは上下関係になってはいけないのだ。自分も、どこかで大楽に従いたくない、という気持ちがある。だが、大楽は藩主の一門衆。もしも大楽が出奔しなかったら、自分は大楽に平伏をしなければならなかった。

「俺、お前」でやってきた相手にひれ伏して頭を下げる。それは屈辱以外の何物でもない。友であるが故に。

「それに、俺は宍戸川派というわけではないのだ。ただ、権藤の友というだけよ。これから堯雄様が藩政を執られ、宍戸川派を一掃すると聞いたからには、協力せぬわけにはいかん」

思ったより、話のわかる男かもしれない。流石に警戒心を解く事は出来ないが、少なくとも嘘を言っているようにも思えなかった。

瀬渡との面会を済ませた乃美は、堯雄に呼び出された。

「瀬渡様をこちら側に引き込むとは、大胆な賭けをなされたものです」

すると、堯雄は一つ頷いた。

「それで、瀬渡様にどんな役割を？」

「まとめ役だな。お前は、人を束ねる役に向かん。一橋から連れて来た田原と溝口では斯摩の者は従わぬし、第一あいつらはやりたがらぬ。これから多くの者を従えるのに、そこそこの職位にある者が必要だと思った」

人を束ねる役に向かないと言われても、何の痛痒《つうよう》も無かった。

それは自覚している事だったからだ。多くの人を従えるより、従える者を操る方が自分には向いている。例えば、目の前にいる堯雄のような男を。

「それよりも、これから嘉穂屋に会ってくれないか」

「嘉穂屋を、こちら側に引き入れる為でございますか？」

「何故、そう思う」

堯雄の表情は変わらない。

「嘉穂屋は、玄海党と抜け荷を続けたいと考えております。何せ殿が抜け荷を黙認さえしていれば、阿芙蓉の密売買を続けられますし、嘉穂屋が宍戸川と組む理由はありません。宍戸川を追い詰める為に、嘉穂屋を引き込むのは有効な一手でしょう」

「嘉穂屋は玄海党を裏切る事になるがな」

宍戸川も嘉穂屋も、そして須崎屋も玄海党と呼ばれる抜け荷の一味である。嘉穂屋が宍戸川を切り捨て我々と組むという事は、仲間を売る事になる。

しかし、今後嘉穂屋が阿芙蓉の密売買を続ける為には、宍戸川から我々に乗り換える他に術《すべ》はない。玄海党による抜け荷を、堯雄は許すつもりはないのだ。

「しかし玄海党がいなければ、抜け荷は難しくもあります。嘉穂屋はあくまで、玄海党の末端に過ぎません」

「その辺りは、今後の話し合いになるであろう。宍戸川を潰す代わりに、玄海党は黙認する。或いは、玄海党ではない別の集団を作り上げるとかな」

「場合によっては、鄭行龍の承認を取り付ける必要はあるやもしれません。少なくとも、玄海党に代わる何かを作るならば」

そうは言っても、鄭行龍は唐土の海商。そうそう会える男でもなく、事前の承認は至難の業である。堯雄もそれは自覚しているのか、難しい顔をして考え込んでいた。

「兎も角、まずは嘉穂屋との交渉でございます」

「そうだ。この国にいない男の事を考えても仕方がない」

「では殿。嘉穂屋へは、何を求めましょうか？」

「裏の力、だな」

「割符は求めないのですか?」

「いらん。抜け荷など、させてやれ。我々が求めるものは、宍戸川一党を根絶やしにする為の証拠だ。割符以上のものが嘉穂屋から得られればそれでもいい」

「こちらが与えるものは?」

「斯摩藩内での、抜け荷の黙認。それ以上のものはない」

「かしこまりました。成功するかどうかわかりませぬが、我々が嘉穂屋に会うという事自体が、宍戸川への揺さぶりになるでしょう」

嘉穂屋と会う算段を、堯雄は田原に命じて既につけていた。場所は、小石川伝通院の傍にある嘉穂屋の寮である。

「私は益屋に会いに行くつもりだ」

そう言うと、堯雄は軽く笑んだ。乃美も思わず口許を緩める。

淡雲に会う意図が通じ合ったのだ。堯雄は平然と二枚舌を用いる。だからこそ、仕え甲斐があろうものだ。

乃美は与えられた自室に戻ると、待っていた足軽の青柳文六に供を命じた。

「駕籠にしようか」

耳が聞こえない文六が、乃美の口の動きを読んで頷き、部屋を出ていった。

文六は自分に劣らぬほどの剣を使う。自分自身、剣の腕に覚えはあるが、如何せん相手は嘉穂屋。用心するに越した事はない。

それにしても、状況が複雑になってきた。堯雄は大楽を引き込んだ一方で、嘉穂屋と組もうとしている。それは、宍戸川を追い落とすという意味では正しい判断だ。

しかし、大楽は嘉穂屋を快く思っていないし、大楽の背後にいる佐多弁蔵は、益屋淡雲と組んで嘉穂屋と対立している。堯雄が嘉穂屋と組んだ事を、大楽や弁蔵が知れば反発するのは必定。堯雄はそれを抑えられる算段をしているのだろうか。

或いは、わざと状況を複雑にする為か。兎も角、今は些細な状況の変化を見逃す事は出来なかった。

嘉穂屋の寮は、小石川伝通院の傍にある。寮全体を鬱蒼とした木々が覆っていて、それが伝通院と周辺の塔頭《たっちゅう》寺院とに繋がっているようで、遠くから見ると一つの大きな森に思える。

寮へと続く小径《こみち》に足を踏み入れると、文六がすっと前に出た。護衛を務めて五年。咄嗟の動きは、習性として身に付いたものなのだろう。

薄暗い森は、穏やかだった。聞こえるのは、小鳥が鳴く声と風が揺らす木々の葉音ぐらいだが、先刻から剣呑な雰囲気が漂っている事に乃美は気付いていた。文六もそれを感じ取っているのだろうか、どこか殺気立っているようだった。

ふと、文六が歩みを止めた。乃美も頷く。やはり、同じ気配を感じ取っていた。

「よく気付いたな」

木々の間から浪人体の武士が三人、行く手を阻むように現れた。

文六が腰に手を伸ばそうとしたが、それを乃美は押し止めた。この文六は番犬のように忠実であるが、時として反応し過ぎる事がある。それが文六の唯一と言ってもいい欠点だった。

「この先は嘉穂屋の寮。立ち入りは無用に願いたいのだがね」

浪人は無精髭を生やし、月代《さかやき》も伸びるに任せていた。衣服も雑巾と変わらないほど、煮染めたようになっている。嘉穂屋の用心棒だろうか。同業ながら、大楽に従う萩尾道場の面々とは大違いだ。

「その嘉穂屋の主人と会う約束をしているのだが」

「ほう、名を聞こうか」

「渋川堯雄の名代、乃美蔵主という」

そう名乗ると、浪人たちの表情に変化の色が走った。どうやら、こちらの事は知っているらしい。

「そうか。貴殿が乃美殿であったか。話は聞いている。案内しよう」

浪人の頭領格が、付いて来いと言わんばかりに目配せをした。文六は、用心棒の三人を見据えたまま、警戒を解くことなく敵意を剥き出しにしている。

文六も力の入れ方さえ覚えれば、よい護衛に成長するだろう。全てが片付けば、大楽に預けるのも悪くはないのかもしれない。

嘉穂屋の寮は、思ったよりも質素なものだった。

母屋と、茶室が一つ。他には菜園があるぐらいだ。雰囲気を抜きにして考えれば、長閑《のどか》で時間が経つのも忘れそうになる空間である。

「ここからは、乃美殿だけで」

母屋の玄関口で、案内の浪人が言った。文六は咄嗟に首を横に振るが、乃美は相手にしなかった。

嘉穂屋が、危害を加える事はまず無い。もし襲ってくれば、即ち渋川堯雄を、いや一橋家を襲ったと同義であり、それは滅びを意味している。この交渉が決裂するとは別次元の、宣戦布告なのだ。当然襲ってくる目が無いわけでもないが、その時は死ぬまで刀を振るうだけだと、腹は括っている。

乃美は、文六をその場に残し母屋の客間に通された。

床の間には青磁《せいじ》の一輪挿しに、淡い桃色の花が生けられてあった。

「これは、これは」

商人特有の相手におもねるような声色と共に現れたのは、腰の曲がった小さな老爺であった。薄くなった髪は総白髪で、眼の奥が見えぬほどに皺が深い。既に七十は越えているだろう。護衛はいなかった。

「嘉穂屋宗右衛門にございます」

外見に似合わず、嘉穂屋の声は思いの他に通ったものだった。そして深々と平伏した。

こうしてみる限りは、ただのご隠居である。

「乃美様と仰いましたかな？　渋川様の名代でいらしたとか」

「左様。今回は主君に代わり、おぬしと交渉に参った」

「交渉の件は、事前に伺っております。詳しい内容までは教えてくれませんでしたが」

結構、とばかりに乃美は頷いた。

「我々が、首席家老、宍戸川多聞を倒さんとしているのはご存知か？」

「お噂程度は」

「ならば、単刀直入に言おう。我々と組んで欲しい」

すると、嘉穂屋の表情が一瞬真顔になり、そして莞爾《かんじ》として笑った。

「何を言い出すかと思いきや……」

「そう驚く事もなかろう。組む相手を宍戸川から我々に変えるだけの事」

「抜け荷の利が目的ですかな？」

「いや。我々は抜け荷にも、おぬしが仕切っている阿芙蓉にも興味は無い。それはおぬしと、宍戸川以外の玄海党で好きにしていいとの事だ」

玄海党と聞いて、皺の奥の目が光った。

「では、何を望まれているのでございますかな？」

「おぬしが持つ力、というべきだろうな。宍戸川を追い落とす為の材料を含めて」

すると嘉穂屋はとんでもないという風に一笑した。

「この嘉穂屋の力など……。乃美様は、私どもの状況をご存知ではないのですかな？」

「それは存じておる。最近のなりふり構わない、おぬしの行いを見ていればな」

「それはお恥ずかしい限り」

そう口では言っても、嘉穂屋の表情に恥じらいの色は無い。

「実は、武揚会から身を引こうと思いましてな。正業の両替商も畳みまして、裏に専念しようかと考えているのですよ」

些かの驚きを覚えたが、あり得ない選択でもなかった。

抜け荷と阿芙蓉の件が漏れた以上、武揚会での立場は無い。待っているのは粛清だけだ。そうした状況では、裏に潜って専念する方が嘉穂屋にとって状況が良くなるはずだ。幕府に追われる立場にはなるが、武揚会の法度に縛られる事はない。

「この寮も、もうすぐ引き払います。それでも、手を組むと？」

「腐っても鯛だと、私は考えている。それに、斯摩へ渡れば裏で専念する必要はない」

「仮に我々の力を貸すといたしましょう。その見返りは、阿芙蓉の密売買の存続だけですか？」

「藩内で阿芙蓉を売る事は許さんが、藩外でなら認める」

この阿芙蓉の扱いについては、独断だった。

これを藩内で認めるわけにはいかない。阿芙蓉の危険性は、まことしやかに語られていて、特に蘭学者の連中は阿芙蓉の広がりを警戒していた。

「乃美様、それでは何とも見返りが少のうございます。これまでと何も変わらないではないですか」

「これで少ないと言うのは、強欲が過ぎると思うが？」

「こちらは、宍戸川様を裏切るのですよ。そうなると、玄海党とは手切れになるに等しい。玄海党は宍戸川様と須崎屋さんが築いた抜け荷の道ですからね。玄海党の協力無くして、阿芙蓉は手に入りません。つまりあなた方の目算は、絵に描いた餅なのですよ」

「なら玄海党を潰して新たな道を築けばいい。その為にも、こちらから鄭行龍に接触する準備はある」

するると、嘉穂屋は目を見開いた。この交渉で初めて見せる、素の反応だろうと乃美は感じた。

「これは、驚きましたな。一橋の御曹司と思いきや、中々どうして」

「どうだろう？　宍戸川はいずれ倒される運命だ。そうなる前に我々と手を組むのが、おぬしが生き残る唯一の手と思うがな」

「でしょうな」

深い溜息を吐くと、嘉穂屋は諦めたように言った。

「ですが、お断りしましょう」

やはり、駄目か。乃美はこれ以上の交渉を諦めた。やはり、嘉穂屋は宍戸川を裏切れない。手を組むという手は悪くなかったが、土台無理な話だったのだ。

ただ、会ったという事実だけで、宍戸川との溝を作る事は出来る。嘉穂屋が宍戸川を裏切れないのなら、宍戸川から嘉穂屋を裏切るように仕向ければいい。

「理由だけ、お聞かせ願いたいのだが」

「理由？　そうですねぇ」

嘉穂屋が好々爺《こうこうや》のような、穏やかな笑みを浮かべると、「悪党の一分」と、告げた。

「悪党には悪党の道がございましてね。いくら行き先が滅びだとわかっていても、その道を敢えて歩むというのが、悪徳の華というものでございますよ。今まで散々卑怯な真似をしてきて、今更とは思われるでしょうが」

「なるほど」

「それに、あなたがたは力を持ち過ぎております。一橋という血は、全てを思いのままに出来る。もし私が堯雄様に協力すれば、宍戸川様は腹を召す事になるでしょう。その逆も然りで、宍戸川様が公儀に駆け込めば、私も獄門《ごくもん》へ送られます。しかし、堯雄様はそうはいきませぬ。つまり、対等ではないのですよ」

「対等ではないと組めぬか」

「組むとは、対等な者同士の事を言うのです。失礼ですが、あなた様の言う組むとは従属です」

これが、悪党の道。或いは、悪徳の華というものか。流石は、武揚会に名を連ねただけはある。自分ですら圧倒されてしまう、紛う事なき裏の首領《おかしら》だ。

「結構。この件は引き下がろう。そもそも成功する話とは思ってはいなかった」

乃美がそう言って辞去しようとすると、嘉穂屋が呼び止めた。

「ご破算となっても、手ぶらではお帰し出来ません。両国界隈で名を馳せた両替商、嘉穂屋の名が廃りますからな」

「何かをくれるというのか？」

「折角、こうしてお話する機会を得たのです。手は組めませんが、今後の為に堯雄様に手土産を」

「ほう」

「萩尾主計様が、戸塚宿《とつかじゅく》に現れたそうですよ。昨日の事ですが」

嘉穂屋がしたり顔を浮かべた。

「すると、今は江戸に入っているやもしれぬな」

「そのようで。ここからは競争でございますよ。わたくしと、宍戸川様と、堯雄様と」

「萩尾大楽もだ」

嘉穂屋が頷くのを確認して、乃美は客間を出た。

外では、文六が一人で待っていた。乃美を見て、ホッとした表情を見せる。心配していたのだろう。そして、話し合いの間はずっと緊張を強いられていたはずだ。

その文六の顔が、不意に引き攣った。慌てて振り返る。乃美も、その視線を追った。

森の小径から、男が出てくる。羽織袴を着こなし、塗笠《ぬりがさ》を目深に被っていた。

尋常ではない気配。乃美も文六も動けなかったが、男は何もない風に歩み寄り、すれ違いざまに塗笠の庇を上げ、軽い黙礼だけを残していった。

◆　◆

「いやぁ、お待たせしましたな」

藤兵衛が通された客間で待っていると、嘉穂屋は現れるなり、上機嫌の藤兵衛の目の前に座った。

「ちょっと面倒な来客がありましてねぇ。少々長引いてしまいました」

「左様でしたか。お疲れの所、申し訳ないですな」

嘉穂屋が言う来客とは、表ですれ違った武家の主従の事であろう。こちらの気を、敏感過ぎるぐらいに感じ取っていた。

「しかし、歳を取ると嫌なもんですな。何をするのも億劫《おっくう》で」

「そうは見えませぬな。私に続々と仕事《ヤマ》が舞い込む。それだけ嘉穂屋さんが働いている証拠でしょう」

「いやはや、面目ない。お見通してございましたか」

嘉穂屋が苦笑し、藤兵衛も僅かばかりの笑みを浮かべた。

嘉穂屋には恩がある。深い恩義だ。始末屋としての働きで返すべきだと思っている。

ただ、だからとて嘉穂屋に心を許した事は一度としてない。この男は、人を人とも思わない、悪党の中の悪党なのだ。歯向かう者は、女だろうが子供だろうが容赦しない。その一端を藤兵衛自身が担っているので非難するつもりはないが、それでもこの男の欲への執念は際限が無い。

そして嘉穂屋が持つ冷酷さは、いつか自分にも向けられるだろうと、藤兵衛は覚悟していた。

今は、利用価値があるから生かされている。しかしそれが無くなれば、何の躊躇《ためら》いもなく、刺客を差し向けるであろう。それほど、藤兵衛は嘉穂屋の秘密を知り過ぎている。

「まずは赤羽孫右衛門の始末、ご苦労でございました」

と、嘉穂屋が包みを差し出す。藤兵衛は、中身を確認せずにそれを受け取った。

「いかがでしたかな、赤羽という男は？」

「気骨ある武士でしたな。当世、あのような役人はおりますすまい」

「袖の下も受け取らぬ。脅しも通じぬ。あのような男が半分でもいれば、この国も少しは良くなるのでしょうねぇ。……まっ、だから殺《け》したという所もあるのですよ」

と、嘉穂屋は茶を啜った。

老人が茶を喫《きっ》する姿は、何とも絵になる。一見して、剣呑な話題をしているようには思えない。

すると嘉穂屋は藤兵衛を見据える。

「実は、そろそろ私は裏の稼業に専念しようかと思いましてね」

「ほう、それはまたどうして」

「ふふふ。もう、表にいる旨味が無いからでございます。正業も傾いておりますし、裏だけの方が実入りはよいのですよ」

「なら武揚会からも抜けるのですかな？」

「ええ、それは勿論。武揚会では阿芙蓉も御法度。事実、益屋さんや弁蔵さんが中心となって、私が築き上げた阿芙蓉の道を血眼になって潰そうとしています」

益屋淡雲は巣鴨を、佐多弁蔵は谷中を領分《シマ》にしている。この二人は武揚会の中でも、良識派として通っていた。

「実は先日、浅草の大綱寅五郎《おおつなとらごろう》親分の声掛けで例会がありましてな。そこで弁蔵さんが、阿芙蓉の件に触れたのですよ」

大綱寅五郎といえば、『を組』を差配する町火消しで、その他にも侠客として名を馳せ、いずれは武揚会を引っ張る存在だと目されている。

「江戸に御禁制の品々が流入し、その片棒を首領《おかしら》の誰かが担いでいると。私の名こそ出しませんでしたが、あれは喧嘩を売っている口振りでしたなぁ」

嘉穂屋は窮地にあるというのに、そうした事実を嬉々として語っていた。

若い頃は、この笑顔で多くの人間を誑《たら》し込んだのだろう。妙な人懐っこさもある。

「悲観はしておられぬようですね」

「そりゃ、もう。楽しくて仕方ありませんな。軽輩の身から成り上がり、足場を固めて、多くの敵を屠って……。そこまでは肌がヒリヒリする刺激に襲われる毎日でしたが、武揚会の首領《おかしら》になると名前でひれ伏す者が多くなりましてねぇ。今、久し振りに自分が生きていると実感いたします。正直、米相場に手を出して失敗した愚息に感謝したいほどで」

それから嘉穂屋は、近日中には江戸にある屋敷や店を引き払うと言った。新たな拠点を既に作っていて、滑蔵が新たな組織作りを急いでいるそうだ。

「しかし、嘉穂屋さんが裏に専念してしまったら、私も江戸に居づらくなりますな。嘉穂屋さんがいるから、大手を振って歩けるというものですから」

「なぁに、そこは大丈夫でございますよ。藤兵衛様のこれまでのお仕事は完璧なものでございましたし、南町奉行所への付け届けも続けます。何ら変わりませんよ」

「それは心強い」

嘉穂屋は、歴代の南町奉行をはじめ、与力・同心にまで、かなりの賄賂を渡している。その見返りに、お目こぼしと情報を入手していた。こうした癒着《ゆちゃく》を快く思っていなかったのが、かの赤羽である。だが赤羽は嘉穂屋に殺《け》され、その謀殺には南町奉行所も加勢している。

「ですが、江戸を去る前に一つ頼みがございましてね」

「早速ですか」

「手間賃は弾みます。ですが、これを成し遂げると、藤兵衛様もいよいよ裏に潜まざるを得ませんので」

「大物なのかな」

「それだけに、難しゅうございましょう」

と、嘉穂屋は膝行で前に進み出ると、藤兵衛に耳打ちした。

告げられたのは意外な名前だった。それでいて、大胆な手を打ちに出たとも思った。てっきり、萩尾大楽かその弟の主計かと思った。

「ふむ。それでは、いよいよ江戸では暮らせなくなるな」

「へぇ。なので、お断りしていただいても構いませぬし、お受けいただいた場合は生活の面倒一切をみさせていただきますよ」

藤兵衛は腕を組んだ。

何を考える必要があるのか。糸が死んで以降は、死なないから生きているに過ぎないのではないか。それに、今まで多くの命を奪ってきた身である。中には罪も無い者もいた。すでに、裏の闇を歩んでいる。この仕事《ヤマ》で死んでもいい。迷う事は無い。

「わかりました。お受けしましょう」

そう答えると、嘉穂屋の表情が花が咲いたかのように明るくなった。心底嬉しそうであるが、これも演技であろう。

「では、滑蔵に言い付けて準備を進めましょう。藤兵衛様は、すぐに江戸を出なければなりません。身辺の整理を。うちの若い者を使ってもらって構いませんので」

身辺の整理と言われても、特に持ち出すものは無い。やる事と言えば、糸の永代供養を頼むぐらいか。

「何なら、二人の下女を連れてもいいのですよ？」

嘉穂屋がにんまりと笑む。下卑たもので、藤兵衛は軽く微笑んで首を横に振った。


客間を出ると、滑蔵が待っていた。

「先生。お話は、お済みになりましたか？」

相変わらず、物腰は柔らかい。この男は嘉穂屋と共に裏に潜っても、このような態度を続けるのだろうか。

「ああ、終わったよ」

「ご依頼をお引き受けに？」

藤兵衛は頷いた。

「江戸を暫く離れ、四国遍路《へんろ》でもしようかと思っていた所だ。ちょうどよかった」

「それはようございますな。それでは、私は早速準備に入りますが、今回は少々無理をしてもらわねばならないかもしれませぬ」

「だろうな。相手が相手だ」

それだけに、燃えるものがある。今回の仕事《ヤマ》で死ぬかもしれない。と、その名を聞いた時に思った。

「ですので私は、先生を無事に逃がす事に注力いたします」

「死んでもいいがな、私は」

すると滑蔵は一瞬だけ驚き、そしてまた笑みに変わった。

「またまた、そんな事を仰ってはなりませんよ」

「ふむ。私が死ねば、嘉穂屋さんに迷惑が掛かるか」

滑蔵が、そうだと言わんばかりに目を伏せた。

「それはそうと、嘉穂屋さんは勝負を決めようとされているな」

「ここが攻め所と思っているのでしょう。先生の他に、数名の始末屋が別に動いておりますし」

別に働いている。それは即ち、今回始末する相手の相棒となる男を殺《け》す事であろう。目下、嘉穂屋の大敵は二人いる。嘉穂屋は、それらを一緒くたに殺《け》すつもりなのだ。やはり、急いているのではないか。藤兵衛には、そう思わざるを得ない。

「まぁ、嘉穂屋さんに抜かりはないだろうが」

悪党の権化たる嘉穂屋が滅びようが構わないのだが、それでも全く情が無いわけではない。

藤兵衛は片手を挙げて、滑蔵と別れた。歩き出した時には、もう別の事を考えていた。

第四章　兄弟

一

佐多屋敷長屋門の前に、人だかりが出来ていた。

中を覗こうとする群衆を押し止めようと、六尺棒を手にした下っ引きが声を荒らげている。中では既に検分が始まっているようだった。

佐多屋敷が、白昼堂々刺客に襲われた。大楽がその報を受けたのは、寺坂と共に道場で昼餉《ひるげ》を摂っていた時だった。

大楽と寺坂は、群衆を押し退けて前に出ると、下っ引きに遮られた。

「邪魔するぜ」

「こりゃ、閻羅遮の旦那じゃないですか」

この下っ引きも谷中の住人で、当然であるが閻羅遮の侠名《なまえ》は知っている。

「旦那、今はちょっとまずいっすよ」

流石は、親分の躾が行き届いているのか、中に入れてくれないようだ。普段なら心強いが、今日に限っては面倒に感じてしまう。

「駄目かい？」

「ええ、そりゃ……」

「おい、助八《すけはち》。どうした」

困った下っ引きを助けるように、岡っ引きの千代蔵《ちよぞう》が現れた。五十路《いそじ》の頑固肌で通っている親分である。

「こりゃ、旦那。寺坂さんも」

「弁蔵さんが襲われたって聞いたんだが」

「へぇ、そのようで」

「俺と弁蔵さんの仲は知っているだろ？　ちょっくら見せてくれねぇか」

「……まぁ、旦那だけなら」

千代蔵は申し訳なさそうな表情をし、大楽は寺坂に目を向けた。

「行きな。こっちは構わん」

「すまんね」

大楽は寺坂を残し、長屋門を通り抜けた。

まず目に飛び込んで来たのは、弁蔵が使っていた若衆たちの骸《むくろ》だった。ほぼ一刀で仕留められている。その斬り口だけで、下手人《げしゅにん》の腕前は知れる。

骸の数は、屋敷の母屋に近付くにつれ多くなっていった。そして闘争の形跡も激しくなっている。あちこちに、得物が転がっていた。

幾つかの蔵と厩《うまや》を過ぎて母屋に辿り着くと、鍬太郎が三和土《たたき》に転がっていた。大刀を手に、頭蓋から断ち割られている。

「鍬太郎も殺《や》られちまったか……」

この時、弁蔵の生存を大楽は諦めた。鍬太郎を倒す手練れを前にして、弁蔵が生き残れるはずはない。

母屋の中に入っても、亡骸は幾つも転がっていた。だが、全て男。女や子供には手を出さなかったようだ。

「逃げる者は追わなかったようですが、立ち向かう者は皆殺しになったようで」

「ひでぇもんだな」

弁蔵の亡骸は、御用部屋にあった。背後から突き刺され、文机に突っ伏している。顔の下には、血に染まった算盤と帳面。殺される直前まで、勘定をしていたのだろうか。

(弁蔵さんよ、どうして逃げねぇんだ……)

外の喧騒《けんそう》は聞こえていたはずだ。自分が生き残る確率さえ、算盤で弾き出そうとしていたのか。

何かにつけて細かい、苦手な男だった。上納金《アガリ》の勘定も、一文さえ間違いを見逃さない。正直、ケツ持ちでなければ付き合う事はなかっただろう。

それでも、何かにつけ助けてくれていた。谷中に萩尾道場を開いて以降、間違いなく弁蔵は一番の庇護者《ひごしゃ》だった。

「それで、下手人《げしゅにん》は？」

「目撃者によると一人。三十か四十の浪人体でした。しかし、その後の証言が食い違ってまして」

「どんな？」

「弁蔵さんを殺した後は、走って逃げたとも、馬に乗って駆け去ったとも、裏手の川から船に乗ったとも……」

「影武者を用意して逃げたんだろうな」

「へぇ……」

「周到な計画をした上での殺しという事だ」

三保……いや、瀧川藤兵衛だろう。そう仕向けたのは、嘉穂屋に違いない。嘉穂屋のことだ、このぐらいは仕掛けて来そうだ。

「親分すまねぇな、無理に見せてもらって」

「旦那には、下手人の心当たりがあるんで？」

「まぁ無い事もないが、武揚会に関わるぜ？」

「わっ、そいつぁ関わりたくねぇですね」

と、千代蔵が肩を竦めた。

「弁蔵さんがいないとなりゃ、谷中は色々と荒れるでしょうねぇ」

谷中の裏は、弁蔵の死に騒然としているだろう。次の首領《おかしら》になりたい者が、仇討ちに奔走する事になるかもしれない。しかし、こうした場合に後釜を決めるのは、武揚会である。

「俺としちゃ、旦那が首領《おかしら》に」

「寝言は寝て言うもんだぜ、親分。お前さんこそ向いていると思うがね」

「それこそ、御免こうむりますぜ。旦那を差し置いて首領《おかしら》になった日にゃ、谷中の衆に何と言われるか」

　千代蔵と別れ母屋を出ると、役人が到着していた。よりによって、南町の定町廻り同心である。黒羽織に着流しの同心は、十手を手に薄ら笑みで大楽に声を掛けてきた。

「困るなぁ、勝手に入ってきちゃ」

「よう小役人。俺より遅い登場とは、悠長な事だな」

「そう言うお前は、やくざ稼業の上納金《アガリ》でも納めに来たのかい？」

　名前は覚えていない。賄賂を取る事以外に能の無い男として記憶している。

「生憎《あいにく》納めたばかりでね。それより早く下手人を捕まえやがれ」

　大楽が吐き捨てるように言っても、同心は薄ら笑みを浮かべたままである。反吐《へど》が出る。もし許されるのなら、今すぐにでも斬り倒したい顔だ。

「まぁ、その気なんて無いだろうな。この遅い到着も、命令されての事なんだろう？両国の悪徳商人に」

「ほう。そんな口を利いてもいいのかねぇ？　お前さんを下手人にして、引っ立てててもいいんだぜ。まぁ、そうなりたくないなら、ならなくなる手ってものがあるが……」

　何かが弾ける。そう思った時には、同心を殴り倒していた。膝から崩れ落ちた所を、更に蹴り倒す。

「ド腐れ役人めが」

　地面を転がった同心は、起き上がり様に刀の柄に手を回した。

「抜けるもんなら抜いてみやがれ、八丁堀《はっちょうぼり》。あぁ？　お前に人を斬る根性があればな」

「貴様」

　長屋門にいた下っ引きと寺坂が慌てて止めに入る。騒動を聞きつけ、千代蔵も駆け寄って来た。

　寺坂と千代蔵が二人掛かりで大楽を引き離す。同心は突っ立ったままだ。

「お前、私にこんな事をしていいと思っているのか」

「ああ、思ってるよ。お奉行に言い付けたらどうだ。ついでに、弁蔵殺しが俺だって言うか？　諸手挙げて喜ぶぜ、お前たち南町奉行所の飼い主様を下手人にせずに済むからな」

「もういい、萩尾」

「離せよ、寺坂。俺は今」

「それどころではないんだ」

　寺坂の切迫した声が、大楽を平静に戻させた。

「いいから聞け」

寺坂は千代蔵に目配せをすると、大楽の肩を抱いて壁際に寄せた。

「弟さんが見付かったぞ」

「何？」

「子鼠の手下からの報せがあった。今、子鼠と逃げている」

「それで何処に？」

「江戸府内にいるのは確かだが、点々としていてわからん。嘉穂屋と斯摩藩に追われているんだ。無理もない」

「どの辺りかもわかんねぇのか」

「そのうち報せが入る」

「糞っ」

大楽は、寺坂の手を振り払って吐き捨てた。この広い江戸の町だ。探しようがないではないか。

「萩尾」

不意に名を呼ばれた。気配も感じず、大楽と寺坂は慌てて振り向いた。

「お前……」

乃美だった。陰鬱な雰囲気は変わらないが、僅かに息を切らしている。珍しく駆けて来たのだろう。

「佐多弁蔵が討たれるとはな」

「野次馬かよ。お前に構っている暇はねぇんだ」

「御舎弟は、巣鴨に向かっている」

唐突に、乃美が告げた。

「巣鴨だと？　どうして、お前がそれを」

「益屋と殿が手を組んだのだ。それで報せが入った。御舎弟は、巣鴨《すがも》慈寿荘《じじゅそう》へ向かっているとな」

慈寿荘は、益屋淡雲の寮である。子鼠こと畦利貞助は、淡雲の食客。そこへ逃げるのもわかる話だった。

「無事なのか？」

「傷を負っていると聞いた。追っ手も迫っている。この昼日中には斬り込まんだろうが、日が暮れるとわからん。すまんが、殿も私も動けん。お前が御舎弟を救い出してくれ」

「何故、動けんのだ」

「御舎弟は脱藩者。我々が公然と救えるわけがなかろう。それに権藤の追っ手とやり合うとなると、斯摩藩士の同士討ちだ。斯様《かよう》な事になれば、藩内に大きな禍根を残す事になる」

それを聞いて、大楽は怒りが奔騰《ほんとう》するのを覚えた。散々、人を巻き込んでおいて最後は助けられないだと？

「冗談じゃないだろうな」

「本気だ」

「糞っ。とんだ元親友だぜ」

「だから、せめて報せだけでもと思って駆けてきたのだ」

「感謝を申し上げようか？」

「無用だ」

「借りとは思わんぞ」

乃美が鼻を鳴らす。その表情も見ぬ間に、大楽は佐多屋敷を飛び出した。


長い竹林を抜けると、そこが慈寿荘だった。

初めて訪れる場所だった。寮内には庭園の他に、長屋から厩・工房・茶室・道場、そして菜園まである。

その中で、奉公人たちが自分の持ち場で働いていた。鍬を振るう者。庭の手入れをする者。丸太を鑿《のみ》で削る者。井戸端で、米を研ぐ女の姿もあった。寮内がまるで一つの村のようである。

長閑だった。主計が貞助と共に逃げ込んだというのに、そこにいる者の表情に動揺一つ感じられない。恐らく、これが普段通りの姿なのだろう。流石は、江戸の裏を仕切る淡雲の寮。とも思うが、その落ち着きが不気味でもある。

「旦那」

大楽と寺坂を見つけて、貞助が母屋から出て来た。飛脚《ひきゃく》の格好だった。手傷を負っているのか、腕にサラシを巻き、そこが赤く血で滲んでいる。

「お前、それは」

貞助は大楽の視線に気付くと、照れ笑いを浮かべて捲り上げていた袖を下げた。

「あっしの事は後で。それより早く中に」

大楽が寺坂に目配せをすると、二人で行けと言わんばかりに顔を振られたので、貞助と二人で母屋に入った。

広い母屋を、無言で歩いた。お喋りの貞助が口を開こうとしない。それだけで、不吉な予感で胸が痛くなる。

「こちらに」

と、襖を開けた一室で、主計は寝かされていた。

上半身だけ裸で、肩と腹にサラシが幾重《いくえ》にも巻かれている。呼吸が苦しいのか、薄い胸が大きく上下している。

主計が、顔だけをこちらに向けた。目が合った。血の気が失せた青い顔をしているが、その顔は紛れもなく弟だった。

大楽は何も言えず、主計がはにかんだ笑みを浮かべた。

「兄上……」

大楽は弾かれたように、主計の枕元に膝をついた。

二か所の傷を一瞥する。腹と肩。腹の方が重そうだった。

「すまない。兄上を巻き込んでしまって」

「構わん。弟を助けるのは兄貴の務めってものだ」

「いつもだ。いつも、私は兄上に助けられていた」

大楽は首を横に振った。

「喋るな、傷に障る」

「家督だってそうさ。兄上は斯摩を離れる事で俺に譲ってくれたな」

「違げぇな。俺は故郷にも萩尾の家にも愛想が尽きたんだ」

「変わんないね。兄上は、そうやって自分の優しさを認めようとしない。恥ずかしいんだよな」

「煩いぞ。喋るな、と言ったろう」

「いいや、喋らせてくれ。十三年も我慢したんだ。兄上の代わりに、面倒な事を沢山引き受けたんだ。このぐらいいいだろう」

主計が視線を天井に向けた。一粒、涙が零れた。

「斯摩を変えられると思ったんだよ、俺は」

「お前は大した男だよ。あの宍戸川とやり合おうとしたんだからよ。誰もしなかった事さ。逃げ出した俺とは違う」

「嬉しいな、兄上にそう言われるのは」

「もういい。寝ていろ。俺が傍にいる」

「寝るよ。このまま死ぬかもしれないから、これだけは渡しておく」

主計は、左手を大楽の前に差し出した。拳を開く。そこには、住吉宮のお守り。姪浜の産土神《うぶすながみ》である。

「わかるだろう？」

「ああ」

その感触だけで、言わんとするところが理解出来た。同時に、こんなものの為に、と腹立たしさも覚える。

「これを持って逃げてくれ。でなければ……」

「俺は逃げねぇよ。お前がここにいる限りな」

「駄目だ。それだけは。俺だけでなく兄上まで死んだら、縫子が」

「黙れ。お前もこれも、この閻羅遮様が守ってやる」

大楽は、一つ笑みを浮かべ部屋を出た。そこで貞助が待っていた。

「すまねぇ、旦那。無傷で救い出せなかった」

「あの傷は？」

「鉄砲ですよ。追っ手の中に鉄砲使いがおりやしてね」

椋梨の顔が浮かんだ。奴は三銃身回転式の短筒を持っていた。

「医者には？」

「この寮に住まう医者に見せやしたが……」

貞助が首を振る。大楽は、「そうか」と、だけ呟いた。

「益屋に挨拶をせねばならんな。乃美を通して報せてもらった礼を言わねばならん」

「それが、益屋さんはのっぴきならない状況でしてね」

「襲われたのか？」

佐多弁蔵も襲撃を受けて、命を落としている。その弁蔵と共に嘉穂屋を追及していた淡雲も、襲撃を受けたとしても不思議ではない。

「いいや。深川に囲っていた妾が、何者かに殺されたようでしてね」

「益屋の女が？」

「妾宅《しょうたく》で首を絞め殺されていたとか。それで、奉行所の手入れを受けておるそうで」

「今の月番は南……。こりゃ罠だな」

貞助が頷く。幕閣にも繋がりがある淡雲が下手人に仕立てられる事はないだろうが、それでも足止めは受けるだろう。

「ならば、いずれ追っ手がここに来るはずだ」

「へぇ。ですが、主計さんは動かせませんぜ」

「わかっている。だから、俺は逃げねぇ。ここを卒塔婆《そとば》の森にしてやるつもりだ」

「そいつはいいや。なら、あっしもお手伝いしやすぜ」

「傷はいいのか？」

「薄皮一枚斬られたぐれぇ、どうという事もねぇです。それよりあっしは、人殺しが得意でしてね。こうした修羅場も一度や二度じゃねぇ。お役に立ちますぜ」

「すまんな」

それから、寺坂も呼んで迎え撃つ態勢を話し合った。

寮で働く者は、全て避難。この闘争に巻き込まない為で、全員が素直に承知してくれた。残ったのは、大楽・寺坂・貞助、そして主計の四人である。他に貞助が手下を呼び寄せているが、間に合うかどうか微妙な所だと言った。

戦う場所は、母屋の庭先。主計の部屋の目と鼻の先である。分散せず、迎え撃つという事に決めた。

「見ろよ、萩尾」

寺坂が、蔵から刀を一抱えして現れた。

「どうするつもりだ、そんなに持って」

「へへ、一度してみたかったんだ」

と、寺坂は抜き身の刀を畳に突き刺していく。

「儂の刀は、お前さんの月山堯顕と違って鈍《なまく》らだからね」

「おいおい、永禄《えいろく》の二条御所じゃねぇんだぜ」

大楽の言葉に笑ったのは、部屋の隅で寝ていた主計だった。

大楽はそう言うと、刀の下げ緒で袖を絞り、汗止めの鉢巻を巻いた。既に、日は暮れかかっている。襲撃があるならもうすぐだろう。

「それだけ冗談を言えれば死にはしねぇな」

「冥土《めいど》からの迎えはまだみたいだ」

「兄上、すまない」

「何を言いやがる。俺の方こそ、お前に謝らねばならんというのに」

「何故？」

「お前に家督を押し付けた。そのせいで、お前を苦しめた。そして、今も」

「俺は兄上を恨んではいない。むしろ憧れてたんだよ。兄上のようになりたいって」

そうは言っても、並々ならぬ苦労を背負わせた事に変わりない。もし、自分が出奔しなければ、主計が宍戸川の不正を糺そうとする事もなかったはずだ。

「旦那、萩尾の旦那」

二人の会話を遮るように、貞助が庭の向こうから駆けてきた。

「来たか」

縁側に腰を下ろしていた寺坂が、慌てて立ち上がる。

「へぇ、そろそろ来やすぜ。数は十五ちょいってところですな」

「どんな連中だ？」

「お、起きたか」

「斯摩の藩士と、人相が悪い連中ですねぇ」

「権藤一派と、嘉穂屋の手下だろうな。寺坂、篝火《かがりび》を灯せ」

寺坂が、用意された二つの篝火に火を投げ込んだ。油で湿らせていたので、盛大に燃え上がる。

「主計、俺は行くぜ」

大楽は、生気が失せた主計の頬に手で触れた。

冷たかった。命の炎が消えかかっている。大楽は一度目を閉じ、そして立ち上がった。

「閻羅遮と恐れられた、兄貴の雄姿を目に焼き付けておけ。萩尾流の冴えを見せてやるからよ」

強烈な殺気が近付いてくる。

それを感じた時、大楽は縁側から庭先へと跳び降りた。左右には、寺坂と貞助。二つの篝火が、刻々と辺りを覆う闇に抗っている。

「来るぞ」

寺坂が叫んだ。庭園の奥。竹林から十数名が躍り出てきた。既に抜いているのか、艶めかしい刃の白が見える。

大楽も、月山堯顕を抜き払った。寺坂も抜き身を手にし、貞助は二振りの小太刀を左右に持っている。

「俺が先に行く。討ち漏らした奴だけを頼むぞ」

二人が頷くのも見ずに、大楽は駆けだした。

先頭の男。大上段に振り上げている。武士だ。大楽は一の太刀を弾き、体勢を崩した所の胴を抜いた。振り向いて、蹴り倒す。

人をひとり、斬り殺した。この感触を、俺は知っている。久し振りだ。

そう思った刹那、次の男が斬りかかってきた。

浪人。嘉穂屋の手先か。斬り込んできた手元を軽く剣先で叩くと、刀と共に指がボトボトと落ち、その隙に横目で母屋を一瞥した。

寺坂が一人と斬り結び、貞助は二刀の小太刀を振るいながら、嬉々として駆け回っている。

一人が遮って来た。渡世人《とせいにん》風だ。大楽は突き出された長脇差《ながどす》を持つ手を刎ね上げる。返す刀で、頭蓋を両断した。鮮血が奔騰《ほんとう》する。

寺坂が転倒するのが見えた。そこに脇をすり抜けた敵が殺到する。

(しまった)

そこに貞助が空から舞い降りるように割って入り、先頭の二人を斬り倒した。そして手裏剣。遠くで呻き声だけが聞こえた。

「このぐらい屁じゃねぇや。あっしは、何度も地獄って奴を見てんだ」

貞助が叫んだ。やるじゃねぇか。単なる密偵と思っていたが、剣も中々使う。そういえば、忍びだと言っていたか。

寺坂も体勢を整えると、新しい刀に代えて庭へ躍り出た。

（負けてらんねぇ）

大楽は身を翻して横から迫った槍を躱し、螻蛄首《けらくび》を刎ね飛ばした。

「お前ぇらが欲しいもんは、この俺が持ってるぜ」

大楽が首にかけていたお守り袋を翳して叫ぶと、母屋へ向かう敵の向きが変わった。

（それでいい。俺に来やがれ）

それから大きく息を吐き、心気を整えて正眼に構えを直した。

ここからだ。ここからが勝負の分かれ目だ。敵は十五ほどと貞助は言っていたが、ざっと見て二十は超えている。

（いいだろう。徹底的にやってやる）

大楽は咆哮し、敵の群れに跳び込んだ。

躱し、弾き、斬り倒す。小さい傷は幾つか受けたが、構わず斬り続けた。

息が苦しくなった。それでも、月山堯顕を動かす事はやめなかった。息を吸い込んでも、何も入って来ない。呼吸が出来ない。だが、それがどうした。主計を守れるならば、どうなってもいい。死ぬまで戦い続けてやる。

首にかけたお守り袋が、揺れている。これは、立山庄之助に託された贋物の割符。そう、お前も俺と共に戦っているんだ。

熱い衝撃が、二の腕を襲った。軽く斬られたようだ。痛みは感じないが、血が噴き出した。

「こん畜生め」

敵の首筋から脇腹にかけて両断した時、鮮血を頭から浴びた。

視界が赤に染まる。主計。友之助。名を呼んだ。

脳裏に浮かぶのは、友之助という幼名だった頃の主計だった。

愛おしい、我が弟。真面目で、聞き分けがよく、それでいて正義感が強い。

そうだ。お前は昔から変わらない。継母が俺を理不尽に責めていたら、必ずお前が庇ってくれていたよな。今回の件もそうだ。宍戸川の理不尽に、お前は立ち向かったのだ。

だから、俺はお前に家督を譲ったのだ。しかし、それがお前を追い詰めたのなら、何度でも謝る。償いなら、何でもしてやる。

こうして戦っているのも、その為だ。お前に仇なす邪魔者を、全て退けてやる。それで償えるのなら。

見ていてくれ、友之助。今度こそ、兄として守ってやる。

咆哮した。眼前の敵。刀ごと頭蓋を両断した。

権藤がいた。その周囲には三人。その近習に、降って湧くように現れた百姓たちが襲い掛かっている。貞助の手下だろうか。何とか間に合ったのか。

「権藤」

大楽が駆け出した時、銃声が轟いた。

何かが頬を掠める。椋梨喜蔵だった。権藤の前に、かばうように立っている。

もう一発。今度は避けられない。そう思った時、目の前を何かが遮った。

寺坂だった。頭を撃ち抜かれ、膝から崩れ落ちる。

大楽の中で、糸が切れた。

銃声。躱さずとも、弾は外れた。椋梨は銃を投げ捨て、刀を抜いた。

駆ける大楽に、椋梨が振り上げる。その一瞬の隙を突いた。

月山堯顕を横薙ぎに一閃すると、椋梨の右手が宙を舞った。更に踏み込む。返す刀で振り下ろす。

しかし、そこに椋梨の姿は無かった。大きく跳び退き、背を向けて逃げ出したのだ。

追おうとした大楽の袖を引いたのは、貞助だった。

「旦那。寺坂さんが……」

「わかっている」

と、地に伏している寺坂を一瞥した。死んでいる。それは一目でわかった。

「すまん」

大楽はそう呟いて頭を下げると、母屋へ向かった。

主計が、布団の上に座していた。胡坐になり、こちらを見ている。笑っているのか。

口許は笑んでいるようだが、その目に生の色は無かった。

「貞助」

大楽は縁側にへたり込むと、血脂に塗れた月山堯顕を地面に投げ捨てた。

「へい」

「俺は弟と、兄とも思っていた男を、一緒くたに亡くしちまったよ」

「……」

「もう容赦はしねぇ。止めるなよ」

「そりゃもう。あっしにゃ、止められませんや」

そう言うと、貞助は権藤の方へ駆け去って行った。

一人になった。いや、傍らには主計がいる。やっと兄弟二人になったというのに、何でお前は死んでしまったのか。

「主計よ。また俺は叱られるじゃねぇか」

当然、返事は無い。

「お前が怪我をしたら、いつも母ちゃんに俺が叱られたんだ。今度はお前を死なせちまった。こりゃ、叱られるだけじゃ済みそうもない。どうしてくれるんだ、全くよ」

権藤が両脇を支えられ、無理矢理立ち上がらされている姿が見えた。

荒縄で縛られ、こちらに引っ立てられて来る。自分が置かれた立場を察したのか、顔を小刻みに震わせながら命乞いの言葉を喚いている。

さしあたり、あの権藤をどうするか。腹は括った。嘉穂屋が裏の首領《おかしら》だろうと、宍戸川が首席家老だろうと、構いはしない。

閻羅遮を完全に怒らせたのだ。それ相応の報いは受けてもらう。

二

目の前に、肥えた男が転がっていた。

素っ裸で、まるで沼田場《ぬたば》の猪《いのしし》のようだ。強烈な悪臭を放っているのは、糞尿を垂れ流しているからだろう。

巣鴨慈寿荘。その外れにある土蔵である。

主計が死んで四日が経っていた。

主計と寺坂は、知り合いの寺に埋葬だけをした。葬式はしていない。全ては権藤と嘉穂屋、それに宍戸川の首を揃えてからだと決めている。

「哀れなものだな……」

「全くです」

大楽と淡雲の前に転がっているのは権藤だった。口を半開きにし、うつろな表情でこちらを見つめている。淡雲は、身体ではなく精神《こころ》を責めた。その結果が、この抜け殻の男という事だ。

「権藤の野郎は、目新しい事でも話したかい？」

「いいえ。話す内容は最初と変わりありませんねぇ。ここまでして同じ事を話すのですから、権藤様のお話は本当なのでしょう」

権藤は尋問が始まると、自ら進んで話を始めた。

抜け荷に関わった経緯、嘉穂屋の阿芙蓉密売買、そして国元で進む堯雄暗殺の動きまで。宍戸川を売る。それこそが生き残る活路だと信じたのだ。しかし、それを許すほど、自分も淡雲も甘くはない。

しかし、主計を唆《そそのか》した存在がいると告げた事には驚かされた。その名を聞いた時、怒《ど》髪冠《はつかん》を衝《つ》くような怒りが込み上げたが、それを示す証拠は無い。権藤の策略かもしれないが、このような廃人になっては、その真偽を聞けそうもない。

「権藤はこのままかい？」

「萩尾様は、権藤様をどうされたいのですか？」

「もう斬る価値はねぇが、一応は責任を取らせるべきだろうとは考えている。この男は宍戸川に従っていたと言っても、何人もの人間を死に至らしめたのには変わりねぇ」

「なら、その始末は私が。江戸浦の魚の餌にでもなってもらいましょう」

「ああ。権藤はそれでいいとして、嘉穂屋の始末もある」

「それも、私が」

嘉穂屋は、主計の襲撃に前後して姿を消していた。両国に構える店も小石川伝通院の寮も、もぬけの殻になっている。いよいよ、武揚会を抜けて賊に成り下がるつもりなのだろう。

「ほう。どうするつもりか聞きたいね。なんなら協力してもいい」

「それだけはご勘弁を。さぞお腹立ちと存じますが、悪党には悪党の末路があり、既に手筈は整っておりましてな。今日あたり、朗報が萩尾様のお耳に届くと思いますよ」

嬉々としている淡雲を横目に、大楽は権藤に目をやった。

かつて、宍戸川の腹心として江戸家老にまで登った男が、今は自らの糞尿に塗れて廃人のようになっている。大楽を見ても、狂気に満ちた視線を向けるだけだ。

「さっ、とりあえず嘉穂屋さんの話はこれまでにして、母屋に戻りましょう。ここにいると鼻がおかしくなりそうだ」

淡雲に促され土蔵を出ると、女中たちが井戸端会議に花を咲かせていた。

心からの笑顔が、弾けている。四日前に、ここで壮絶な斬り合いがあったなどと思えない明るさだった。もう忘れているのだろうか。或いは、敢えてそうしているのか。あの時も誰一人として取り乱さず、戻ってからも淡々と片付けに勤しんでいた。

「どうです？　道場の皆様は」

母屋に移ると、淡雲が訊いてきた。

客間の一室。障子は開け放たれ、寮を囲む美しい竹林が望める。

「まぁ反応は様々だったが、稼業に影響は無いね」

「それは良かった。萩尾道場の皆さんには、気張ってもらわねばなりませんからねぇ」

今回の件は、門人全員を呼び出して伝えていた。その際に、自分が何者であるか、寺坂の仇討ちの為に道場を留守にする事も告げた。

寺坂の死については、思った以上の動揺はあった。それだけ、寺坂が萩尾道場にとって大きな存在だった証拠である。

仇討ちに加わると名乗り出る者が相次いだが、「おいおい。そんな事言っちゃ、寺坂の親爺に叱られちまうぜ。谷中を守らんでどうするってな」と、大楽は拒否した。これ以上、門人を巻き込むつもりはない。そもそも、寺坂が死んだのも、この問題に巻き込んでしまったからだ。

その後、道場の留守居役として、笹井久兵衛《ささいきゅうべえ》という、道場でも古株の男を指名した。温厚で慎重な性格の男だ。用心棒としての経験も豊富で、視野も広い。

実力だけなら平岡という選択肢もあったが、あの男は人の上に立つ事に向いていない。それに、笹井なら皆が納得する。

「それで、あの件は考えてもらえましたかね？」

淡雲がそう言うと、大楽は視線を庭へ逸らした。

「やはり駄目ですかねぇ」

「俺は裏の人間になるつもりはねぇよ」

それは、佐多弁蔵に代わって谷中界隈の首領《おかしら》にならないか？　という話だった。弁蔵の跡目を継ぐべき男は数名いるが、どれもあと一歩足りない。淡雲が言うには、大楽が継ぐ事を武揚会も谷中の面々も望んでいるのだそうだ。

「もし、この始末がつくまでと仰るのなら、待ってもかまいませんよ」

「待たれても、気持ちは変わらねぇよ」

「あなたというお人は、全くおかしな人ですねぇ。金兵衛などは、首領《おかしら》になりたくてなりたくて堪らないというのに」

「柄じゃねぇんだ。首領《おかしら》になったら、色んな所に目をやり、気を配らなきゃならねぇ。そんな事は、道場だけで充分。道場稼業の他は、好きな事をして過ごしたいのさ」

「なんとまぁ」

すると、淡雲は満足そうに頷いて茶に手を伸ばした。呆れている物言いだが、表情を見ると嫌がっているようには思えない。

「益屋さんよ。俺が首領《おかしら》になるのは御免だが、谷中の面倒は誰が見るんだい？」

「一応、武揚会預かりという事になりますねぇ。月番を決めて、領分《シマ》の面倒を見ます。嘉穂屋さんの両国界隈も同じです」

「それでいいじゃねぇか。俺としては、金兵衛以外なら、誰が首領《おかしら》になっても構わねぇよ。お前さんでもね」

「おっと、それはいけません。私のものにしてしまったら、今回の件が私の欲からの事と勘繰《かんぐ》られてしまいますよ。それだけは御免です」

だろうな、と大楽は思った。

武揚会は、絶妙な均衡の上に徒党を組んでいる。今回の騒動で二つの首領《おかしら》が消えた。

それだけで大きな揺れを生んだというのに、その上二つの領分《シマ》を奪った日には、淡雲が江戸最大の首領《おかしら》となってしまう。

「さてと……」

「もう行かれますか？　これから昼餉《ひるげ》でも一緒にと思ったのですがね」

「あんな権藤の様《ザマ》を見た後じゃ、いくら喉越しが良い蕎麦でも通りゃしねぇよ。それに、これから斯摩の藩邸にも行かなきゃならんのだ」

「やはり行かれるのですね」

「気が進まないが、一応訊いておかなきゃ寝覚めが悪い」

「それがよろしいでしょうな。しかし、今は江戸家老が消えたと大騒ぎのようですぞ」

大楽は、鼻を鳴らして苦笑した。

権藤の件は、藩邸内でどう伝わっているのだろうか。まさか、拉致されたという事にはされていないはずだ。ならば、失踪《しっそう》か。

どちらにせよ、今の大楽にはどうでもいい事であった。権藤は、このまま江戸浦で雑魚の餌になるはずだ。それよりも堯雄に、いや乃美にあの件を問い質《とただ》さねばならない。

母屋を出た大楽は、竹林の小径を歩いていた。慈寿荘から出入りするには、必ずこの小径を通らなければならない。

静かだった。聞こえるのは、風が揺らす涼し気な竹の騒めきだけだ。

独りになると、苦しくなる。大きな喪失感が、胸を締め付けるのだ。

主計が死んだ。寺坂も死んだ。もう二度と、語り合う事も言い争う事も出来ない。守れなかった。巻き込んでしまった。主計の死も寺坂の死も、全て自分の責任なのだ。大楽は、下唇をぐっと噛み締めた。叫び声を上げたかった。泣き、吼《ほ》えれば、この胸の苦しみは楽になるのか。

いや、違う。楽になってはいけないのだ。二人の死を、一生背負っていかねばならない。それが、せめてもの償いではないのか。

「萩尾主計の兄貴、萩尾大楽だ。若殿はいるかい？」

氷川明神の道を挟んで裏手にある、斯摩藩中屋敷の門前で言い放つと、門番が血相を変えて奥へと駆け込んでいった。

（ま、そうなるわな）

大楽は、門前で待たされた。藩邸内は騒然としているようだ。遠くから、恐る恐る見に来る者もいる。どうやら俺は招かれざる客のようだと、大楽は苦笑する。

程なく、熊のような大男が出て来た。一人だけだ。田原右衛門。ゆっくりと歩み寄り、大楽の前に立った。

身長は六尺、体重は二十五貫目ほどはあるだろうか。大楽も大きいが、この男は更に大きい。

目が合う。圧力は尋常では無かった。腹に気を込めていなければ、思わず視線を逸らしてしまいそうだった。

「田原。俺は味方だぜ？」

「存じておりますが、突然訪ねておいそれと会えるほど、我が殿は安いお人ではございませぬのでな」

「言いたくはねぇが、俺の血統は知っているだろ？　会いたいと言って、会える資格はあると思うがね」

「それは承知しております。しかし、今は一介の浪人に過ぎませぬ。当家に帰参するならまだしも」

「お前とこんな所で押し問答をしている暇は無いんでね」

「それも理解しておりますが、一度だけ萩尾様にお伝えしたかったのです。殿を軽んじるなと」

「律義な野郎だぜ」

田原が苦笑し、奥へと導く。

藩邸内は、やはりざわついている。中屋敷なので藩士の数は多くないが、大楽の姿を見ると、口々に「萩尾様だ」と言うのが聞こえてくる。

随分前に出奔したというのに、まだ放蕩息子《ほうとうむすこ》の事を覚えてくれているとは。ありがたいのか、そうではないのか。

案内されたのは、御殿の奥にある中庭だった。縁側に控えていた乃美が振り向き、大楽に向かって頷いた。

　堯雄は諸肌《もろはだ》になって、木剣を振るっていた。だが大楽の姿を認めると、その手を止めた。

「萩尾、主計が死んだそうだな」

　大楽を一瞥し、堯雄が言った。

「ああ。守れなかった。もとい、俺が駆け付けた時にゃ鉄砲で撃たれていたがね」

　堯雄の表情に動きはない。乃美は幾分か目を伏せていた。大楽は、堯雄の横に腰を下ろした。それを乃美は咎めなかった。

「襲撃に加わった権藤と、その一派が戻らんのだがな」

「権藤は益屋の土蔵の中。その手下どもは、細切れにされて畠の肥やしさ」

「穏やかではないな」

「そんな連中さ」

　堯雄は信じていないだろうが、権藤以外は鉈《なた》や斧で細切れにされていた。作業場で解体される様は、まるで牛馬のように思えた。

「一応、当家の家臣なのだがな」

「仕方ねぇさ。敵だったんだからな」

「権藤はどうするつもりだ？　江戸家老がいなくなって、上屋敷は大変な騒ぎだぞ」

「そうだろうな。だが、権藤は江戸浦の雑魚《ざこ》の餌になるんだと」

「殺すのか？」

「益屋がな。だが、もう死んでいるようなものだぜ。精神《こころ》を壊されている。なに、仏が浮かぶようなヘマを、奴はしないいさ」

するると、堯雄は親指の先で眉間を掻いた。苦虫を噛んだような表情だ。

「どうした？　権藤はお前さんにとっても敵だろう。それに権藤一派が始末された事で、動きやすくなったんじゃねぇのかい？」

「お前の言う通り、私の思うが儘《まま》に動けるようになった。しかしな。この件で、益屋に弱みを握られた事になりはしないかと心配なのだ。ただでさえ、抜け荷の件を知られている」

「へぇ。益屋とは手を組んだと乃美に聞いたが」

「手を組んだに過ぎない相手だ。それは即ち、いつでも手を離せる」

「なら、精々手切れにならぬよう励むこった」

堯雄が視線を逸らし、用意されていた茶を手に取った。

「殿……」

横から乃美がすっと膝行し、何やら耳打ちをした。堯雄は、何度か頷いた。その姿は、まるで帷幄《いあく》の軍師である。

（この男は昔から変わらねぇな）

自分で動くより、誰かを動かす。自分で率いるより、誰かに率いらせる。二番目の位置が好きな男だった。

根っからの軍師肌と言うべきか、その性分は、今も変わってはいないようだ。

「萩尾。主計が持ち出した代物はどうした？」

「気になるかい？」

「当たり前だ。そもそも、それが原因で始まった騒動だ」

「心配しなさんな。ちゃんと持っている」

と、大楽は首から下げているお守り袋を掲げてみせた。

「乃美、あれか？」

「中身を確認しない事にはわかりませんが、大きさはこれほどかと」

そう答える乃美を、大楽は横目で確認した。

「では、渡してもらおうか」

「断る。俺にはこれが必要だ」

「お前は私に雇われているはずだが。もしや、お前も欲に目が眩んだのか？」

大楽は不敵な笑みを浮かべ、お守り袋を懐に戻した。

「銭などどうでもいい。ただな、これは宍戸川や須崎屋に会う為の武器になる」

「会うだと？」

「その為に、里帰りをするつもりさ」

「本当か、お前」

乃美が慌てて口を挟んだ。

「そうだ。全ては玄海党とかいう連中の欲から始まった事だろう。ならば、落とし前をつけなきゃ気が済まん」

「萩尾、権藤や嘉穂屋のようにいかんぞ。権藤は宍戸川の使い走り、嘉穂屋も屋台骨が傾き、斜陽を迎えていた。だが、宍戸川も須崎屋も今が絶頂期だ」

「わかっているさ」

「玄海党と戦うという事は、皆がお前を狙う事になる」

「その通り。その為の、この割符だ。敵から現れてくれるのだ。こんな楽な事はねぇ」

「だからって、お前」

「……闇羅遮が晴れて里帰りか。面白そうだな」

堯雄が口を挟んだ。

「賛成かい？」

「面白いと思う。それに、反対する理由が無い」

「殿、折角手に入れたものを」

乃美が止めに入るが、堯雄は首を横に振った。

「乃美。ここは萩尾に賭けてみようではないか。宍戸川を完全に倒す足掛かりになるやもしれん」

「しかし」

そうは言ったものの、乃美はそれ以上言い募ろうとはしなかった。

「決まりだな。そこで、俺が斯摩で自由に動ける肩書が欲しい」

「よかろう。出来る限りの事はする」

「そりゃ、ありがたい。ならお代というわけじゃねぇが、一つ良い事を教えてやろう」

そう言って、大楽は堯春による、堯雄暗殺の動きを明かした。

堯雄の野心に気付いた堯春は、宍戸川に対し、一橋の血脈を斯摩に入れてはならん、と言っていたそうだ。

その報告に堯雄は「あの狸《たぬき》め」と、冷笑を浮かべていた。乃美はあり得そうな事だと思ったのか、表情一つ変えていない。

堯春としては、藩主親政と改革を為そうとする堯雄が邪魔なのだろう。改革が成功すれば、確実に宍戸川は失脚する。そうなれば、風流に惚けてはいられなくなると考えてのことに違いない。どこまでも、あの男は暗君だ。

「まぁ、それはそれで面白い。兎角、肩書の件は何とかする」

「よろしく頼むよ。江戸を発つのは六日後。それまでにね」

大楽は立ち上がると、乃美に目で合図を出した。乃美は頷くと堯雄に一礼し、大楽に続いて立ち上がった。

「お前に訊きたい事がある」

乃美の御用部屋に入ると、大楽は口を開いた。

書物に溢れた、薄暗い部屋。文机の上にも、書類が山積みにされている。

尭雄の側近にまでなったのだから、もう少し良い部屋を与えられても不思議ではないだろうに。こうした部屋を好む辺りが、性格の陰気臭さに繋がっているに違いない。

「急にどうしたんだ？」

「権藤が自白したんだがね。主計の忠義心を煽って出奔するよう唆したのは、お前じゃねぇかって」

するとー瞬だけ乃美の眼光が鋭くなり、そして眼を伏せた。

「何を言い出すかと思ったら」

と、乃美は腰を下ろし、煙草盆を引き寄せた。この男も、煙草を吸うようになったのか。程なく上等な煙草の煙が立ち昇り、大楽も乃美の目の前に腰を下ろした。

「俺とお前を仲違いさせる為の権藤の策略かと思ったんだが、一応訊いてみる事にした」

「権藤は、何と言ったんだ？」

「割符を手に入れた主計が、お前に相談を持ち込んだ。俺の親友だと信じてな。しかしお前は、『その割符こそ宍戸川の不正の証であり、それを宍戸川を信頼するお殿様ではなく、改革を望む若殿に渡せば、宍戸川を倒す材料になる』と、主計に吹き込んだ」

「その通りじゃないか」

「認めるのだな？」

「さて、よく出来た話だ。だが、権藤はどうして内々の話を知っているのだろうな」

「知るか。大方、宍戸川に聞いたのだろうが、権藤も確信は無いようだった。そんな事より、本当はどうなんだ？　お前が唆したのか？」

「そうだ」

いとも容易く、乃美は認めた。

一瞬だけ大楽は呆気にとられたが、次の瞬間には怒りが噴き出した。

乃美は、こちらを見ようともしない。その態度がより怒りを煽る。

「俺が御舎弟を唆した」

「どうしてそんな事をしやがった？」

「斯摩の閉塞した藩政を変える為。……それは、表向きだな。有り体に言えば、私自身の出世の為だ」

「出世だと？　ふざけた事を抜かしやがって」

「ふざけちゃいないさ……」

乃美の表情は動かない。いつもの陰気な雰囲気を纏っている。

「私は御舎弟に策も授けたよ。贋物を作り、散り散りになって江戸を目指すようにとな。そして御舎弟が藩領を出た頃に、宍戸川に報せが入るよう細工をした。主計が割符を持っているようだと」

「つまり、お前は主計を罠にはめたわけだな」

「そうしなければ、宍戸川の失脚が平和裏に終えられてしまう。それでは、私の働き所が無いではないか。この政争は、麻の如く乱れてもらわねば困る」

「そこまでして、お前は出世してぇのか？」

「したいな。地位を得なければ、己の夢も志も実現出来ん。生まれながらの門閥で、神君の血を引くお前にはわからんだろう」

乃美もそこそこの血筋ではある。しかし、そこそこだ。

奉行や家老に、手が届きそうで届かない。その距離が僅かであるが故に歯痒《はがゆ》いのか。

出世など無縁の大楽には理解出来ない事だった。

「それと、御舎弟と話していくうちに、別の感情も芽生えた。加虐心《かぎゃくしん》というべきかな。

御舎弟の青臭い武士道が、私には眩しすぎる。だから邪魔をした」

主計は生真面目な男だった。会わない十三年の間に、その性格は主計を武士らしい武
士へと成長させたのだろう。しかし、それが乃美のような拗ね者には気に入らないもの
になったという事か。

「武士が民の為に生きる。そんな事を心から信じているのだ。だから、その武士道が本
物なのか試してやろうとした」

「とんだ糞野郎だな」

「我ながら面倒な性格とは思う。だが、お陰でわかったよ」

「何が？」

「御舎弟は、真の武士だ」

乃美は煙を吐き出すと、煙管《きせる》の雁首を煙草盆に打ち、灰を落とした。

「堯雄はこの件を知っているのか？」

「知らないはずだ。少なくとも、私は教えていない」

「何故？」

「私の価値が下がるからだ。全てを知っていて助言するのと、知らないで助言するのとでは、印象が随分と違うだろう？」

「何処までも、自分の為か」

「お前には感謝しているよ。殿の御前でこの話をした日には、色々と面倒だからな」

「そうか。主計の事は、お前が仕組んだ事だったのか」

「少なくとも、割符が御舎弟の手に渡ってからは」

次の刹那、大楽は乃美を殴り倒していた。煙草盆と煙管《きせる》が転がる。乃美も、横たわったままだ。

「私が、お前の弟を死に追いやった」

「そうだ。お前が全ての元凶だ」

「だが、私は謝らんぞ」

「謝ろうがどうだろうが、主計は戻って来ない」

「ならば、私を斬るか？」

大楽は一瞬月山堯顕に目をやり、そして首を振った。

「今のお前は、斬る価値もねぇよ」

「それは手厳しいな」

乃美が上体を起こした。殴られた頬が赤くなっている。

「お前の拳骨、効いたな」

「乃美。お前を友達と思うのは、今日が最後だ」

大楽は踵を返した。もう顔も見たくなかった。見れば、次こそは刀を抜いてしまうかもしれない。

「それは残念だな。だが私は、もう既にお前を友達だと思っていない。だから、御舎弟を罠にはめる事が出来た。それ程の時なのだ。十三年という時間は」


中屋敷を出た大楽は、谷中に戻ると一軒の蕎麦屋に入った。

若い二代目が切り盛りする店で、寺坂がよく来ていた店だった。

「邪魔するぜ」

片手を上げて中に入ると、板場にいた二代目の顔が強張るのが見えた。寺坂が死んだ。その事に気を使っているのだろう。表向きは、用心棒稼業で、客を守って死んだ事にしている。

「ざる一枚。それと酒」

そう言い、土間席の一つに座った。昼下がり。客もそう多くない。

最初に酒が出た。弔い酒というわけではないが、まず猪口で三杯、胃に流し込んだ。

「いらっしゃい」

二代目が、威勢のいい声を上げた。現れたのは貞助だった。今日は大工の職人といった風体である。

「お、ここにおりやしたか。探しやしたぜ」

「何だ、お前かよ」

貞助も、ざるを一枚頼んだ。

「何だもヘチマもねぇや。それより旦那、おっぱじまりましたぜ」

「へぇ、何がおっぱじまったんだい？」

「嘉穂屋でございやすよ。奴の隠れ家が、奉行所に踏み込まれてですねぇ。今はちょうど斬り合いをしているところでさぁ」

「奉行所だと」

「それも聞いて驚きなさんなよ。踏み込んだのは、なんと南町奉行所と来たもんだ。これまで、色々と面倒を見ていた南町が捕り方になったんだから、まぁ金の切れ目は何とやらですねぇ」

「さては、益屋が裏切らせたな」

「へぇ、しかも裏切ったのは南町奉行所だけじゃございやせんぜ。嘉穂屋の若衆頭だった滑蔵が、隠れ家に手引きしたんでさ」

その背後には、色々と裏の事情があると貞助が説明した。

淡雲は大楽に両国の領分《シマ》は武揚会預かりになると言っていたが、貞助によれば嘉穂屋の領分《シマ》を南北に二分し、北を滑蔵に、南を牧靱負に任せる準備を進めているという。牧は幕臣。主人持ちは裏の首領《おかしら》になれないという掟がある。故に、家督を息子に譲って隠居する事まで考えているそうだ。

露骨な論功行賞だ。淡雲は真っ当な首領《おかしら》と知られるが、やはり根は裏。悪党の中の悪党である。

「しかしまぁ、世知辛い世の中になりやしたねぇ。力が無くなりゃ見限られる。義理だの仁義だのってぇのは廃れたんですかねぇ」

「人間、生き残る事が第一さ。その為なら親兄弟、親友や恋人も平気で裏切る。親友の弟なら尚更だな」

「かぁ、悲しゅうございやすよ。ま、しかし阿芙蓉云々はこれで解決という事で」

「そうだな」

ざる蕎麦が二枚出され、会話はそこで止めた。

しかし、この店は蕎麦が旨い。暫く、夢中で蕎麦を啜った。腹は減っていた。弟が殺されても、どんなに悲しくても腹は減るものだ。それを大楽は浅ましいと思ってしまう。

「あっしも付いていきやすからね」

「何処に？」

「斯摩ですよ、斯摩。道場を手下に任せたり、方々に挨拶を入れたり、準備をしているって聞きやしたぜ」

大楽は、板場に向かって、ざるをもう一枚頼んだ。若造の食い方と、寺坂に笑われたものだ。

「抜け荷の根っこを断つおつもりなんでしょう？」

「そんなご大層なもんじゃねぇよ。ただの意趣返しさ」

「へへ。益屋さんに、一緒に行くよう頼まれましたがね。そうでなくても、あっしはこの結末が見たいんでさ」

「勝手にしろ、と言いたいが、俺は一人でするつもりさ。誰も巻き込まん」

「だからですよ。寺坂さんが亡くなった今、旦那を止められる男はいねぇ。あっしに、寺坂さんの代役が務められるかわかりやせんがね。旦那に死なれちゃ困るんですよ」

「何故だ」

「あっしが見たい結末は、旦那が生きて萩尾家を継ぐ事ですからねぇ」

と、貞助が歯を剥き出して笑う。露わになった歯茎と出っ歯は、まさに鼠である。

「何を言ってやがんだ」

不意に、店内で怒声が響き渡った。

店の入り口。大柄の男が、泥酔した状態で何やら叫んでいる。

腕には手首まで刺青。やくざであろう。今にも二代目を殴りそうな、そんな気配があった。

「憚《はばか》りですかい？」

大楽が箸を置くと、貞助が訊いた。

「いいや。この店も、萩尾道場の客でね」

そう呟き、立ち上がる。男が更に激高し喚き散らしていた。大楽は構わず、その目の前に立ち塞がった。

「お前ら、谷中の閻羅遮ってぇ知らねぇかい？」

玄界灘編

第五章　帰郷の秋《とき》

一

十三年ぶりに見る海だった。

博多浦。懐かしさが無いわけではないが、それよりも来てしまった、という気持ちの方が強い。

千代松原《ちよのまつばら》を抜けた先にある浜辺。その波打ち際に立ち、大楽は目の前に広がる海を眺めていた。

一陣の風が、大楽の旅装を揺らした。大楽はその風を全身で受け、鼻腔を広げて胸に吸い込む。潮の香りが濃い、秋の滑らかな風。夏の暑さは、既に過ぎ去っている。

穏やかな海だった。しかし、この海に辿り着くまでに、多くの人間が死んだ。仲間も敵も多くが死んだ。

この海が、多くの人間を死なせたのかもしれない。海はいつだって、人の命を呑み込むものなのだ。希望も欲望も、全て。

(何て事を考えていやがる)

柄にもなく感傷的だと、大楽は自嘲《じちょう》した。

静かな海だ。波もゆったりとしている。それは志賀島《しかのしま》の明神鼻《みょうじんばな》と斯摩藩領の西浦崎《にしうらさき》の湾口部が狭い為だと言われているが、それが本当なのか大楽は知らない。だが博多浦からひと漕ぎでも外に出ると、海は突如として牙を剥く。

玄界灘。暗く黒い海という意味を持つその海に、大楽は一度だけ出た事があるが、漆黒の凶暴なうねりは恐怖でしかなかった。

あの時は、乃美も一緒だった。そしてあの頃は、紛れもなく親友だった。しかし、今は……。

ふと、大楽は斯摩藩領のある西に目を向けた。

斯摩藩は、博多や福岡よりずっと西にある。博多と福岡は天領であり、斯摩藩との境になっているのは室見川《むろみがわ》だ。その川を越えると萩尾家の門地、姪浜がある。

もう二度と、戻る事は無いと思っていた。その覚悟をして飛び出した故郷だった。嬉しさに似たものはあるが、今回は単なる里帰りではない。全ての落とし前をつけに来たのだ。

「旦那」

背後から声がした。振り向くと、こちらに向かって浜を歩いてくる小男の姿があった。貞助である。

「お前か」

貞助とは、芦屋《あしや》で船を降りてから別行動をしていた。先行して博多に入り、色々と探ってみるとの事だったのだ。

「何を考えていたんですかい？　ちょっと近寄り難い雰囲気がありましたぜ」

「この海が、みんなを死なせたのかと考えていた」

「柄にもなく、気障《キザ》ですねぇ」

「海はそんな気持ちにさせてくれる」

「ありゃ、いつになく感傷的だ。まぁ、故郷ですし仕方がねぇってもんです」

「もう人が死ぬのはにはうんざりなんだよ」

貞助の返事は無い。共感しているのか、していないのか、その表情からは読み取れない。

一方で大楽は、もう誰も死なせたくない。死ぬなら自分一人だけと、腹は括っている。

「それにしても、流石の変装だ。それが博多の流行りというやつか？」

「へぇ。ま、これで稼いでいるって所もありやすからねぇ」

貞助は、それまでの中間の姿から着流しの恰好《なり》に変わっていた。鳥獣戯画《ちょうじゅうぎが》をあしらった葡萄染《えびぞめ》の小袖に、辰松風《たてまつふう》。貞助が言うには、今の博多は景気がいいらしく、奢侈《しゅし》は美徳とされているところがあるという。

その貞助が、機嫌よく巾着をぐるぐると回して弄んでいる。よく見れば、少し赤ら顔だった。

「飲んでるな、お前」

「へへっ。ちょいとだけですよ。雀の涙ぐらいでさ」

「ほう、こいつは大層なご身分だね。俺たちがどうして筑前くんだりまで来たのか忘れたようだな」

「おっと、早合点はしなさんなよ旦那。これも、あっしの探りって奴でさぁ。悪所にゃ裏の情報《タレ》が集まるってぇのは、世の習い。この酒も必要な事でございやすよ」

大楽は肩を竦めて、博多浦に目をやった。西には、瓢簞《ひょうたん》の形をした残島《のこのしま》が呑気に浮かんでいる。あの島は斯摩藩領で、年貢米を江戸や大坂へ運ぶ廻船の拠点になっている。

「それで、何かわかったのか？」

「いや、大した事は。先行させた手下たちを動かしてはいますがね」

「江戸で腕を鳴らした逸殺鼠も、筑前じゃ形無しだな」

「そいつを言っちゃいけねぇや。地盤も伝手《つて》もねぇ土地で、情報《タレ》は容易に集まりませんぜ。ですが、そこは流石の逸殺鼠。一つだけ耳に入れて欲しい事を掴みましてね」

「早く言えよ」

「玄海党は、博多年行司《はかたねんぎょうじ》との関係が芳しくないようでしてね」

「博多の利権争いか」

「そのようで。須崎屋も久松屋も、表向きは年行司に従っているようですが、腹でどう思っているか。その争いを利用する、という事も頭に入れておいて損はないようですぜ」

博多年行司は博多町役人の筆頭で、博多町衆の代表を務める役職の事だ。その格式は高く、かつて当地を支配していた黒田家当主、今は福岡城代にお目見えする事が許されている。言わば、博多商人の誇りを具現化したような存在だった。

確かに、頭には入れていた方がいいだろう。

「旦那、あっしは暫く博多を探る事にしやすぜ。江戸とは色々と勝手が違うようでございますんで」

大楽は頷いた。

江戸では、主計と阿芙蓉が複雑に絡みながら、権藤と嘉穂屋と対立していた。しかし、今は主計も阿芙蓉も関係が無い。権藤と嘉穂屋も死んでいて、全てが振り出しに戻ったという感覚がある。

「まずは須崎屋と久松屋を中心に、玄海党に誰がいるのか探ろうかと」

久松屋は、嘉穂屋の番頭だった与六という男の店で、博多で廻船業を営んでいる。恐らく、運び屋として玄海党の『足』を担っているのだろう。

「もののついでだ。年行司と玄海党の関係も探ってくれないか」

貞助の目が、にわかに光を帯びた。

「それは、両者の不仲が本当かどうか、という事でございやすか?」

「まぁな。組むにしても、信用が無けりゃいけねぇ。年行司がそっくりそのまま玄海党でしたでは、笑いも屁も出ねぇからな」

そう言うと、大楽は踵を返した。

「斯摩に行くんですかい？」

「気は重いが、その為に来た」

斯摩には、会いたくない女《ひと》が二人いる。

一人は主計を救ってくれと、下げたくもないだろう頭を下げて縋ってきた継母《はは》。もう一人は、将来を誓い合いながらも弟の妻になった義妹。

会いたくはないが、会わないわけにはいかない。

「じゃ、またな」

大楽は、背を向けたまま片手を上げて、松林へ戻る。暫く歩くと唐津街道に行き当たり、その道は博多や福岡城下を経て、姪浜に繋がっていた。

博多に入る為の道は、縁日かと思うほどに混雑していた。

東から博多に入るには、石堂川《いしどうがわ》を渡った先の石堂口門を通らなければならない。この門とは別に西門橋《さいもんはし》という道もあるが、そちらは横行している盗賊に備える為という事で通行止めになっていた。

そもそもこの唐津街道は、商都・博多の大動脈でもあるのだ。ただでさえ、人の往来は多い。なのに西門橋が閉じられたとあれば、人が溢れるのも無理はない。

石堂口門前には、二名の門番がいた。渋川家の家紋、二つ引両を染め抜いた袖なし羽織を纏っている。斯摩藩士だった。

博多は天領であるが、幕府の役人の手が足りないため博多御番と称して斯摩藩が治安維持を請け負っている。

だが博多御番に係る費用は全て斯摩藩の負担であり、それが鈍い頭痛のように藩財政を苦しめている。それでも、斯摩藩の執政府は御役御免の嘆願《たんがん》をしない。

表向きは幕府へのご奉公であるが、理由は明白。博多御番の費えは大きいが、重臣個人が得る袖の下が太いからだ。

博多は九州でも随一の湊。そこで動く銭の額も大きく、便宜を図る事で得られるものも多い。博多御番は、重臣たちにしてみれば手放したくない打ち出の小槌《こづち》なのだ。

それに藩ぐるみで手を染めた抜け荷も、博多御番をしていたから出来た事だった。

大楽は、ゆっくりと歩き出した。旅塵《りょじん》まみれの荒れた恰好が気になったのか、一瞬だけ門番と目が合った。大楽は軽く微笑んだが、門番の表情は微動だにしない。

「もし」

案の定、門番に声を掛けられた。まだ若い武士だ。二十歳を少し過ぎた年頃だろう。

「役儀につき、貴殿のご身分とご姓名をお尋ねいたす」

門番の声。高圧的で威厳を持たせる話し方は、役人の身分を笠にきているように感じられた。それが、大楽の癪に障った。

(ここは一つ、名を売っておくか)

隠密行動をするつもりは、最初《ハナ》から無かった。

そもそも玄海党は、こちらの筑前入りをとうに掴んでいるはず。ならば無様に隠れずに萩尾大楽ここにありと知らしめ、開戦の狼煙をあげるべきだろう。今まで、常に正面から挑んで来た。今回もそしてこれからも、自分の流儀を変えるつもりはない。

「お役人。人に名を訪ねる前には、お前さんが何処の何者なのか言うのが礼儀ってもんじゃねぇのかい？」

大楽が嘆息して言い放つと、門番の顔が明らかに赤くなった。

「だから、御役儀だと申しておる」

「それはお前さんが今言ったから知っている。俺はな、礼儀の話をしてんだ」

「何だと」

門番が声を荒らげた。もう一人の門番も、慌てて駆け寄ってくる。気が付けば、石堂口門の前に人だかりが出来ていた。

「我らは、御公儀より博多の守護を仰せつかった……」

「ちょっと待ちな。武士だからって偉《えれ》ぇわけじゃねぇし、名乗らなくていい法度もねぇ。武士だ町人だって前に、人としての礼儀ってもんがあるだろうよ」

大楽が嘲笑混じりに言うと、群衆の中から喝采《かっさい》の声が上がった。

博多は、古《いにしえ》より町人の国だ。町人が治め、時の権力者と折衝をしながら生き延びて来た。つまり町人である事に、皆が誇りを持っている。

また、その誇り故に時折武士と対立していた経緯も、大楽は知っていた。これから先、博多を巻き込む戦いになるならば、その間隙を突いて博多の町人を味方に付けない手は無い。

「貴様」

門番が、八角棒の先を大楽に向けた。

「ほう、やる気かい？　だが、俺は間違った事は言ってねぇがな。なぁ皆の衆」

群衆が、賛同とばかりに手を叩いた。囃《はや》し立てる者もいる。

「双方引け、引け。市中での騒ぎは許さん」

差配役と思われる中年の小太りが、小者を従えて奥にある見張番所から現れた。もう一人の門番に耳打ちされ、何度も大袈裟《おおげさ》に頷く。

(気に喰わねえな)

差配役は青々とした剃り跡を撫でながら、大楽の風体を舐めるように眺めている。大楽は、不快さしか感じなかった。

全身から醸し出す、尊大で威圧的な雰囲気。きっとこの男の手下は、顔色を窺う事で苦労しているだろう。

「お偉いさんかい？」

「私は、石堂口門差配役の八木忠吾《やぎちゅうご》という。貴殿の言にも一理あるが、我々とて役目でしてな。一々名乗っていては、お役目に差し障りがあるのだよ」

石堂口門差配役。それが偉いのかどうか、大楽にはわからない。十三年前も今も、職制に大した興味は無かったからだ。

「差し障りがあるのなら、こんな門など取り払っちまえばいい」

「口が減らない人だ。まぁいい。貴殿がそのつもりなら、町奉行所へ同行願おうか」

「博多町奉行所か。いいね、一度行ってみたかった場所だ。だがその前に、ちょいとこれを見た方がお前さんの為だぜ」

そう言うと、大楽は懐から一通の書状を取り出した。宛名は諸士監察方頭取《しょしかんさつがたとうどり》である、蜂屋弾正《はちやだんじょう》と記している。

「こ、これは」

八木の顔から、みるみる血の気が引いていく。そして、小刻みに震えながら大楽の顔を凝視した。

「御公儀の……」

「こいつもいるかい」

大楽はそう言って、木札を八木に見せた。

〔諸士監察方並　萩尾大楽〕

木札にはそう彫り込まれ、墨が入れられている。裏面には偽造品でない事を証明する、葵《あおい》の御紋が焼き印されていた。八木の顔は、もはや蒼白だった。

「萩尾……、まさか」

「宍戸川にでも聞いた？　あるいは、叔父貴かな？」

叔父貴とは、斯摩藩主・渋川尭春の事だ。継母が尭春の妹なので、叔父と甥の関係である。ただ血縁関係は無い。

「叔父貴って」

「斯摩のお殿様だよ。俺を見つけ次第に斬れ、とでも命じられたかい？」

八木は、明らかに狼狽《ろうばい》している。もっと脅してやりたい気持ちもあるが、小役人を締め上げても時間の無駄にしかならない。

「まぁ、いいさ。それ返して貰うぜ？　俺も御役儀って奴で博多を通るんでね」

大楽は唖然とする八木から、書状を奪い取った。

この書状は、老中、田沼意次から蜂屋弾正に宛てられたものだ。

尭雄が兄である一橋治済に頼み、その治済が意次を動かしたのだろう。でなければ、天下の田沼様が素浪人一人の為に筆を執《と》るとは思えない。

田沼意次と一橋治済。二人がどんな関係で、どんな取引があって大楽に諸士監察方並という身分を与えたのか？　知る由もないし知りたくもない。

「萩尾様。斯様な事をしては……」

踵を返そうとした大楽を、八木が呼び止めた。

「お殿様が許さないってか？　だがね八木さんよ。俺は一応、将軍様のご上意ってやつで来てんだぜ？　文句があるなら、姪浜まで来てくれ。それとな、金輪際《こんりんざい》この博多で大柄な態度は許さねぇぜ。貴様は斯摩藩士の面汚しさ」

大楽の啖呵《たんか》に、再び群衆が湧いた。大楽はその反応に満足し、片手を上げて喝采を鎮める。

「聞いたかい？　皆の衆。もし博多御番の斯摩侍が威張って乱暴を働いたときゃ、俺に報せを入れてくれ。俺は江戸は谷中で閻羅遮と恐れられた、萩尾大楽。一介の素浪人にして、斯摩藩一門衆筆頭の萩尾家の鬼っ子さ」

町に入った大楽は、この後の動き方を考える。

まずは博多で、須崎屋六右衛門に挨拶を入れる。言わば、合戦前の名乗りというもので、それは決めていた事だった。

須崎屋――いや玄海党に、萩尾大楽が懲らしめに帰って来たのだと、広く知らしめる為だ。

その須崎屋の店は、諸国で商いを為す問屋が集う店屋町《てんやまち》にある。この辺りは、博多市中でも、活気のある町の一つだ。流石に日本橋や両国ほどではないが、さっきから荷物を抱えた丁稚《でっち》や手代のような者が、頻繁《ひんぱん》に往来していた。客先に行っているのか、店同士の取引なのかわからないが、きびきびと忙しそうに動いている。

大楽はとある店の前で、足を止めた。

風格を醸し出す、立派な店構えだ。濃紺の日除け暖簾には、『太物問屋　御用達《ごようたし》　須崎屋』と染め抜かれている。

それにしても大きい。横幅も奥行きも、どれほどあるのか測りようがないほどだ。人の出入りも激しく、店先には身綺麗な手代だか番頭だかが立っていて、出入りする客に笑顔で頭を下げている。

「いらっしゃいまし」

店先に立っていた男が、そう言って大楽の前に進み出た。歳の頃は、四十路というところだろうか。笑顔だが、軟弱な印象はなく、こちらを怪しんでいるようだった。

(警戒するのも無理はねぇな)

それほど、大楽の恰好《ナリ》は酷いものなのだ。旅塵に塗れた羽織野袴。ぼさぼさに乱れた鬢に、伸びるに任せた無精髭。どこからどう見ても食い詰め浪人で、到底太物を購《あがな》う客にも見えない。

その男が店先で中を窺っているのだ。怪訝に思うのは当たり前だ。

「お武家様、何か私どもの店にご用命でしょうか？」

「そうさ。須崎屋は、商いをしてんだろ」

「ええ。しかし、商いと申しましても、取り扱っているのは太物。お武家様は、綿織物や麻織物がご入用でございますか？」

「悪いかい？」

「まさか、滅相もございません。ですが、お武家様のお召し物では、少々店の雰囲気に合わないと思いまして」

「有り体に言うと？」

「このままお引き取りをという事だ」

不意に、男の口調が一変した。地が出たという印象がある。

「商売人にしちゃ、乱暴な言い様じゃねぇか」

「客じゃねぇなら他人だからね。うちの商品を買うってなら、客扱いをしてやるよ」

男の押し出しは、中々のものだった。肝が据わっている。元は破落戸かもしれないが、それなりの経験を積んできたのだろう。こんな男たちを、大楽は江戸で多く見てきた。

「生憎だが、俺にゃ着物を買い与える奴はいねぇし、自分の物は古着で十分だ」

「じゃ、冷やかしか。銭の強請《ユスリ》なら、あんた痛い目を見る事になるぜ」

「須崎屋に会いに来たんだよ」

すると、男の目が強い光を放った。

「六右衛門って野郎だ。いるんだろ？」

「教えねぇな。旦那様はな、いくら侍ぇでも、あんたのようなサンピンがおいそれと会える人じゃねぇんだよ」

「ほう。さてはお前さん、最初《ハナ》から会わせる気がねぇな」

大楽は一歩踏み出し、男を睨みつけた。男は目を逸らさず、真っ直ぐ大楽を見返してくる。睨み合うと、顔に細かい傷がいくつもある事に気付いた。その殆どが、古くなり引き攣っている。

「やめなさい」

奥から声が飛んできた。落ち着いた、穏やかだが威厳のある声だ。

「お客様の前ですよ。それに、このお武家様も、須崎屋を訪ねる限りはお客様です」

そう言って現れたのは、品のある老人だった。笑顔だが、皺の奥の目には男に有無を言わさない厳しさがある。

「私は須崎屋の大番頭でございます」

そう言って大番頭が頭を深々と下げる。その所作は江戸でも通じるもので、これぞ商人だと思わせるものがある。

「大番頭さんよ。今や飛ぶ鳥も落とす勢いの須崎屋さんにしちゃ、ちと柄《ガラ》が悪い奉公人じゃねぇのかい?」

大楽の言葉に男は色をなしたが、それを大番頭が押し止めた。

「やめなさい。私がお相手します」

男は仕方ないという風に、踵を返して三歩ほど後ろへ下がった。

「いやはや、お恥ずかしい。どうも店を大きくする事に気を取られ、躾《しつけ》が疎かになっていたようで。それで、私どもの主人に御用だとか」

「まぁ、近くに寄ったので挨拶がてらな。俺は萩尾大楽っていうんだが、聞いた事はねぇだろう?」

すると、大番頭の顔に張り付いた笑みが一瞬だけ真顔に変わり、そして再び笑顔に戻った。

「はて、聞き及んではおりませぬが」

「そういう事にしとくかね」

「しかし、主人に会いに来て、そのまま帰すわけにはいきませぬ。どうです？　使いを走らせますので、中でお待ちになられては」

「俺は小心者でね。虎穴《こけつ》に飛び込むほどの肝は持ち合わせていねぇんだ」

「虎穴ですか。仰っている意味がわかりかねますが、店先での立ち話も何ですから、どうぞ中に」

大番頭が、商人特有の媚《こ》びる笑みと低姿勢で店内に導こうとしたが、大楽は首を横に振った。

「使いを走らせるってんだから、近くにいるんだろう？　俺が会いに行くぜ？」

「しかし、それは」

大番頭が、頑なに足止めをしようとする辺り、やはり俺の名を知っているのだろう。

不在なら仕方ないが、出直すのも億劫だと、大楽は考える。

しかも、博多は敵地。何度も訪ねたい場所ではない。

「わかった。じゃ、ここに来る途中にお稲荷《いなり》さんがあった。そこで待っているから、人を走らせてくれ」

「よろしゅうございます。しかし、萩尾様は用心深い。何を心配されておられるのかわかりませんが」

「まぁ簀巻《すま》きにされて、俵物と一緒に異国に売られたくないだけさ」

そう言うと、大楽は後ろの男に目をやった。鋭い視線を、こちらに向けている。

大楽は肩を竦めて歩き出した。

二

男たちの声が聞こえたのは、大楽が待ち始めて半刻後の事だった。

店屋町にある稲荷社。境内は狭いが、四方を鬱蒼とした木々に囲まれている為に、博多の喧騒は遠い。

その静寂を打ち破るかのような、男たちの笑い声だった。

豪放で潮嗄《しおが》れした声が、境内に響き渡る。この声の主が、須崎屋なのか。太物問屋の旦那にしては、品を感じない声色である。

拝殿前の階段に座していた大楽は、舌打ちをして声がする方へ目を向けた。玉砂利を蹴散らす音。近付いてくる。

現れた男を見て、大楽は息を呑む。背が低く、日に焼けた小太り。境内に入ったその男は、大楽の姿を認めると白い歯を見せた。

二人いる供は武士だった。伸びるに任せた月代や無精髭は、大楽と同じような見苦しい姿である。

大楽は、商人風の男を見据えたまま、ゆっくりと腰を上げた。

月山堯顕に一度手をやる。初対面で、これを抜く羽目にはならないだろう。しかし、全ては相手次第だ。

男は、大楽と五歩の距離を空けて向かい合った。抜き打ちを警戒しての事か。すかさず浪人が二人、男の両側に立った。

目が合う。凄まじい圧があった。凄味とも言っていい。それは、気を抜くと気圧されるほどのもので、大楽は大きく息を吸った。

「いやはや、萩尾の旦那。わざわざ来ていただいたようで申し訳ないですな」

男が破顔した。人懐っこい笑みだが、脂《あぶら》ぎった浅黒い顔は、漲《みなぎ》った精力を露骨に感じさせる下品さがある。

それは、太物問屋の旦那には到底見えない風貌だ。どこからどう見ても堅気ではない。

「あんたが須崎屋さんか」

「そうさ。俺が須崎屋六右衛門というチンケな男ですよ」

商人らしからぬ、くだけた口調だった。この男の外見には似合う話し方ではあるが、斯摩の御用商人ならば、萩尾が何者かなどわかっているはず。

だから丁寧に扱えと思うわけではないが、大楽にはただただ新鮮だった。

「そんな俺に、旦那は御用と聞きましたが」

「そうだ。お前さん、玄海党の元締めらしいな?」

するといると須崎屋が、苦笑いを浮かべて左右の用心棒に目をくれた。用心棒達も釣られてか低い笑い声を上げた。

「嫌ですなぁ、旦那。俺は斯摩藩の御用商ですよ」

「玄海党でも御用商でも、売っている物が重要なのさ」

こんな男を御用商人にしたとは、藩庁の阿呆共は気でも狂ったのか。博多から斯摩に進出して地場の商家を圧迫しているだけでなく、見た目からして胡散臭い。三つの子どもでも、見分けがつく悪人面である。

そう内心で毒づく大楽に、須崎屋は尋ねてくる。

「しかし、驚きましたな。本当に江戸から駆け付けるとは。旦那がこっちに向かっていると聞いた時は、俺は思わず声を上げちまいましたね」

「俺も不本意だよ。一度は捨てた故郷。もう戻らぬと決めていたんだ」

「しかし、旦那は戻った。筑前は死地だというのに」

「当たり前だろう。こちとら、可愛い弟を殺《や》られたんだ。宍戸川とお前さんの首を獲らぬ限り、弟は成仏出来ん」

「俺と宍戸川様の首だけでいいんですかい?」

「他にも、弟の仇はいるって口振りだな」

「さて、どうでしょうねぇ。嘉穂屋さんも首を獲られたというし」

「あいつは自滅だな。己の欲に喰われたんだよ。俺は何にもしちゃいねぇ」

「欲に喰われたって？　そいつは面白い。言い得て妙、というやつだ。嘉穂屋さんは、権力を利用し過ぎたんだな。武士というものを信用し過ぎた、とも言えるがね。だから裏切られ、捨てられた」

「お前さんは違うのかい？」

「俺？　違う、違う。俺は利用もしてなきゃ、信じてもいませんぜ」

「だが、宍戸川と組んでいる」

「同じ船に乗っているだけ。俺と宍戸川様はね。それがどんな意味なのか、海が好きな旦那ならおわかりでしょう？」

「沈む時は一緒か」

須崎屋の表情に変化はなかった。ただ、薄ら笑みを浮かべている。

須崎屋と宍戸川の関係は読めない。信頼しているのか、していないのか。だが、二人の仲を裂く事が首を獲るに一番の近道という気はする。

「さて、長話が過ぎちまいましたね。それじゃ本題に」

「俺は挨拶だけのつもりだったが」

「旦那がそのつもりでも、俺は違うんですよ」

須崎屋の言葉で、左右の用心棒の気が微かに強くなった。博多市中で荒事など無いと頭のどこかで思っていたのだが、その目算は甘かったようだ。

「旦那が持つ割符を、譲ってはくれませんかねぇ」

「俺が無償《ロハ》で渡すと思うか？」

「五百両でどうです？」

「銭の額じゃねぇよ」

「やはり、そう言うと思いましたよ。でも、一応訊くだけは、とね」

須崎屋がそう言うと、左右の用心棒に向かって顎をしゃくった。ほぼ同時に前に出る。

殺《や》れという事か。

「俺は、まどろっこしい事は嫌いでしてね。欲しい物は奪う、邪魔な奴は殺《け》す、と決めているのですよ」

「お前、本当に太物問屋か？」

「そうですよ。今や斯摩の御用商人ですぜ」

「その喋り方といい、お里が知れる」

「ま、相手が相手ですから」

背後にも、殺気を感じた。軽く横目をくれると、柄《ガラ》の良くない破落戸が二人、すっと欅の木の陰から現れた。

「ここにいるのは、博多でも鼻つまみにされている凶漢《ワル》。鞘が触れたのなんだのと、刃傷沙汰《じょうざた》になっても不思議じゃねぇ」

須崎屋が一歩引くと、左右の用心棒が鯉口《こいくち》を切り、背後の破落戸も匕首《ドス》に手をやった。

「博多の市中で、こんな事していいのかよ」

「旦那、この博多は古よりの商人の都ですよ。銭さえあれば何でも買える。例えば、今からこの稲荷社で起こる事を見えなくする事だって、銭なら可能だ」

須崎屋が背を向け、歩き出す。それが合図になった。

勢いよく、破落戸の白刃が伸びてくる。大楽はその全てを右に左に避けながら、月山堯顕を抜くべきかどうか考えた。

（相手の力量はまずまずだが、稲荷社の境内を血で穢《けが》すわけにゃいくまいよ……）

そう決めると、大楽の反撃は早かった。

破落戸の二人を拳骨で殴り倒すと、用心棒の片割れに駆け寄り、その顎を肘で打ち抜く。柔《やわら》の技は、江戸に出て徹底的に鍛え直していた。用心棒稼業で、一番使うのは剣よりも拳なのだ。

「死ね」

斬光。体勢を立て直す僅かな隙を突いて、一人残った用心棒が横一文字に一閃した。

大楽は、後方に跳び退く。そこに、突き。大楽は鼻先で躱すと同時に懐に入り、襟と袖を掴み上げ、勢いよく虚空《こくう》に投げ飛ばした。

「こりゃ、やりすぎちまったかな」

呻き声を上げて転がる四人に目をやって、大楽は頭を掻いた。

四人の腕は並み以上だったが、これで足りると思われていたならば、そいつは甘く見られている証拠だ。

大楽は四人を残して、往来激しい博多の町中に出た。

まだ陽は高い。このまま福岡城下へ足を向けようと人の波に流れ込んだ時、飄々《ひょうひょう》と歩く一人の武士と行き合った。

黒い着流しに、落とし差し。深編笠《ふかあみがさ》を被っているので、その顔はわからない。

大楽がその武士に目を向けたのは、微かな殺気を感じ取ったからである。

いつもなら感じなかったのかもしれないが、稲荷社での闘争を終えた大楽の感覚は、僅かばかりの殺気も見逃さなかった。

武士が近付いてきた。大楽も武士も、心なしか歩調を緩める。

(来るなら来やがれ)

そう思いつつも、まさか博多市中の大通りで、白刃を抜き合うわけにもいかない。

かといって、気を抜けない。これは須崎屋が仕掛けた罠かもしれないのだ。

大楽も知らず知らず殺気を放ちつつ、二人はすれ違った。

互いに、抜き打ちに警戒しているのが見え見えだった。大楽は足を止めて振り向くと、深編笠の男も振り向いて、その庇《ひさし》を少し摘み上げていた。

見えたのは口許。その武士は、ただ意味深な笑みを浮かべて、大楽に背を向けた。

三

西中島橋《にしなかしまばし》を渡って福岡に入ると、博多の喧騒が嘘のように静かだった。

市中は博多に比べて落ち着いていて、武士の数も多い。それはかつて当地を治めた黒田家が、商人の町である博多に対して、城下の福岡を武士の町として発展させたからで、天領となってもその伝統は引き継いでいる。

（それにしても、気になるな……）

大楽の脳裏には、先刻の侍の姿が浮かんでいた。

（まさかとは思うが……）

どうしても思い浮かぶ顔があった。三保、いや瀧川藤兵衛だ。

だが、果たしてそうだろうか。奴は、佐多弁蔵を斬って以来、行方をくらましている。筑前くんだりまで現れるとは思えないが、可能性が無いわけではない。

どちらにせよ、何が起ころうとも驚く事はない。筑前は玄海党の本拠地なのだ。密偵が傍に潜んでいようが、次々に刺客から襲われようが、全て覚悟している事だ。

暫く歩くと、福岡城が見えてきた。

この城は、二代将軍の徳川秀忠《とくがわひでただ》が「今世の張良《ちょうりょう》なるべし」と評した黒田如水《くろだじょすい》と、その子、長政《ながまさ》が智謀の粋を結集して築いた名城である。今は江戸より派遣された、福岡城代と福岡奉行、博多奉行という三人の部下で統治している。

現在の福岡城代は、丹羽備後守《にわびんごのかみ》という大身旗本《たいしんはたもと》である。譜代大名が任じられる大坂城代とは違い、福岡城代は大身旗本の職とされている。旗本でありながら大名気分が味わえる事から、福岡城代は旗本の間では憧れのお役目だという。そんなどうでもいい話も、出立前に乃美から教えられた。


そんな福岡城を横目に歩き続け、大楽は目的地に辿り着いた。

白寂山《びゃくじゃくざん》、淡林寺《たんりんじ》。山門の扁額には、見事な文字で墨書されていた。

城下の西、菰川《こもがわ》と樋井川《ひいがわ》に挟まれた地行《じぎょう》と呼ばれる寺町に、その寺院はあった。

渋川堯雄に命じられた事の一つに「淡林寺に行け」と、いうものがある。

大楽は自由に動く為に、諸士監察方並という肩書を特別に拝命したが、その諸士監察方が今年の春から筑前で活動しているというのだ。

諸士監察方とは、形骸《けいがい》化した大目付に変わるものとして、田沼意次が直々に設立した監視、捜査機関だ。主に役人の不正や犯罪を摘発する役目らしく、その捜査の為にならば天領から大名、旗本、寺院の領地まで立ち入る事が許される強権を有するという。

「何か御用かな？」

大楽は、中から現れた武士に誰何《すいか》された。

武士は、自分と同じぐらいの年恰好だ。肩幅が広く、見るからに武芸に励んでいる身体をしている。それでいて不審な動きを見逃すまいとする厳しい眼光は、厳しい修練で叩き込まれたに違いない。

「萩尾大楽。一介の素浪人だが、この寺で名前を告げればいいと言われて、はるばる江戸からやってきた」

武士が怪訝な表情を浮かべた。決定的な敵意は感じないが、不審がっている意思は伝わる。番犬としては優秀な素質である。

「ここは諸士監察方御一行の宿所だと聞いた。それで挨拶に出向いたわけよ」

「ああ、あなた様が」

口調は幾分か柔らかくなったが、武士の眼光は変わらない。

「木札はお持ちだろうか？」

「ああ、ここにあるぜ。お前さんは？」

そう言うと、武士が当然だという顔で木札を取り出した。

互いに木札を見せ合う。武士の木札は大楽と同じ型の物で、『諸士監察方並　奈良原《ならはら》了介《りょうすけ》』と記されている。

「奈良原さんね。真贋《しんがん》はわからねぇが、とりあえず信じよう」

そう言って大楽は、奈良原へ木札を手渡した。

「手間を取らせてしまい申し訳ございませぬ。これも役目柄とご理解ください」

奈良原が一つ微笑んで答え、大楽は庫裏の一室に案内された。小さい部屋だが、障子を開けると二本《ふたもと》の大銀杏《おおいちょう》が望め、耳を澄ますと川の音まで聞こえる。

大楽は、奈良原に江戸から携えた手紙を渡すと暫く待った。

手紙は田沼からのものだ。内容はわからないし、読む気にもならなかった。

田沼と一橋治済の関係は、対立こそしていないが親密というわけでもない。それだけに、大楽は厄介者として扱われるだろうと覚悟はしていた。

(まぁ、どうでもいい事よ)

諸士監察方並という肩書は、斯摩藩と福岡・博多を自由に動き、お偉方に会う為の名分に過ぎないのだ。実際は彼らの指揮下に入らず、勝手気ままに動くと決めている。厄介者と思うほどには、関わらないはずだ。

暫く待たされた後、寺の中央にある本堂に案内された。

本尊の文殊菩薩《もんじゅぼさつ》と正対して、一人の武士が待っていた。

古武士然とした雰囲気を漂わせている。剣客で言えば、型ばかりする古流。学者で言えば、朱子学者というところか。

「お前が萩尾か」

武士は不躾に訊いてきた。

歳は六十手前というところだろう。頭髪は白く、額は後退して薄くなっていた。体躯は小柄で、深い皺の面相も相まってか猿を思わせるものがある。

「ああ。俺は谷中の素浪人、萩尾大楽。あんたは?」

「諸士監察方頭取の蜂屋弾正だ」

射貫くような視線だった。奈良原のように強い光がある。その圧を笑みを浮かべる事で躱しながら、大楽は老武士の目の前に座った。

「田沼様からの書状は受け取った。お前が何故この地に来たのかも、おおよそは把握している」

「なら話は早い」

「一橋公が、お前を我々の中に捻じ込んだらしいな」

「その辺りの事情は知らんよ。そう聞かされたってぇなら、そうなんだろう」

「一橋公というと、斯摩藩世子が一橋公の御舎弟。そしてお前は、渋川家の一門衆、萩尾家の出身。しかも信康公を通して神君の血も継いでいる」

大楽が返事をするよりも先に、弾正が続けた。

「色々な糸が絡んだ面倒な男だ」

「そりゃ、どうも。自分でも嫌になるよ」

「ふん。そんなお前を巡って、田沼様と一橋公との間にどんな駆け引きがあったのか、私は全く興味はない。そうした政事の駆け引きに関わる気もない。不本意だが、上の決定だ。同志としてお前を受け入れる。不正を決して許さぬ、諸士監察方の同志として」

返答としては、悪くない感触だった。もっと邪険にされると思ったが、蜂屋弾正という男は、幕府内の政争には興味が無いらしい。

しかし、同志という言葉が気になった。自由に動ける肩書が欲しいだけで、彼らの指揮下に入るつもりはない。

「それと、お前と我々の目的は同じだと最初に言っておこう。諸士監察方の目的は幕臣の犯罪・不正の摘発。そして筑前に派遣されたのは、嘉穂屋の阿芙蓉が切っ掛けだった。密売の現場を押さえ、探索をしていくうちに大規模な抜け荷、そして福岡城へと繋がったのだ。幕臣が抜け荷に関わっている疑いがある以上、お前が弟の仇と追う玄海党は我々の探索対象でもある」

「つまり、協力出来る部分はあるってわけか」

「そうだ。田沼様から我々に与えられた命令は、二つ」

弾正が皺だらけの指を、二本立てた。

「諸士監察方の本来の役目である、福岡城中の貪官汚吏《たんかんおり》を排除する事。そしてもう一つは、玄海党の壊滅」

「それは、長崎のように博多を開港する為の下準備かい?」

「それは渋川公から聞いたのか?」

大楽は否定も肯定もせずに、ただ苦笑した。

「俺は宍戸川多聞、そして須崎屋。この二人の首で十分だ」

「その二人を潰せば、玄海党は壊滅に等しい。つまり、その点でお前と我々は協力が出来る」

「嬉しいね。筑前では敵ばかりだと思っていた。そう言ってくれる人がいるのは心強い」

そう言っても、弾正の表情は変わらない。鋭い眼光を大楽に向けている。

「当然だが、お前は私の指揮下にある。しかし、私はお前に何かを命令するつもりはない。これも私としては遺憾《いかん》だが、田沼様のご意向でもあるのだ」

「その配慮はありがたい。俺も自分の行動は制限されたくないと思っていたのでね」

「だが萩尾、お前が諸士監察方である以上、ある程度の足並みを揃えなければならぬ事もある」

「まぁ……。そうだろう。名前を借りる以上は考慮するよ」

「考慮ではならん。確約しろ。斯摩藩で大きな動きがあった時、また起こす時は事前に報せると。我々とて出来るだけの加勢はしてやろう」

大楽は頷いた。弾正への連絡役《つなぎ》は、貞助に頼もう。今の所、重要な情報を託せる仲間は、あの鼠顔以外にはいない。

「わかったよ。俺の仲間で畦利貞助という男がいる。鼠顔の小男さ」

「信用できるのか？」

「まぁ、江戸の益屋が請人であるぐらいには信用できる。腕も問題ない」

益屋淡雲の名を聞いて、弾正は渋い顔をした。江戸の裏で権力を有する男の名前は知っているのだろう。

「よかろう。一度、来るように伝えてくれ」

「ああ。しかし、素浪人相手に手厚い配慮だな」

「勘違いするな。我々が無制限にお前の要求を呑むわけではない」

「へへ、ちゃっかりしてやがる」

「もし、こちらで何かあれば手伝ってもらうぞ。何せ、今は深刻な人手不足なのだ。筑前に入って一人が死亡、三人が重傷、そして行方不明が一人」

「そんなにか」

「玄海党の刺客だろうな。詳しい事はわかっていないし、証拠もない。須崎屋を突っついてみたが、何も出らん。しかし、こちらは何故か襲われるばかりだ。恐らく、福岡城中に内通者がいるのでは、と私は見ている」

「目星はついているのかい？」

弾正は首を横に振った。

「城代の丹羽殿も顔を青くしておられる。このままでは、福岡城代としての責任も問われかねん。勿論、私もだがな」

諸士監察方が苦境に立たされている。その状況を打開する為に、田沼意次が一介の素浪人を送り込むのを了承したのかもしれない。だとしたら、天下の田沼様はとんだ博打《ばくち》打ちだ。

「まぁ、俺が来たからにゃ安心してくれ。と、言いたい所だが、そうもいかねぇ。夕べには白骨となって朽《く》ちてるかもしれねぇほど狙われていてね。しかし、こちとら玄海党に一泡吹かせにゃ冥土《めいど》にも行けねぇ身。それに肩書をくれた恩義もあるし、存分に働くよ」

するど、弾正の口許が一瞬緩んだかのように見えた。

「期待しているぞ、谷中の閻羅遮」

それから大楽は、権藤に呼び出された夜からの事情を説明した。

弾正が最も興味を示したのは割符の所在だったが、大楽が持っていて、それは弟に託されたものだと答えると、「そのまま持っておけ」と言った。

弾正たちも割符の所在を追っていたというのだ。なので要求されると覚悟はしていたが、この老武士は案外話がわかるのかもしれない。だが……

「その割符がなければ、抜け荷が出来ない。なので、一党はお前に注目し襲撃を繰り返すだろう。その分、我々が動きやすくなる。如何せん、今は我々だけで敵を引き受けている状態でな」

「何だよ、とんだ狸じゃねぇか」

「多少は利用させてもらわんとな。それに、お前が私と会う事で、割符が私の手に渡ったと考える者も出よう。そうなれば攪乱にもなる」

一方の弾正は、次の抜け荷取引が睦月《むつき》（一月）である事を告げた。これは長崎に放っている密偵からの情報で、睦月のどこかで鄭行龍は玄界灘に現れるとの事だった。

「出来れば、現場を押さえたいものだが」

「しかし、日付がわからんのだろう？　まさか睦月丸っと海の上ってわけにもいかねぇしな。それに冬の玄界灘は地獄だぜ」

「その為に、鋭意努力中だ」

「その努力に期待しておこう。しかし、玄界灘で船戦になるな、こりゃ」

「目下の懸案事項はそれだ。船が無い。一応は福岡城代に掛け合ってみるが、船手組が玄海党の一味という可能性もある。使うには危うい」

「そこは俺も考えておくよ」

話はそれで終わった。本堂を出ると、奈良原が待っていた。

「今日は泊めてもらうぜ」

「当然。ここは萩尾様の宿所でもあります」

「ありがとうよ」

大楽は、境内に目をやった。庭が見事に整備されている。その庭を荒らさぬよう、数名の武士が行き来をしていた。あの者たちも、諸士監察方なのだろう。

「蜂屋の親爺は大した男だな」

「ご公儀とこの国の為、命を捧げているお方です。田沼様も、その点のみを買われて重用されておられます」

「尊敬しているんだな」

「私は、人生の師と思い定めています」

大楽は、奈良原の真っ直ぐな視線が眩しく見えた。

四

「こりゃ、たまげた」

番小屋の小役人が、大楽の顔を見て言った。それに従う足軽も、口をあんぐりとしている。

室見川の傍にある、愛宕番所《あたごばんしょ》。唐津街道の防御施設であり、天領と斯摩藩領を行き来する者を改める関所である。

役人は大楽の姿を認めるや否や、書き物をする文机から身を乗り出していた。

唐津街道を通って斯摩藩へ入る大勢の旅人に交じり、十三年前に出奔した元嫡子が現れたのだから、この反応も無理はない。

「よう、元気かい」

顔面が蒼白になった役人や足軽を見て、大楽は苦笑した。役人も足軽も、萩尾家の家臣なのだ。

「十三年も経ってぇのに、まだ同じ連中が雁首並べてやがる」

「こ、これは大楽様」

その一言に、周囲が騒然とした。大楽を知っている者は驚き、知らない者は誰なのかと知ろうとする。

その騒ぎを察した役人は、番小屋から飛び出し、慌てて大楽を中へと導こうとした。野次馬は、足軽がすかさず遠ざけている。この辺りの手並みは、流石は萩尾家中というところか。

「おうおう、俺は忙しいんだ。茶を飲みながら思い出話なんぞしている暇はねぇよ」

「しかし」

思い出した。この役人は、小暮平吾《こぐれへいご》という名前だ。以前は父の祐筆《ゆうひつ》を務めていた。何事にも几帳面な性格で、それでいて小心者でもある。

「じゃ、何かい？　身分改めでもしようってのか」

「まさか。無用な騒擾《そうじゅう》を避ける為ですよ。それで、これから陣屋へ行かれるのでございますか？」

「まぁ、一応あそこが俺の実家だからなぁ」

「ならば尚更の事。遣いを走らせますので」

「おい、それじゃ驚かせられねぇじゃねぇか」

「驚かせるって。しかし、この騒ぎです。すぐに陣屋へ報せが入りますよ」

「だから、早く行きたいのさ。それに、第一お前が俺の名を呼ぶからいけねぇんじゃねぇか」

「ですが、突然戻られたのですよ。仕方がないじゃないですか」

「わかった、わかった。だから行くぜ」

大楽がそう言って立ち去ろうとすると、小暮がやや沈んだ声で呼び止めた。

「何だ」

「いや……、大楽様が戻られたのは、主計様ご出奔と関わりがあるので？」

耳打ちするような、小さな声だった。

(どうやら、小暮は主計の死を知らないらしいな)

であれば、主計の死を自分が伝えねばならない。気が重いが、これも弟を救えなかった罰だ。

「そうだ」

「そうですか。なら、お気をつけください」

「何かあるのか？」

「ええ、主計様が斯摩を出られてより、この辺りには見慣れぬ武士や、胡乱な輩の姿が見受けられます。極力関わるなと、家中に指示が出ておりますが……」

「指示？　誰が？」

「家老の亀井《かめい》殿にございます」

亀井と言えば、亀井主水《もんど》の事であろう。

父親の亀井聴因《ちょういん》は萩尾家のお抱え医であり、大楽も何度か診てもらった事がある。亀井主水自身も医者、そして儒学者《じゅがくしゃ》でもあった。

十三年前、亀井は父の近習頭を務めていた。それが今では、家老になっている。それなりに出世したという事か。

「ありがとよ」

大楽は、小暮の薄い肩を力強く叩いた。


陣屋が騒然としていた。

長屋門で名を告げると、小暮と同じ反応を示し、大楽の制止も聞かずに、番士の一人が奥へと駆け込んだのだ。

鷲尾山《わしおさん》の麓《ふもと》に築かれた陣屋。萩尾家の屋敷であり、姪浜を中心とした萩尾領の政庁である。

「ったく、勝手に入るぜ？」

大楽は残った若い番士に訊いたが、返って来たのは困惑の表情だった。恰好から足軽だとはわかるが、見た事のない顔だった。

「そもそも、ここは俺の家だぜ。許可なんていらんだろう」

構わずに中に入ると、四十過ぎの男が数名の家人を引き連れて出て来た。歳の割に白髪が多く、渋み掛かった鋭い顔付きをしている。

「お久し振りでございます」

男は亀井主水だった。静かな声である。それは十三年前も変わらない。

しかし、以前に比べて風格はある。家人を引き連れて歩く様《さま》は、どこぞの執政《しっせい》のようだ。

「おお、亀井か。達者か？」

「お陰様で。それと非才ではございますが、今は家老と用人を兼務しております」

「甚左《じんざ》の後釜か」

亀井が頷いて応える。

十三年前、萩尾家の家老は安富甚左衛門《やすとみじんざえもん》という男だった。父とは肝胆相照《かんたんあいて》らす仲で、父が死んでも暫く家老を続けたが、主計が一人前の当主になるのを見届けると、身を引いて隠居したと、乃美から聞いていた。

「いつ斯摩に戻られたのですか？」

「昨日さ。どうして？　とは訊くなよ。理由はちゃんとある。いずれお前にも話すが、それよりも主計の奥方と倅《せがれ》だ」

すると、亀井が表情を曇らせた。

「差し支えがなければ、まずは私に話していただきたい」

「その理由を聞こうか？」

「先ほども申し上げましたが、私は家老と用人を兼務しております。つまりは、萩尾家の表と裏を差配し、責任を負っております。久し振りに江戸から戻られた大楽様が話される内容を、奥方様に伝えるべきかどうか、その判断も職務の内でございます」

「なるほどねぇ。亀井、今の萩尾家中はお前が牛耳《ぎゅうじ》っているわけか。宍戸川のように」

「何とでも言ってくだされ。萩尾家の為なら罵詈雑言《ばりぞうごん》など何の痛痒もございません」

「お前さんの忠義にゃ感服するが、その態度が気に食わねえな」

「抜き差しならぬ状況なのです。私とて出過ぎた真似をしたくはないのですよ。特に本来家督を継ぐべきであった大楽様には」

「逃げ出した俺への皮肉か？」

「まさか」

その時、亀井の視線が大楽から逸れ、左後方へ移った。家人たちがすかさず跪き、亀井もそれに続いた。

「亀井、お控えなさい」

静かで芯がある、懐かしい声だった。

かつて愛した声。そして、聞きたくても二度と聞けないと思っていた声。大楽は大きく息を吸い、ゆっくりと振り返った。

縫子だった。細面で、右頬にある黒子《ほくろ》。十三年の時を経て、その顔付きは母の強さを感じるが、それでも縫子は縫子のままだ。大楽は、自らの心の震えを覚えた。

縫子。と、その名を叫びたかった。お前に別れも言わずに逃げてすまぬ。そうも言いたかった。

しかし、それを言った所で今更どうにもならない。何も戻らない。かつて愛した縫子は、弟の妻なのだ。

「お義兄様《にいさま》」

縫子が、そう言った。大楽様。と、呼んでいた口で、お義兄様と言った。

わかっている。承知した上で、戻ったのだ。

「お上がりください。積もる話はございますが、中でお話を伺います。よいですね、亀井」

亀井が、短い声で返事をする。大楽は縫子が現れてから、一言も発せなかった。

通されたのは、客間だった。

我が家に戻って、客間に通される。この屋敷に自分の居場所は存在しないのだと、大楽は痛感した。

十三年前と変わらないようで、変わっている。最も変わったのは、この屋敷に縫子がいるという事だろう。

一人待っていると、その縫子が現れた。ゆっくりと目の前に座る。大楽は縫子を直視できずに、ただ目を伏せた。

「お義兄様。いつ、江戸からお戻りになられたのですか?」

「昨日」

大楽は、振り絞るように言った。声が震えている。それを抑える事が出来ない。

暫く無言が続いた。十三年の空白。その時を巻き戻しているようにも思えたが、そう感じているのは自分だけかもしれない。

その静寂を破り、縫子が口を開いた。

「本当に、元気そうで良かった」

「身体だけは丈夫でな。日がな一日働いて、何とか生きている」

「まぁ。それで、お家の人は？」

「お家の人？　そんなもんはいない。風来坊《ふうらいぼう》の男に嫁など来ん」

縫子が微笑を浮かべた。心からのものなのか、作り笑いなのかはわからない。

「脱藩の罪は許されていたが、色々とあって斯摩には戻れなかった。すまない」

「いいえ。それはお気になさらないでください。それより、今回お戻りになられたのは？」

「主計の事だ」

大楽が切り出すと、縫子の表情が引き締まった。

それを見て、もう後戻り出来ないとだけ感じた。

何と言おうか。何と言うべきか。迷った末に、大楽は「死んだよ」と告げた。

時が止まったかのような静寂。そして束の間合っていた目を、縫子が伏せた。

「江戸での事だ。俺を頼って来たが、救えなかった」

懐から、主計の髻を差し出した。持ち帰れたのは、これと割符だけだ。

「主計様は江戸を出る前、『この命は、既に無きものと思え』と、わたくしだけに仰られました。それでも生きていると信じておりましたが、お義兄様が帰ったという報告を受けた時、全てを悟りました」

「そうか」

大楽は、視線を外の庭に移した。大きな池がある。これは昔から変わらない。

そう言えば、ここに主計が落ちた事があったか。あれは主計が三歳の時だった。それを大楽が、誰よりも早く飛び込んで助けたのだが、継母は自分が悪戯《いたずら》で落としたと思い込み、こっぴどく叱られた。

「主計様は、自分が死んだら兄上に再嫁せよと仰られておりました。そして、市丸の父になってもらえと」

「そりゃ、お前」

「勝手でございますね、男という生き物は。許嫁だった私に黙って出て行って、その弟に嫁がされ、そしてその弟も出て行き、今度は戻った兄に再嫁しろって言うのですから」

「馬鹿な兄弟に関わったばっかりに」

不意に、縫子の瞳から一粒の涙がこぼれ落ちた。それを慌てて裾で拭った。

「すまん」

言葉が他に無かった。いや、縫子に対しそれ以外の言葉など存在しないのだ。

「市丸に会ってくださいますか？」

「会わせてくれるのか？」

「勿論でございます。お義兄様は市丸の伯父《おじ》なのですから。今は昼寝をしておりますけど」

縫子が立ち上がったので、大楽も後に続いた。

奥の一間では、二歳ほどの子供が寝ていた。寝相が悪く、両手両足を伸ばして布団を蹴散らしている。

「あれが市丸」

大楽は、思わず笑顔になっていた。子供は好きだった。それが身内なら尚更の事である。

「お前と主計の子だ。さぞ、利口に育つだろうな」

大楽は、市丸の枕元に座った。

目鼻立ちは縫子にも、主計にも似ている気がする。だが、当然だが自分には似ていない。

「俺が戻ったのは、主計の仇を討つ為だ」

大楽は、ぽつりと告げた。

「仇を？」

「そうだ。だが、お前たちに迷惑はかけねぇ。あくまで俺一人でやる事だ」

大楽は、そう言って立ち上がった。

「お義兄様」

「いいんだ」

奥の一間に出ると、亀井が一人で待っていた。

「待ち伏せかよ」

「何とお話を？」

「縫子に訊けばいい。そのうち、家臣一同を集めるぜ」

「もしや主計様が」

「俺は萩尾家を出た身だ。何も言う気はねぇよ」

大楽はそう言い残して、歩き出した。

五

継母の鶴は渋川家の菩提寺《ぼだいじ》の傍に、『多休庵《たきゅうあん》』という庵《いおり》を結んで暮らしているという。

それを教えてくれたのは、愛宕番所から駆け付けた小暮だった。

大楽は、小暮の案内で多休庵へ向かう事になった。

「いいのかい？　俺に協力すりゃ、亀井に睨まれるぜ」

「いいんですよ、そんな事。所詮、私は先代の側近。亀井殿に目の敵にされるような大物ではございませんし」

「ならいいんだがな」

「そんな事より驚かれますよ、大奥様の変わりようには」

「髪を下ろしたという話は、噂で聞いたが」

継母は、父、萩尾美作の死を機に髪を下ろし、松寿院と名乗っている。

(俺を苛めていた頃とは、随分と変わったようだな)

あの頃は、兄であり藩主である堯春の威光を笠に着た、鬼のような女だった。それが、今では尼僧《にそう》。主計を助けて欲しいという手紙でも感じたが、父の死が継母の何かを変えたのだろう。

暫く歩くと桂垣《かつらがき》に行き当たり、それに沿って歩くと草庵らしき門が見えてきた。

小さいが茅葺《かやぶき》の見事な門だ。扁額《へんがく》には『多休庵』と記されている。

そこで小暮とは別れた。小暮の屋敷がこの辺りなのだそうだ。

鷲尾山の麓にある陣屋を中心に、鷲尾山一帯は武家地なのだ。更に西に行くと姪浜の宿場町があり、その宿場の北が漁村だった。

大楽が門を潜ると、小坊主が一人飛び出して来た。

「何ぞ、御用でございますか？」

小僧は十歳に満たないと思われるが、受け答えはしっかりとしている。

「継母……いや、松寿院殿にお会いしたい」

「左様ですか。松寿院様なら、裏の畠にいらっしゃいますよ」

「畠？」

こいつは驚いた。あの性悪で高飛車だった継母が、畠仕事とは。十三年前、その手を土で汚すのも嫌がっていたというのに。

「ええ。ご案内いたします」

畠は、ちょうど庵の裏手にあった。更に奥は鷲尾山で、そこから伸びる竹が畠の半分覆い被さっている。

「大楽殿」

そこにいた尼僧は大楽の姿を認めると、驚きの声を上げた。大楽が黙礼で返す。尼僧は、松寿院だった。

確か、今は六十に手が届くかどうかの歳だ。目尻の皺が目立つようになっている。

「御無沙汰しておりました」

松寿院が軽く微笑む。視線は穏やかで、昔の面影は無い。

「主計が死んだのですね」

大楽は不意を突かれ、口ごもってしまった。

「いいのですよ、隠さなくても。あなたが帰ってきた。そこに主計がいないのなら、答えは一つしかありません」

「申し訳ございません」

大楽が頭を下げると、その肩に松寿院が手を置いた。

「頭をお上げください」

「いや、私は主計を救えなかったのです。救えたかもしれないというのに……」

「江戸で、主計と会ったのですね」

「はい。ただ再会した時には、傷を負っておりました」

それから、大楽は松寿院に母屋の縁側に案内された。そこに腰掛けると、すかさず小坊主が茶を運んできた。

「主計が戻らぬのは覚悟しておりました。御家と領民の為の脱藩。どちらにせよ、無い命とは思っておりました」

「そうですか」

「それで、大楽殿はこれからどうなされるので？」

「主計の仇を討つ。その為に帰ったのです」

松寿院がこちらに顔を向けた。思えば、こんなに近くで穏やかに話す事は今まで無かった。

「仇が誰だとは聞かせません。萩尾の家を巻き込むつもりもありませんので。ですが、主計の無念を晴らすまでは、江戸には戻らないつもりです」

「大楽殿」

「心配なさらないでください。萩尾家を潰さぬ為、市丸に萩尾家を継がせる為でもあるのです」

松寿院が、大楽の手を取った。

「血の繋がりがないとは言え、あなたも私の子。無理をしてはいけません」

大楽は、頷くと立ち上がった。

十三年前に比べ、継母は穏やかになっている。それが妙に居心地が悪いのだ。

「お父上の墓には行かれましたか？」

「いや。何分、先刻来たばかりなので」

「では、手を合わせてきなさい。あそこには、父上とかつての私が眠っています」

「かつての私とは」

「昔の私自身ですよ。あなたに対して、随分と意地悪をしてしまいました。自分自身、気持ちのやり場が無かったのですよ。そう言っても許される事ではありませんが。でも、髪を下ろした時、何か憑き物のようなものが落ちたのです。それからすぐ、かつての自分を恥じました。自分を引っ叩いてやりたいほどに」

「それで畠仕事を」

「ええ、おかしいでしょう？」

大楽は、軽く顔を横に振った。

「では継母上《ははうえ》、俺はこれで。次にお会いするのは、全てが終わった後でしょう」

大楽は、そう言うと踵を返した。

外へと続く、飛び石を歩く。一度だけ振り返ると、松寿院が顔を押さえ背中を震わせていた。

六

赤提灯に、『いそへい』と書いている。

姪浜宿に入ってすぐ、木戸門の傍にある店だった。

「らっしゃい」

暖簾を潜ると、板場の主人の愛想の無い声に出迎えられた。

稼ぎ時を過ぎた昼下がりだからか、客は土間の二組しかいない。奥に小上がりがあるが、誰もいないようだ。

大楽が隅の土間席に座ると、薹《とう》が立った小女《こおんな》が鯵の煮付けと味噌汁、丼飯を運んできた。

「まだ頼んじゃいねぇよ」

「あの、うちはこれしかないんですよ」

「いつもなのかい？　それとも、昼時を過ぎたから？」

「いつもよ」

小女が、気怠《けだる》げに答えた。大楽はやや驚きを覚えたが、主人の愛想の無さを考えれば、この態度も頷ける。

姪浜だから出来る態度だろう。これが江戸、いや博多や斯摩城下のように商売敵が多い町であれば、すぐに潰れているはずだ。

大楽は鼻を鳴らし、箸を取った。

（おっと、そんな事はどうでもいいやな）

目下の課題は、これからどうするのか？　である。別に考えがあるわけではなかった。

割符を持っている以上、玄海党が何かしらの動きを見せて来るのは必定である。これが無ければ、次の取引が出来ないのだ。当然、襲ってもくるだろう。それが宍戸川からなのか須崎屋からなのか、その辺りも見極めなければならない。

また、宍戸川と須崎屋の関係も気になった。

どの程度の仲なのか。江戸で権藤と嘉穂屋に間隙が生じたような事はないのか。その辺りも把握しておくべきであろう。

(しかし、まずは当面のねぐらだな……)

銭はある。江戸から持ち込んだ分もあれば、御用金と称して弾正から貰ったものもある。

だからとて、旅籠《はたご》に泊まろうという気はない。誰でも泊まれるという事は、刺客も容易に入り込めるという事だ。

その意味では、萩尾家の陣屋で世話になるのが一番安全なのだが、縫子たちをこの争いに巻き込みたくはないので、その気もない。

そうすると野宿か旧縁を頼るかであるが、この状況で大楽を匿うなんていう物好きはいないだろう。結果、残されたのは野宿ということになる。

「邪魔するぜ」

煮付けで丼飯をかき込んでいると、野太い声が表からした。

大楽が横目で一瞥すると、潮焼けした大男が、たった一人で軒先に立っていた。

自分も潮焼けしているが、この男はそれ以上だ。しかも、縦も横も鍛えられて太い。

恐らく、いや確実に姪浜の漁師だ。

ただ、身に纏う着物が上等すぎる。袖なしの紙子羽織《かみこばおり》には粋な菱文《ひしもん》があしらわれ、灰梅色の小袖には桔梗紋《ききょう》が染め抜かれていた。

「こりゃ、若旦那」

愛想の無かった主人が、慌てて板場から出て来て頭を下げた。先程の小女も急にしおらしくなっている。そこそこ身分のある男なのだろう。

「酒、飲みやすか？」

「いや、いい。ちょいと野暮用で立ち寄ったまでだ」

若旦那と呼ばれた男と、目が合った。圧を感じた。大楽はそれを躱すように、湯呑に手を伸ばした。

「ちょいといいかい？」

案の定、男が向かいに腰掛けた。大楽は仕方ないという感じで、湯呑を置く。歳は同じぐらいだろう。相変わらずこちらに向けられる圧はあるが、殺気とはまた違うものだった。

「俺に用かい？」

「用が無きゃ、むさくるしい野郎の前に座らねぇさ」

男の物言いには、武士に対する遠慮というものは無かった。そこがかえって、この男らしいと思えるし、気風《きっぷ》というものが伝わってくる。

「それで、お前さんは？」

「大江《おおえ》だ」

「大江？　ああ、網元の……」

大江家は、萩尾家から苗字帯刀を許された網元である。姫浜のみならず、早良郡沿岸に強い影響力を持っているが、それも十三年前の情報だ。今はどうなっているかわからない。

「網元は大江《おおえ》繁治《しげじ》。で、俺は跡取りの舷三郎《げんざぶろう》という。ここらでは、早舩三郎《はやぶねさぶろう》と呼ばれている」

舷三郎。初めて聞く名前だった。

十三年前、大江家の跡取りは違う男だった。確か、名前は舷太郎《げんたろう》。名前からして、舷三郎は舷太郎の弟だろう。なら、兄貴はどうしたのか。

「その舷三郎さんが俺に何の用だい？」

「町が騒がしいと思ったら、あんたが帰ってきていた。方々で騒ぎを起こしているようだな」

「別に好きで騒ぎを起こしているわけじゃねぇよ」

「好きで起こそうが、嫌々起きていようが関係ないね」

「そりゃ悪かったね」

「あんたは、昔からそうだったと親父に聞いた」

大楽は鼻を鳴らした。網元の繁治とは繋がりがあるわけではないが、死んだ父とは仲が良かった。そこで不肖の嫡男について、色々と聞いていたのだろう。

「俺が誰だか知っているのかい?」

「萩尾大楽だろ?　口の利き方が気に入らねぇってか?」

「まさか。人違いじゃねぇかと確認したまでだ。それに、俺は一介の素浪人だ。お前がどんな口利きをしようが勝手さ」

舷三郎が急須を手に取り、無言で大楽の湯呑に注いだ。そして、それを一息で呷《あお》る。

大楽は、苦笑するしかなかった。

「大楽さんよ。俺はあんたが嫌いだ」

「嫌いと言えるほど、俺の事を知らんだろう」

「いや、嫌いだね。俺は主計様が好きだったんだ。男惚れというのかな。あの方の為なら死んでもいいと思えるほどだ」

「兄貴として礼を言ってやるよ」

「そういう所だね、あんたとの違いは。主計様は真っ直ぐな人柄で、姪浜の町衆によくしてくださった。どんな小さな事でも真摯《しんし》に向き合い、話を聞いてくれたんだ。だから、その分やらなくていい苦労も背負われてしまった」

「馬鹿正直な奴だったからな」

「全部、あんたのせいなんだよ」

大楽は肩を竦め、懐から煙管《きせる》を取り出した。主人が慌てて煙草盆を持ってくる。

「それで?」

「主計様が出奔されたのは、斯摩や姪浜をよくしようと思っての事。本来はあんたがすべき事だった」

大楽は、返事とばかりに煙草の煙を吐き出した。微かに舷三郎が顔を顰める。

「お前の言う通りだ。俺の勝手が、あいつにいらぬ苦労をさせちまった。そして、殺した」

「そうだよ。その、あんたなんだよ。姪浜に戻ったのが主計様ではなく、どうしてあんたなんだ」

「俺の口からは言えねぇな。まぁ、陣屋で聞いてみる事だ。網元の跡取りなら教えてくれるかもしれん」

舷三郎が、あからさまに舌打ちをした。

「まぁ、今日は挨拶に来たまでだ。俺はあんたが斯摩で何をするか、見ている事にするよ」

「注目されて光栄だね」

「そう呑気にゃ構えてられんぜ。あんた次第じゃ、俺たちが敵に回る事もありえる」

「ほう、俺が誰と戦うか知っている口振りだね」

「さぁね」

「しかし、敵に回るかもしれんという事は、味方にもなり得るって事でいいのかね？」

「それは、あんた次第だ」

舷三郎が立ち上がる。それに合わせて、大楽は煙管《きせる》の雁首を打った。

「おい」

大楽が、背を向けた舷三郎を呼び止めた。

「そういえば、舷太郎はどうなった？　俺がいた頃は奴が跡取りだったはずだ」

「ああ……兄貴か」

と、舷三郎は背を向けたまま嘆息した。

大楽に釣りを教えてくれたのは、舷太郎だった。姪浜のガキ大将で、いつも一人でいた大楽に声を掛け、仲間に入れてくれたのだ。喧嘩もしたが、身分を超えた友達だった。しかし、その関係は継母によって取り上げられた。網元の繁治を呼び出して、釘を刺したのだ。それ以降、舷太郎たちと疎遠《そえん》になり今に至っている。

「死んだよ」

「何？」

「もう八年になる。鯨《くじら》に呑み込まれたんだと。俺は知らねぇが、雄々しく死んだと聞いた」

博多浦でも、鯨が獲れる事がある。大楽も一度だけ鯨漁を見たが、その時は姪浜の漁師だけでなく、残島や今津の漁師と協力して追い込んでいた。

「それでお前が跡取りに？」

振り向いた舷三郎が、微かに頷いた。

「もう一人、上に兄貴がいるが漁師にゃ向かねぇ。俺は今津の網元に預けられていたが、舷太郎の兄貴が死んで戻ってきたのさ」

お互い、兄弟に死なれた身の上か。と、大楽は店を出る舷三郎の背を見ながら思った。

　店を出た大楽は、ふらっと町筋を歩く事にした。

　久しぶりの、姪浜の宿場町だ。町筋には、大名が宿泊する本陣や旅籠などの宿所を中心に、様々な商家が軒を連ねている。

　唐津街道筋にあり、斯摩藩境の要所。活気は出奔前よりあるように見える。

　だが大楽は、このまま宿場を出ようかという気になっていた。

　宿場を歩けば、どうにも注目を集めてしまう。放蕩息子が帰ってきた事が知れ渡っているようだ。こうなっては、自由に動きようがない。

　大楽は宿場の大通りを外れて、小径《こみち》に入った。町屋が入り組んでいて、まさに迷路のようだが、十三年経っても足は覚えていた。

　町屋を抜けると漁師が道具を仕舞う小屋があり、それを過ぎると浜辺が広がった。

　これである。ずっと、親しんできた故郷の海。目の前には、博多浦に抱かれるようにして浮かぶ残島。泳いで渡れるような距離だ。

　暫く浜に座り、緩やかな波の音に耳を傾けた。

　昔は、こうして海を眺めていたものだ。大抵は独りであったが、時には主計を連れる事もあったし、乃美と釣りに興じた事もあれば、縫子と将来について語り合う事もした。

　兎も角、思い出には常にこの海があった。

「お久しゅうございますな」

懐かしい声がし、振り向くと総白髪の老爺が立っていた。

「おお、甚左じゃねぇか」

隠居した元家老の安富甚左衛門だった。袖なし羽織に軽衫《かるさん》という姿だ。老いてはいるが、みすぼらしいという印象は無い。

「隠居したと聞いたが達者かい？」

「寄る年波には勝てませんなぁ。耄碌《もうろく》こそしておりませぬが、ここまで来るのが骨でございました」

甚左衛門が、大楽の横に腰を下ろした。そして、今は長垂山《ながたれやま》の中腹にある百姓家を買い取り、そこを隠居所にしていると告げた。

「鬼の甚左も、老いるか」

すると、甚左衛門が穏やかな笑みを浮かべた。

甚左衛門は、父、美作の横にあって、家中を厳しく監督していた。故に、『鬼の甚左』と呼ばれていたのだ。勿論、嫡男たる大楽に対しても、厳しく叱りつける事もあった。

「しかし、見ないうちに何となく紹海様に似て来られましたな。顔貌《かおかたち》だけでなく、佇む雰囲気も」

「そうかね。俺は坊主じゃねぇぞ」

紹海は、謎の多い男だった。どうして僧形だったのか？　どうして旅から旅の生活をしていたのか？　結局その理由を訊かないまま、紹海も父も死んだ。甚左衛門なら知っているのかもしれないが、今更それを聞きたいとは何故か思わなかった。

「しかし、よくここだとわかったな？」

「そりゃ、大楽様が戻られた話題で持ち切りでございますからなぁ。初めは亀井が報せをくれたのですが、今はどこにいるかわからんとの事。とりあえず町に出てみましたが、労せず会う事が叶いました」

「ふん。そんなに放蕩息子の里帰りが物珍しいのかねぇ」

「何せ、主計様の事がございますから」

そう言った甚左衛門の、深い皺の奥の瞳に、悲しみの色がありありと浮かんでいた。

「主計じゃなく、どうして兄貴の方が戻ったんだって言ってんだろ」

「おわかりになられますかな？」

「早舩三郎という男に言われてね」

「ああ、舩三郎でございますか……。あの男は、主計様に惚れ込んでおりましたから」

「主計は死んだよ」

大楽は、ぽつりと告げた。甚左衛門の表情は動かない。その話を聞いてから、この浜へ来たのだろうか。

「奥方様より、聞き及びました」

「俺は、弟を守れなかった」

「こればかりは、どうしようもございませぬ」

「主計を、何があっても守ると決めていたんだ。この命に代えてでもとね。それが奴への罪滅ぼしになるのなら」

「大楽様。この歳になってわかるのですが、人の生死《しょうじ》は縁でございますよ」

では、俺に斬り殺された連中も、それまでの縁だったという事か。大楽はそう言いかけた。

死は、ある日突然訪れる。それは用心棒での日々でも、玄海党との争いの中でも感じている事だ。それを縁と呼ぶべきか、運と呼ぶべきか、未だわからずにいる。

「縫子は、大丈夫そうか？」

「気丈に振る舞っておられます。覚悟はしていたのでしょう。これから萩尾家がどうなるのか、亀井と談じておられます」

「そうか。ならいいのだが」

「かつての縫子様とは違いますぞ、大楽様」

甚左衛門が、奥方様ではなく、縫子様と呼んだ。その意味は、考えずとも大楽には痛いほど伝わった。

「大楽様が斯摩に戻られたのは、主計様の事を伝える為だけではございますまい」

「わかるのか？」

「あなた様のご気性を考えれば、難しい問いではございませんよ」

大楽は、視線を右に移した。砂浜の先は岸壁になっていて、そこが鷲尾山である。かつては鎌倉幕府によって探題城が築かれたというが、真偽の程はわからない。

「まぁ、色々とあるよ」

斯摩に戻ったのは、主計の仇を討つ為でもあるが、この地を守り無事に市丸へと継がせる為でもある。そして、主計が抱いた志を完遂させる為でも。

兎も角、宍戸川と一派を排除せねば萩尾家に未来は無い。もし不首尾に終われば、堯雄は容赦なく萩尾家を潰すだろう。それを躊躇《ためら》わない男だ。

勿論、そうなればこちらにも考えはあるが。

「大楽様、相手は玄海党ですぞ。宍戸川と須崎屋が作り上げた」

と、甚左衛門が目を鋭くして言った。

「お前、それをどうして」

「私も長く美作様に仕えた身。情報を得る筋は幾つもございましてなぁ。それに、姪浜の漁師の中には、玄海党に襲われた者もいるのですよ」

「それで、舩三郎の奴は俺に」

「左様にございます。今の当主は繁治でございますが、職分の殆どを舩三郎が引き受けております」

確かに、あの男なら網元を務める事が出来るだろう。それぐらいの風格は備えている。

「しかし、どうして漁師が襲われるのだ？　漁船に金目の物など無いだろうに」

「詳しくは存じ上げませんが、抜け荷の現場を目撃したのだと聞き及びました」

それでか、と大楽は得心した。これで舷三郎が、自分の所へ探りに来たのも何となくわかる。そして、これからの事を見ていると言ったのも。

「一筋縄ではいかぬ相手にございます。亡き美作様も、宍戸川を警戒しつつ遂には戦うまでに至りませなんだ」

「わかっているさ。その覚悟はしている」

「ならば、この老いぼれも陰ながらお手伝いをいたしますぞ」

「おいおい、それは御免被るぜ。甚左を巻き込んじゃ、お前の子や孫に恨まれらぁ」

すると、甚左衛門が莞爾として笑った。

「何を仰いますか。この老骨の命、いつ果てても惜しくはございませぬ。むしろ、主計様のご無念を晴らす為ならば、喜んで捨てましょう」

「気持ちは嬉しいが、これは俺だけでやりたいんだ」

とは言っても、ここで引き下がる甚左衛門ではない。無理に断れば、一人で先走る事もある。なら適当に協力してもらった方が、この老人にとっては安全なのかもしれない。

「わかったよ。だが、裏方だ。修羅場には出さねぇぞ」

差し当たり、寝床の確保でも頼もう。甚左衛門の隠居所に転がり込むのもいいかもしれない。それだけで、この老爺は満足するはずだ。

「ですが、修羅場の方からやってくる事は往々にしてあるものでございます」

そう言うと、甚左衛門が左後方を一瞥した。

甚左衛門は剣術こそ並であるが、風伝流《ふうでんりゅう》の槍は免許を得ている。その感覚が、僅かな殺気を逃さなかったのだろう。

「やれやれだ」

大楽は立ち上がると、踵を返した。そこには、刺客と思われる三人のやくざ者が立っていた。

七

渋川堯春は、不機嫌だった。細く薄い眉を寄せて、青白い公家顔に渋い表情を浮かべている。

宍戸川多聞は嘆息したい気持ちを抑えつつ、ただ堯春が口を開くのを待っていた。

風流狂いの堯春が、政事向きの話で深刻さを見せるのは珍しい事だったが、権藤の失踪以来ずっと不機嫌な日が続いている。

二年前に堯春の我儘で、斯摩城内に造営された別邸、風奉園《ふうほうえん》。がらんとしたその広間には、堯春と多聞の二人しかいなかった。

「多聞。たまには、よい報告でも持ってきたらどうだ?」

多聞は恐懼《きょうく》してみせ、深く平伏した。堯春は、脇息に置いた手を弄んでいる。これは、この暗君が苛ついている証拠だった。

欲しい物が手に入らない時、或いは遅々として進まぬ御前会議の時に、堯春が見せる仕草だ。多聞は堯春のこうした動きを察して、交渉や会議を動かしてきた。

しかし、今日はどうしようもない。現在の苦境に対し、打つ手は無いのだ。故に、多聞は堯春ではなく、その背後にある桜の絵に目をやっていた。

二畳ほどの壁に描かれた、力強い筆致の枝垂《しだ》れ桜。見れば見るほど、鮮やかで荒々しく、そして美しい。『筑州桜図《ちくしゅうおうず》』と名付けられたこの絵は、斯摩藩御用絵師、尾形洞純《おがたとうじゅん》によるものだ。

「多聞。まだ、堯雄めは生きておるようだが」

堯春が言った。

「確かに私の耳にも、討ち果たしたという報告は入っておりませぬ」

「遅いのう。多聞よ、刺客は放っているのだろうの」

「それは、確かに。わざわざ長崎から呼び寄せた者を放ちました」

堯春が考えるような仕草をした。そして、一つ頷いた。

「よかろう、期待しておこう。だが、早く儂に奴の首を見せてくれよ」

「かしこまりました」

返事はしたものの、多聞は刺客を放ってはいなかったし、放つつもりもなかった。

いや、一度は放った。毒に長けた者だったが消息を絶ってしまった。恐らく、始末されたに違いない。

江戸の正確な情報が、手に入りづらくなっていた。権藤の失踪と瀬渡の離反以降、江戸に信頼を置ける者がいないのだ。

完全に、江戸藩邸は堯雄派に制圧されたと言っていい。こうなってしまえば、江戸での政局を挽回するのは難しい。ならば、江戸と国元を完全に二分させるのも手かもしれないなどと考えていたところだった。

「しかし、忌々しい。こうなるのなら、堯雄めを養子にするのではなかったわ」

脇息に鉄槌を打ち下ろした堯春に、多聞は冷ややかな視線を向けた。

何を今更、と笑いたくなる。そもそも多聞は、一橋から養子を貰う事自体、大反対だった。それを将軍家に良い顔をしたいからと、堯春は嬉々として受け入れたのだ。

いくら娘の見栄えが悪いからと言っても、婿養子はどこにでもいたはずだ。

「して、鄭とやらの事じゃが」

ふと、堯春が話題を変えた。こうした、急な話の変化も、堯春の癖の一つだ。

「次の取引はいつじゃ？」

「睦月の予定でございましたが、もう少し早まるとのことでございます」

「すると師走《しわす》かのう。それまでに、諸々の始末をつけたいところじゃな」

「左様に」

多聞が答えると、堯春は興味を無くしたように真顔になって、すっと立ち上がった。

「萩尾の鬼子が、帰ってきたと聞いたぞ。儂は騒がしいのは嫌いじゃ。早う、斯摩に静《せい》

「謐を取り戻せ」

「かしこまりました」

「心して励めよ。さもなくば、滅びしか待ってはおらぬぞ」

そう言い残して踵を返した堯春に、多聞は袖を払って平伏した。

足音が遠のいていく。ゆっくりと顔を上げると、そこには『筑州桜図』だけがあった。

この絵を売れば、多少の銭は生み出せる。しかし、あの男が売却に応じるはずが無い。堯春は、この斯摩が自分の為に存在していると信じて疑わず、自分が斯摩の為に何かをしようとする発想が無いのだ。

堯春ほど、人の上に立つ事に相応しくない人間を多聞は知らない。戦国の御世《みよ》であれば、こんな無能者に取って代わっていたところだ。

あの男は、自分の願いは全てが叶うと思っている節がある。流石は、大名と呼ばれるご身分だ。恐らく抜け荷の一件が白日の下になっても、この男が腹を切る事はない。だから呑気なのだ。

「だが、儂は違う」

と、呟いてみた。この争いは、必ず負ける。そして抜け荷の責任を取り、腹を切る事になるだろう。

家督を継いで、四十年になる。駆け出しの頃、斯摩藩の財政は相次ぐ天災と手伝普請《てつだいふしん》で火の車であり、特に家老になった頃は破産の一歩手前にあった。

そうした時に、多聞は長崎で鄭行龍と出会った。

「抜け荷をしないか？」

誘われた時には、もう心は決まっていた。抜け荷が御法度である事など、百も承知だった。しかし御家を滅ぼさない為には、手を出すしかなかったのだ。

須崎屋六右衛門を引き込んだのは、その直後だった。元海賊の御用商。気も合っていたので、この男以外に相棒は考えられなかった。

抜け荷を隠す為に、途方もない努力をしてきた。人も殺した。友も裏切った。抜け荷の利を一度自らの懐に入れ、それを少しずつ藩庫に入れたのも、藩主導である事を疑われないようにする為だった。そのお陰で奸臣《かんしん》の汚名を着る羽目になってしまったが。

風向きが変わったのは、阿芙蓉の取引を含めるようになってからだろう。

最初に言い出したのは須崎屋で、背後には嘉穂屋の姿があった。嘉穂屋は江戸の裏を仕切る武揚会の一人。大奥にも公家にも人脈があるとの事で、仕入れた阿芙蓉の密売を嘉穂屋に任せる形を取った。

確かに、そこで得た利は莫大なものになった。藩の財政も、幾分か好転した。だが、それがいけなかった。阿芙蓉は耶蘇《やそ》に次ぐ厳しい禁制であり、販売自体も幕府が独占していた。それだけに監視の目は厳しかったのだ。

嘉穂屋が役人に踏み込まれなければ、田沼意次が玄界灘に目を向ける事はなかった。そして、その対応に忙殺《ほうさつ》される間隙を突かれて、萩尾主計が割符を持って脱藩する事もなかったはずだ。

（悔いても仕方あるまい……）

多聞は一つ溜息を吐いて、日々自由が利かなくなる老体を立ち上がらせた。

今更どう足掻《あが》いても、自分が生き残る目算は無い。斯摩藩の財政は多少なりとも持ち直したのならば、それでいいではないか。抜け荷の一件が公になっても、藩主が堯雄という一橋の血筋になる以上は改易になる事もない。

首席家老としての義務を果たした。後は堯雄が何とかするはずだ。自分の仕事を全うしたのなら、それで満足だった。

切腹など怖くない。抜け荷をしようと決めた時から、こうなる覚悟はしていたのだから。


多聞が乗った駕籠《かご》は五名の家人に守られ、唐土風の山門を潜った。

博多御供所町《ごくしょまち》にある、万眼寺《まんげんじ》。堯春と面会した、二日後の事だ。

昨夜から降り出した雨は昼前にはあがり、晴れ間が覗いた正午過ぎに、多聞は公用という名目で斯摩藩を出ていた。

目的は、玄海党の会合だった。一堂に会する事は滅多に無いが、鄭行龍との取引も押し迫り、更には幕府が動き出した事を受けて、須崎屋が招集したのである。

また、この万眼寺が会合の場に選ばれたのは、住持の托心道寿《たくしんどうじゅ》が玄海党の一員だからだ。

仏僧でありながら鄭行龍と義兄弟の盃を交わしており、玄海党では連絡役《つなぎ》、そして渡来僧でもあるので通詞役も担っている。

駕籠を降りた多聞を、数名の男たちが出迎えた。

玄海党の面々の護衛たちだ。その多くが浪人だが、中にはやくざ者の姿もある。まさに銭《ちから》があれば身分を問わない、玄海党を具現化したような集団だった。

「出迎えご苦労」

多聞が短く言うと、一団の中から、何とも癖のありそうな浪人が進み出た。

歳は二十ほどだろう。驚くほど若く、中々の美男子でもある。黒い着流しに、大小を落とし差ししていた。

「何用かな」

「日野原勇平《ひのはらゆうへい》という者《もん》でね。あんたが宍戸川さんかい？」

多聞は、日野原という男の無礼な口振りに眉を顰めながら頷いた。多聞のそうした不快感を、日野原が気にする風は無い。

「知らん名だな。誰の下で働いておる？」

「久松屋さ。昨年からね」

「用心棒か？」

「そんな仕事もしてるが、俺が雇われたのは始末屋としてだな」

「また物騒な男を雇ったものだな。久松屋らしいと言えばらしいが」

久松屋は、玄海党の中で、積み荷の運搬や船舶の操船、或いは目撃した船への攻撃を請け負っている。故に久松屋の手下には、気の荒い連中が多く集まっていた。

「物騒な男か。悪くない言い様だ」

そう言うと、日野原は冷笑を浮かべた。

「貴様のような胡乱な輩など、誰もまともだとは思わんよ」

「だがね、宍戸川さん。こっから先、その胡乱な俺が案内をすることになってるんでね」

「案内も何も、場所はこの寺の庫裏であろう。勝手知ったる何とやらだ」

「いや、違うね。今夜は重要な会合。それも、この辺りにゃ公儀の眼が光っている。急遽場所を変えるという事になったんだよ」

「斯様な話は聞いておらんぞ」

「つい先刻の事だからな。兎も角、俺が案内するよ」

日野原に案内されたのは、小さな寺院だった。由緒ある寺の塔頭《たっちゅう》だろうが、薄暗くなった今の時分、そして裏口から入ったからか、ここが何処なのか、何という寺院なのか、多聞にはわからなかった。

寺院の前には、三人の武士がいた。この三人には見覚えがあり、確か托心道寿が抱える寺侍《てらざむらい》だったはずだ。

多聞が彼らに頷いて中に入ると、すぐ脇の庫裏に十名の男たちが円座になって、面を突き合わせていた。

百目蝋燭に照らされた顔が、一斉に多聞に向けられた。商人・武士・僧侶。全員が玄海党であり、どれも癖のある悪相だった。

「遅れて申し訳ない」

そう言ったものの、誰も返事どころか目を向けようとしない。会合の場が、肌を刺すような冷たい雰囲気に支配されている。そして、皆が顔を顰めていた。

今まで我が世の春を謳歌していた玄海党の苦境を、この雰囲気が如実に表している。

「随分と遅かったな」

暫くして仕方がないという風に言ったのは、須崎屋だった。不敵に、ニヤリと頬を緩める。相変わらずの脂ぎった浅黒い顔で、到底太物問屋の主人には見えない。

「それは、会合の場が変更になったからだ。随分と歩かされたぞ」

「へぇ、そいつはすまねぇな」

須崎屋は、商人と思えぬ言葉遣いをする。それは須崎屋が抜け荷を持ち掛け、二人で玄海党を作り上げようと決めた時に許した事だった。

「大体、ここは何処なのだ」

多聞が須崎屋の隣に座りながら訊くと、「それは言えませぬな」と、ちょうど正面に座している、托心道寿が口を開いた。

今年で六十路に入る托心道寿は、二十歳前後で日本に渡っている渡来僧だ。日本の生活も長く、言葉も巧みであった。

「御坊。それは、儂にも言えぬ事か」

「無論でございます。多聞様だけでなく、誰にもです。ただ、とある山門の塔頭《たっちゅう》とだけ申しておきましょうか。しかも、公儀も迂闊に踏み込む事が出来ないほどの名刹《めいさつ》。我々の同志ではございませぬが、銭を使って引き込んでおりますし、色々と弱みも……」

いざという時、逃げる時間を稼ぐ為という事か。托心道寿は渡来僧には思えない、悪知恵の持ち主だった。

この男の素性は、よくわからない。四十年前に唐土の清という国を抜けて長崎に渡り、それから博多の寺院に請われて移ったという話だが、それが本当かどうか眉唾《まゆつば》だ。

彼を玄海党に引き入れたのは須崎屋であり、その際に鄭行龍に送り込まれたと言っていたのを、多聞はよく覚えている。

「全員揃った事ですし、始めましょうか」

そう言って手を叩いたのは、会合の進行役になる事が多い、久松屋善兵衛《ぜんべえ》だった。痩せ型で背の低い男だが、目の光は鋭く顔には幾つも細かい傷がある。

久松屋は、数か月前に江戸の南町奉行所に殺《け》された、嘉穂屋宗右衛門の片腕だった男だ。番頭の一人であったが、やる事は専《もっぱ》ら荒事。その手腕を認められて独立し、玄海党の荒事を引き受ける役目を任されている。

話題は、萩尾大楽だった。

萩尾主計が持ち出した割符を持つ男。その男が筑前に舞い戻り、方々で騒ぎを起こしたが、現在は消息不明。

最後に姿を見せたのは、萩尾領の姪浜で、刺客を返り討ちにした時だった。

「消息が依然として掴めませぬな」

久松屋が、大楽の人相書きを懐から取り出して言った。

「時折、姪浜には姿を見せているとの報告がありますが、正確な居場所は掴めませぬ」

「博多には？」

「いいや」

多聞が訊くと、須崎屋が首を振った。

「博多に現れたら、すぐに連絡が入るようになっている」

「斯摩には来ておらぬのか？」

托心道寿の皺首が、多聞に向いた。

「いいや、大楽は筑前に入ってより、一度として斯摩城下に入っておらん。姪浜の陣屋にもおらぬようであるし、何とも巧妙に隠れたものよ」

「しかし、多聞様。萩尾大楽を見つけ出してどうなされるおつもりか？」

「儂は大楽の処遇は、慎重に考えるべきだと考えている」

「慎重だって？　そんな悠長に考えている余裕はねぇぞ」

隣の須崎屋が、吐き捨てるように言った。

「ではお前はどう考えておる？」

「始末するしかねぇだろう」

「大楽を殺せば、余計に怪しまれるぞ。それに奴は神君の血をひき、曲がりなりにも公儀の手先になっている」

「萩尾は殺すんじゃなく、消えてもらうのさ。聞く話じゃ、奴は風来坊というじゃねぇか。ふらっと消えても怪しまれねぇよ」

須崎屋の言葉に、久松屋や托心道寿など半分以上が頷いている。同意の色を示していないのは、鎌屋惣助《かまやそうすけ》という中年太りした博多の薬種問屋だけだ。

「私も萩尾は斬るべきだと思いますがね。問題は奴だけではございませんぞ。蜂屋弾正の動きも目障りこの上ない」

久松屋が口を挟んだので、多聞は思わず睨み返してしまった。久松屋は、それに気付いてか肩を竦めた。

「蜂屋こそ斬るべきだ」

そう言ったのは、今まで黙っていた伊能但見《いのうたじみ》だった。

伊能は福岡城代の下で博多奉行を務める男であるが、玄海党の一員でもあった。三十五歳と玄海党では最年少であるが、明晰《めいせき》な頭脳の持ち主で、福岡城内から玄海党を支援している。

「あやつは、田沼の懐刀でもある難物。放置は出来ん」

「まさか、伊能様がそれを仰られるとは」

鎌屋が、商人特有の薄ら笑みを浮かべて言った。

伊能はそれを無視し、「今までに、我々を探る幕臣を何人か始末した。弾正も、始末しようじゃないか」と、言い放った。

「伊能殿、蜂屋を斬れば田沼が本腰を入れて玄海党を潰しに来るのではないか?」

多聞が訊くと、伊能は表情一つ変えずに首を振った。

「蜂屋が来ている時点で、田沼は本腰を入れていますよ。もうこれは、殺すか殺されるかなのです」

「そうだぜ、多聞。そもそも、玄海党は意思統一された組織じゃねぇ。あくまで、抜荷の利で結ばれた仲だ。各々、好きなようにしたらいい。なぁ、久松屋さんよ」

須崎屋が言った。

「ええ、その通り。最近、私は凄腕の剣客を雇いましてね。早速、使わせてもらいますよ」

何かと須崎屋に追従する久松屋と、表情が明るくなる面々を見て、多聞は頭を抱えた。

(我々は一蓮托生《いちれんたくしょう》の存在という事をわかってないのか……)

多聞は、反論する気が失せていた。

須崎屋と久松屋、そして托心道寿。玄海党の中でも発言力が強い三人は、あらかじめ結託し、会合を主戦論へ誘導しているようにも思えてくる。

愚か者め。どいつも、こいつも。脳裏に堯春の顔も浮かんだ。こんな調子だから、今のような苦境に陥ったのではないか。

「まぁまぁ、まずは割符を奪い返す事が先決でございますよ」

多聞の表情を読んでか、鎌屋が話題を変えた。

全員が、その一言に頷く。それもそのはずで、割符が手に入らなければ、取引そのものが不可能なのだ。

しかも、二日前に取引の日時が早まったという報せを受けたばかりである。

鄭行龍は、今は高山国《こうざんこく》（台湾）にいて渡航の準備をしているらしい。もし、約束の日までに割符を手に入れなければ、どうなる事か知れたものではない。

鄭行龍ではないが、かつて取引をすっぽかされた唐船が、報復とばかりに城下近くの内海に乗り込んだという話もある。

「それについて、俺に一計がある」

須崎屋が、自信あり気に言った。

「これで、萩尾大楽の問題も割符の問題も、一緒くたに解決するっていう寸法よ。だが、それにゃ悪名を背負う覚悟が必要だ」

「よかろう、言ってみろ」

暫く考えたのち、多聞は頷いた。

これ以上の悪名を背負う事は、毛ほどにも気にしてはいない。しかし、悪名は悪名だ。代価に見合う結果は必ず得たい。

「では、発案者から話してもらおうかい」

須崎屋が手を叩いた。障子がサッと開くと、そこには一人の中年男が平伏していた。

隻腕なのか。左手は前についているが、右袖はだらんと垂れ下がっている。

「何者だ?」

多聞の言葉に、男が面を上げる。四十手前に見える、冴えない顔がそこにあった。

「灘山衆の椋梨喜蔵と申します」

「何? 灘山衆だと」

灘山衆は斯摩藩が抱える、主に権藤が使っていた忍びである。一応は斯摩藩士としての身分があるが、その位は最も低い。

「どうして灘山衆のおぬしが、須崎屋の世話になっておる」

「権藤様の下で働いておりましたが、萩尾大楽のせいで、斯様な身体にされてしまいまして。腕を失っては、もはや忍として生きてはいけませぬ。それで須崎屋殿を頼ったという次第で」

隣で須崎屋が頷く。しかし、多聞はそれを無視し、椋梨という中年男を見据えた。

冴えない顔だが、その両眼には憎悪の炎が燃え上がっている。その憎悪は、恐らく大楽へ向けたものだろう。

「して、権藤は?」

「確認をしたわけではございませぬが、おそらく萩尾めに……」

「そうか」

驚きはなかった。恐らく、いや確実に殺されたであろう事は覚悟していた。

「では、聞かせてみよ。割符を手に入れる一計とやらを」

椋梨が、その一計について嬉々として語り出した。

やはり、大楽への底なしの憎悪が感じられ、おおよそ武士が考えそうもない卑怯で下衆な策だった。しかし、今はそんな事を言っていられないほどの苦境である。そして何より、まずは割符が必要だった。

「この策で、萩尾の息の根を止め、割符も手に入れる事ができましょう」

多聞は、椋梨の策に許可を与えた。


斯摩城下の屋敷に戻ったのは、会合があった翌日の昼前だった。

家人総出で出迎えられて屋敷に入ると、初老の用人が多聞に駆け寄り、昨日から客人が待っていると伝えた。

「客だと」

事前の約束をしていない客は、殆どの場合に面会を断って追い返すが、用人がそうしないところを見ると、訳ありの客なのだろう。

「はっ。何でも、嘉穂屋宗右衛門の世話になったと申されましたので、客間の一室をあてがっております」

「ほう、あの嘉穂屋が世話を……」

江戸の裏を牛耳る武揚会の一員であり、玄海党の一員として、御禁制の阿芙蓉を捌いていた男だ。かなりの大物で、支配していた領分《シマ》も広大なものだった。多聞とも個人的に親しかったが、南町奉行所に裏切られて殺されている。

「よし、会おう。名は？」

「確か、瀧川藤兵衛様と」

多聞は、静かに頷いた。

第六章　君に恋ひぬ日はなし

一

「何のお構いも出来ませんで、申し訳ございません」

大楽に向かって薄ら笑みを浮かべた初老の商人は、早く出ていけと言わんばかりに話を切り上げた。

博多。対馬小路《つしましょうじ》にある、広い間口を持つ立派な茶具商だった。商品も豊富で、店の軒先まで茶筅《ちゃせん》や茶匙《ちゃさじ》が陳列されている。

博多に足を踏み入れるのは、帰郷して二度目の事だった。

この十日間、大きな動きはなく、大楽は身を寄せた甚左衛門の隠居所で大人しく過ごしていた。何度か姪浜に足を伸ばしたが、それ以上の動きはしない。それもまた、敵を追い詰める一手になるという甚左衛門の進言だった。

そして三日前、貞助が久し振りに現れたのである。

今は弾正の下でも働いている鼠顔の男は、弾正からの言付けを預かっていた。

「玄海党に揺さぶりをかけるので付き合え」

膠着《こうちゃく》した局面を打開する一手としては面白いと思い、大楽は了承した。

酒を飲みながら情報を交換し、その翌日から大楽と弾正の二人は博多の商家を一軒一軒巡り、玄海党について大っぴらに聞き込みを始めた。

大楽が伴われたのは、弾正の護衛をする為だ。奈良原は、淡林寺を守る役目があり動けないらしい。

博多では玄海党の話題は、禁句である。それを敢えて堂々と訊く事で、波風を立てようというのだ。

結果、多くの商人が知らぬ存ぜぬを貫いたが、それはそれでいいと弾正は言った。あくまでも「玄海党への揺さぶりと嫌がらせ」なのである。

「また外れだったな。だがそう気落ちする事はねぇよ」

大楽が言うと、弾正は一瞥を返しただけだった。これで本日五軒目の商家である。

「別に、成果を期待しておらん」

大楽は返事をせずに、ただ鼻を鳴らした。

諸士監察方の探索は、手詰まりに陥っていた。宍戸川多聞・須崎屋六右衛門・久松屋善兵衛。玄海党の面々の名前は、明らかになりつつある。

しかし諸士監察方の本命《ホンボシ》たる福岡城内にいる玄海党が、未だ尻尾を掴ませないのだ。

大楽は玄海党の誰かを捕縛し、拷問でもすればいいと言ったが、弾正はそのつもりは無いと却下した。誰かを捕縛した時点で、福岡城内にいる玄海党は証拠隠滅に走る。それでは、福岡城内の貪官汚吏を一掃出来ないというのが理由だった。

もう二度と、幕府役人を不正に加担させない。それを防ぐ為には、苛《か》烈《れつ》な処断が必要らしい。その最も効果的なものは、福岡城内にいる大物を江戸は小《こ》塚《つか》原《はら》の刑場に引っ立てる事。根から断つのだと、弾正は強い決意を持っていた。

今のところ、多くの商家が口を揃えて知らぬ存ぜぬを決め込んでいる。それが、本当であるのか偽りなのかわからない。

何せ、相手は狡《こう》知《ち》に長けた博多商人。表情一つで、人を騙す事など朝飯前である。

ただ博多年行司すら、彼らと同じ事を言っていたのには驚かされた。

昨夜遅くに大楽と弾正は、柳《やなぎ》町《まち》の料亭で博多年行司や有力町衆との会談をしたのだが、皆が皆「噂なら聞いた事がございます。あくまで噂ではございますが……」などと言葉を濁し、そして二言目には「しかし、博多も海も平穏でございますよ」と、ぬけぬけと言い放った。玄海党と対立していたと思いきや、とんだ掌返しである。

「この者らは、負けたのだ。そして、我が身代惜しさに、誇りを投げ捨て玄海党の支配下に入った。哀れなり、博多年行司。博《はか》多《た》三《さん》傑《けつ》とうたわれた神《かみ》屋《や》・島《しま》井《い》・大《おお》賀《が》（博多を代表する三人の商人）も、草葉の陰で泣いておろう」

弾正の皮肉に、その博多年行司はうな垂れる他に術は無かった。

博多年行司の不《ふ》甲《が》斐《い》なさは、貞助の報告通りだった。

「とんだ見込み違いでございやした」

貞助が忌々しく吐き捨てたのは、玄海党の対立軸として博多年行司に期待していたからだろう。結局は、他人をあてにするなという事だ。

人通りは多く、その流れに乗って大楽は歩き出した。

確かに商人どもが言う通り、博多は平穏である。人の往来は激しく、物を売る呼び込みがひっきりなしに聞こえる。

殺気も感じない。玄海党の襲撃を警戒しているが、道々でも宿でもその気配は全くと言っていいほど無かった。ただ念の為に、貞助は行き交う人の流れの中に潜み、密かに見守っている。

「萩尾、次は伊頭屋《いずや》だ」

弾正は、蔵本番《くらもとばん》にある代呂物屋《しろものや》の名を告げた。

伊頭屋大左衛門《いずやだいざえもん》。貞助が会うべきだと目を付けた商人の一人であり、『揺さぶりと嫌がらせ』と名付けた今回の商家巡りで、唯一見込みを持っている男である。

貞助は大楽より一足早く博多に入ると、賭場《とば》や遊郭《ゆうかく》に入り浸り、巧みな話術で色々と話を聞き出していた。伊頭屋の名前も、その中で出て来たものだった。

義商《ぎしょう》。

それが、大左衛門の評判だった。

先祖は、かの伊藤小左衛門《いとうこざえもん》。親子二代で巨万の富を築き、黒田家を支える政商として活躍したが、二代藩主忠之《ただゆき》の代で改易されると、一挙に零落《れいらく》してしまった。しかし、大左衛門の祖父が伊頭屋として店を再建させ、大左衛門の手腕によって今の身代にまで盛り返したのだという。

その手腕というのが、馬鹿がつくほどの律義さだった。博多商人らしからぬ人柄で、朴訥《ぼくとつ》としていて裏表が無い。そして約束事は守り、困っている者には救いの手を差し伸べる。故に義商と呼ばれるらしいのだが、何故大楽をそんな男に会わせようとするのか、貞助は語らなかった。

しかし、貞助には今まで何度も助けられた。その腕も信用している。今回の報告も、大楽は一応の期待はしていた。

「地盤も伝手もねぇ土地で、情報《タレ》は容易に集まらない」

などと貞助は言っていたが、流石は逸殺鼠と言ったところだ。

しかし、その情報《タレ》の真偽はこれからわかる。万が一にも的外れなものであれば、逸殺鼠も名前負けになるなと、大楽は思うのだった。

『代呂物　伊頭屋』

藍色に白地で染め抜かれた日除け暖簾に、そう記されていた。

構えは然程《さほど》大きいわけではないが、客の出入りは頻繁で、商品を楽しそうに物色している。その雰囲気だけで、この店の価値というものがわかる。

「いらっしゃいまし」

大楽と弾正に気付いた女が、明るい声で言った。強面の武士二人組にも、店の者は変わらずに笑顔を向けてくる。

滑らかに、商いを回している。忙しそうではあるが、表情は皆明るい。それは、この商売が順調な証拠だった。

用心棒稼業の中で、大楽は多くの商家を見てきた。日本橋の老舗《しにせ》から新興商家、そして潰れかけた店まで。

そうした経験の中で、多少は商売を見る目が肥えたという自負がある。

「主人はおるか？」

弾正が、帳場に座っていた番頭に声を掛けた。

番頭は弾正、そして大楽を見て、表情を曇らせた。

当然の反応だ。武家が突然乗り込んで、主人に会わせろと言う。こうした事態が、幸をもたらした試しはないだろう。

しかも、弾正は険の鋭い悪相。かく言う大楽も、五日は髭をあたっていない、無精髭を蓄えた浪人体である。人相にも、組み合わせにも怪訝に思うはずだ。

「へえ、主は商用で」

「他行《たぎょう》なのかね」

「いや、いるにはいるのですが……」

歯切れの悪い番頭に大楽が詰め寄ろうとした時、奥から「お通ししなさい」との声が飛んできた。

すぐに､番頭が頭を下げる。大楽が視線を奥に向けると､奥の一間から男が一人現れた。中肉中背。三十路手前の年頃で、自分より若く見える。やや丸顔だが、それ以外に特徴らしい特徴は無かった。

「伊頭屋の主、大左衛門と申します」

大左衛門と名乗った男は帳場の隣に座ると、ゆっくりと頭を下げた。

「諸士監察方頭取の蜂屋弾正と申す。今日は少々尋ねたい事があって参った」

「なるほど。何の事か思い当たりませんが、私が知っている事であれば」

弾正が、軽く頷いた。

「それで、隣におられるのが萩尾様でございますな」

「俺の事を知っているのかい？」

「斯摩藩一門衆筆頭の萩尾家、そのご嫡男だったお方は、今や博多で知らぬ者はおりません」

「有名になった実感はねぇんだがね」

「博多の町衆は、ご活躍に手を叩いておりましたよ。博多御番の斯摩藩士に啖呵を切った、萩尾の鬼っ子に」

大左衛門の物腰は柔らかく、口調は爽やかさすらあった。嫌味を言われているのだろうが、嫌な感じは受けなかった。これが伊頭屋の身代を大きくさせた秘訣《ひけつ》なのかもしれない。

「もうすぐ、お客様との話も終わりますので、どうか客間でお待ちくださいませ」

弾正と大楽は頷いた。

確かに、朴訥とした印象は受ける。どこにでもいる男。それでいて、喋ると印象が強くなるから不思議だった。

通されたのは、渡り廊下で繋がった客間だった。

小さいが、床の間には一輪挿しが置かれた、綺麗な部屋だ。表の喧騒も遠く、庭木に止まった鵯《ひよどり》が仲間を呼ぶように鳴いている。

向かい合った大左衛門の視線は、春の木漏れ日のように暖かいものだった。

鋭いところは、微塵も無い。どこまでも人の善さそうな顔をしている。

正面切って向かい合っていても、伝わってくるのは身体を包み込む温かみだけだった。

(男の経験は顔に出るというが……)

この男は読めない、と大楽は感じた。

この博多で、どのように戦ってきたのか。顔だけでは、全くわからない。没落した名《みょう》跡《せき》を、三代で立て直した。厳しい局面にも立ってきたであろうに、それが面相から読めない。

(狸野郎だな、こりゃ)

化かしの天才だ。しかも、この閻羅遮すら欺くとは中々のものだ。

「お待たせいたしました。何分、重要な交渉でございましたので、失礼ながらお待ちしていただきました」

「構わぬ。我々が突然現れたのだ」

弾正が言うと、大左衛門は一つ頭《こうべ》を垂れた。

「公儀の役人を待たせても、優先したいお客様って誰なんだろうね」

「房楊枝《ふさようじ》の職人でございます」

やや悪意を込めて訊いた大楽に、大左衛門は平然と答えた。

「私どもの店に商品を入れている職人さんで、仕入れ値の見直しをしていたのでございます。最近、その職人が手掛ける房楊枝が人気でございましてね。仕入れ値を上げてやらねばと思ったので、話し合っていたのです。これは職人にとっても、私どもにとっても重要な話にございますれば」

「ほう。仕入れ値を上げるか。値下げ交渉はあっても、値上げを申し出る商人はそうそういないぜ」

「伊頭屋にとって宝は、職人なのでございます。勿論、店を支える奉公人たちもそうでございますが」

大左衛門の口振りは、朴訥としながらも芯のあるものだった。

(らしくねぇな)

博多商人らしからぬ飾らない言葉に、大楽は義商と呼ばれる所以《ゆえん》と見えない底を感じた。

「なるほどね。俺はてっきり、抜け荷の密談をしているのかと思ったぜ」

抜け荷。そう言っても、大左衛門の表情は、些かの変化も無かった。

「萩尾、止めんか」

思わずとばかりに弾正がいさめた。

「いやいや、私は構いませぬよ。しかし、やはり萩尾様はお噂通りのお人だ。そんなお方が諸士監察方頭取の蜂屋弾正様とご一緒とは、何やら込み入ったご事情があるようですね」

「伊頭屋。我々はこの筑前で、公然と行われている抜け荷について調べておる」

弾正が言った。相変わらず、大左衛門の表情は変わらない。

「何か知っている事があれば、話してはくれぬか」

「さて……。玄界灘のどこかで抜け荷が行われている。その程度の事ぐらいしか存じ上げません」

「皆が口を揃えて、そう言う。しかし、私は『公然と行われている』と言ったつもりだが」

やはり大左衛門の表情は、ピクリとも動かない。

相当な肝の持ち主だと、大楽は思った。丸顔で、平凡でそこそこに甘い人生を歩んできた。そんな顔つきであるが、これはとんだ見込み違いだ。

「商人は耳が命であろう。その耳に、抜け荷の話が届かないのであれば、店を閉めた方がいいと思うが」

弾正の言葉に、大左衛門が初めて苦笑いを浮かべた。そして、大楽に目を向ける。目が合った。大楽は腹に力を込めた。大左衛門は逸らそうともせずに、二呼吸の後に笑みを浮かべた。

「そうですか。他の皆様も噂程度と」

「白々しいな。伊頭屋、我々が嗅ぎ回っているのも、当然耳に入っているであろう」

弾正の言に、大左衛門が首肯で返した。

「ええ、全て耳に入っております。いずれここにも来られるとも、予想はしておりました」

「お前に会えと、言った男がいる」

大楽は、大左衛門を見据えたまま口を開いた。

「義商と呼ばれるお前を見込んで、そう言ったのだろう。何故、会えと言ったかはわからん。しかし、俺が見込んだ男が会えと言ったのだ。お前が全くの無関係で、噂程度しか知らんとは思わんよ」

「そう言われましても。義商と呼ばれるのも、私は些かも」

「十軒目だ、義商」

大楽は、大左衛門の言葉を遮った。

「それに昨夜は、博多年行司とも会談している。仮にお前が何か話したとしても、お前だけが疑われる事はねぇ」

　すると、大左衛門は庭に視線を向けた。そして、その目は秋晴れの空に向かう。

　一つ、頷いた。大左衛門が、初めて見せたであろう感情らしい感情。何か意を決した、そんな覚悟が透けて見える。

「萩尾様。私は、この海が誰かの欲で支配されているのが我慢ならないのですよ」

　大左衛門の声は静かで穏やかではあるが、明確な怒気を孕んでいた。

「欲自体は否定しません。商売の源でございますから。しかし、その欲で人が無意味に死ぬ。そんな事があっていいわけがございません」

「俺も同じだ。死んだ、俺の弟もな」

　大左衛門が、目をゆっくりと閉じた。承知した。そういう声が聞こえた気がした。

「これが僥倖《ぎょうこう》というものなのでしょう。蜂屋様と萩尾様が玄海党を相手に戦っておられるという事は存じておりました」

「ほう」

「私から協力を申し出るべきだと考えていましたが、正直迷っておりました。玄海党に挑み、敗れれば死が待っている。色々と探りを入れてはいたものの、決定的に対立する、その踏ん切りがつかなかったのです」

「俺もさ。江戸では随分と迷っていたよ」

「私の個人的な義憤で、祖父が再興し、そして私まで受け継がれたこの店を潰すわけにはいかない。奉公人の生活もありますから。しかし、覚悟を決めましたよ」

「おい、伊頭屋。連合したからって、危険が無いわけじゃねぇぞ。俺たちが敗れれば、お前の名が出るかもしれねぇ」

「それは恐ろしい。ですが、玄海党の威を恐れて、こそこそと商売をする。そんな想いを子々孫々にさせたくない、そんな気持ちにもなっています」

「流石は、伊藤小左衛門の血だね」

「いえいえ」

大左衛門が謙遜をしながら、茶に手を伸ばす。一口喉を潤すと、「では、私からお尋ねしたき儀がございます」と、告げた。

これが、本性か。大楽は息を呑んだ。大左衛門の目。これまでに見せなかった鋭い眼光を、帯びていたのだ。

「蜂屋様。ご公儀は、何を望んでおられますのでしょうか？」

「当然、非違を糺《ただ》す事だ」

「それから？」

「福岡城中の貪官汚吏を一掃し、筑前に自由な商いを取り戻す」

大左衛門が、じっと弾正を見つめている。しかし、その目は仏像のような半眼。何かを考え、何かを見抜いているような視線だった。

「それだけですか？」

「それだけだ」

田沼が博多を、長崎のような異国相手の湊にしようとしている。その前の地ならしという事は、どうやら伝えないようだ。

もしその事を話せば、大左衛門がどう動くかわかったものではない。異国と商いを始めるという事は、この国の商人に大きな影響を与えるのは明白なのだ。玄海党とは、また別の問題に発展してくる。

「貪官汚吏の一掃と、自由な商い。失礼とは存じますが、田沼主殿頭《とのものかみ》様の意を受けている諸士監察方の申しようとは思えませぬ」

大楽は、弾正を一瞥した。怒るかと思ったが、弾正の表情にも変化はない。大左衛門も狸なら、弾正も狸だった。

「確かに、田沼様のご評判は申す通りだ。世間では悪評が勝っている。しかし、我々の御用金は全て、田沼様が私費で賄われている。田沼様への賄賂《まいない》で、我々は正義を為しているのだよ」

「賄賂で、正義を」

大左衛門が、思わずという風に膝を打った。

「よろしゅうございます。実は私も田沼様のなされようが、嫌いではございませぬ。老中としても、遠州相良《えんしゅうさがら》の領主としても」

そして、大左衛門の視線は大楽に移された。

最初に覚えた、朴訥として鷹揚な雰囲気は既に消え失せている。大楽の目の前にいるのは、義商という渾名を持つ、気骨ある男の顔だけだった。

「萩尾様。斯摩藩はどうなのでしょう。恐れながら、家中は二つに分かれていると聞きました。宍戸川様と江戸におられる堯雄様と」

「ああ。最近では、お殿様も宍戸川についているぜ」

「ほう、するとお殿様と世子様が対立されているという事ですね。それは剣呑だ」

「だが、そんな事は関係ない。俺は俺の一存で動いている。死んだ弟の仇討ちなんだよ、玄海党を潰す事は」

「それは重々承知しております。しかし、一方で斯摩藩という強力な存在があるのも事実。斯摩藩、いや堯雄様は玄海党をどうお考えなのでしょうか？」

「堯雄は、宍戸川とその一派を徹底的に排除する、その大義名分を得る為に玄海党を潰すつもりでいる」

「私が懸念しているのは、そこでございます。玄海党を倒した後に、新たな玄海党が生まれないとは限りません。何せ、抜け荷の利は莫大です。財政難に喘《あえ》ぐ斯摩藩としては、喉から手が出るほど欲しいものでしょう」

大楽の脳裏に、堯雄、そして乃美の顔が浮かんだ。あの二人を、心から信じられるのか。

否。と、答えはあっさりと出た。

「その時は、斬るだけだ。弟が命懸けで守ろうとした海だ。この海は、誰の支配も受けない。自由であるべきなんだ」

「しかし、あなたは一介の浪人に過ぎません。谷中で閻羅遮と呼ばれる用心棒。あなたに藩の暴走を止められますか？」

「やるしかねぇだろ、その時は」

「私としては、萩尾様に首席家老にでもなって欲しゅうございますね。そうすれば、この海は安泰だ」

大左衛門が一笑し、大楽は肩を竦めた。

わかっている。弟が守ろうとしたこの海を守る為には、斯摩藩に戻る事が、一番なのかもしれないという事は。

そんな大楽の反応を見て、大左衛門が頷いた。

「わかりました。共に戦いましょう」

「これはありがたい」

弾正の表情が、珍しく明るくなった。

「私は数名の有志と秘密裏に動いておりましてね。玄海党の中の商人を一人、こちら側に寝返らせております。宍戸川様や須崎屋殿と比肩するほどの中枢にはいませんが、およその情報は手に入ります」

「本当か？　ならば、福岡城内の玄海党も知っていると」

大左衛門が、深く頷いた。

「勿論でございます。ですが、まずお話をする前に、その寝返った者を罪に問わないという事を誓っていただきたい」

「ああ、承知した。誓紙血判《せいしけっぱん》が必要なら準備するが」

「そこまでする必要はございませんが、証文はいただきましょう。これは男同士の約束ですが、私は商人でございまして。人の誓約というものを、そこまで信用していません」

これが、本当の義商の顔だろう。大左衛門は手を叩き、筆と紙を用意させた。弾正が、内通者を裁く事はしないと約すと、早速とばかりに玄海党の秘密を語り始めた。

玄海党が一枚岩ではない事。博多奉行の伊能但見が玄海党である事。そして、次の取引が師走に早まった事。そして最後に、懐から玄海党に組している者の名簿を取り出した。

「この名簿だけで、取り締まれるんじゃねぇのか?」

「萩尾様、これはあくまで名前の羅列に過ぎません」

大楽は、名簿に見入る弾正を横目で一瞥した。弾正の表情は、軽く頷きながら目を進めている。予想通りという事か。

「萩尾、伊頭屋の申す通りだ。ただの名前の羅列と言われると、何も言い返せん」

「そうかい。だが、玄海党を追い詰めているのは確かだね」

大楽の言葉に弾正が頷き、「だから、現場を押さえるしかないのだ」と、続いた。大左衛門も、抜け荷の現場を押さえるという諸士監察方の方針に、異論はないようだ。

「しかし、ここからが肝だね。次の取引が師走に早まったとわかっても、師走は朔日から大晦日まであるんだ。しかも、だだっ広い玄界灘のどこであるかもわからねぇんだ」

「場所は直前まで知らされません。しかし、時期はある程度は読めます」

「へぇ、それは何故?」

「荷の流れを、注意深く見張っております。抜け荷で玄海党が売る物は、俵物・刀剣・美術品・書物の類です。それらは分散し、筑前各所に収められております。その場所の目星もついておりますので、荷が動いた時が取引が近い証拠です」

「なるほど。その荷の動きは、うちの密偵にも協力させよう。貞助という男でね。危険にも慣れている」

大左衛門がこくりと頷いた。博多の町を探らせるより、荷の動きを見張らせる方が、あの男には向いているかもしれない。

それから、取引の場所についての話になった。

大左衛門が、おもむろに筑前の地図を広げた。そこには、筑前沿岸部と島々が記されている。

考えられる場所は、小呂島《おろのしま》・玄界島《げんかいじま》・媛女島《をとめじま》・大島《おおしま》・沖ノ島《おきのしま》・相島《あいのしま》・姫島《ひめしま》の七つと、大左衛門が告げた。博多浦に浮かぶ残島は近すぎるし、前回の取引場所だった勝島《かつしま》は省かれた。同じ場所が続くという事は、万が一にも無いという。

「沖合で待ち合わせって事もあるんじゃねぇのかい? 実際、宝暦の時はそうだったというし」

「それはわかりません。しかし、鄭との取引は常に人気《ひとけ》の無い離島の海岸です。恐らく鄭の船団は、水や食料も調達しなければならないのでしょう。それに内通者の報告では、女もあてがわれるそうです」

「しかし、伊頭屋。この七つを常に張っておくわけにゃいかねぇぜ？」

「そこは、船足の勝負になると思います。荷が動く。そして、その荷が船に積まれて出航する。我々はそれを追うのですよ」

「だが、船が無ぇよ。船も船頭も、そして水主もな。お前さんに当てはあるかい？」

「いいえ。残念ながら。船を借りるにしても、福岡博多の船主は玄海党の影響下にあります」

船の問題は、最優先事項の一つだ。

時期がわかっても、船が無くて追えないなんて笑い話にもならない。船乗りの中で玄海党に恨みを持っている者を探すのが一番だが、一人ずつ聞いて回るわけにもいかない。難しい局面を迎えている。しかし、あと一歩だという実感もあった。師走。そして、その時期もわかりつつある。あとは、足と場所だけだ。

揺らぎもしなかった、宍戸川派政権。そして、須崎屋を筆頭とする玄海党の支配。それが今、足元から崩れようとしている。

全ては、主計と同志たちの犠牲と正義によるものだ。命を賭した行動が、今に繋がっている。それだけに、ここが正念場だった。最後の最後でしくじりたくはない。

「だが、追い詰めているのも確かだぜ」

「萩尾様、追い詰めているとは言え、油断は禁物でございます。博多商人はただでは倒れません。滅びるならば、共倒れを狙うような者たちです」

「ああ、痛いほどわかっているさ」

返事とばかりに、庭から鵯《ひよどり》の鳴き声が聞こえた。

弾正が茶に手を伸ばす。大左衛門の顔は、再び朴訥としたものに変わっていた。

二

眼下には、博多浦が広がっていた。

姪浜から西へ約一里ほど行った所にある、長垂山。その中腹に、甚左衛門の隠居所がある。

隠居所は三方を雑木林《ぞうきばやし》に覆われているが、海に面した方だけが切り開かれ、博多浦を望む事が出来るのだ。大楽は、庭にある楠《くすのき》の切り株に腰掛け、博多浦に浮かぶ船に何となく目をやりながら煙管《きせる》を吹かしていた。

長垂山は高さこそ然程ではないが、東西に長い。ちょうど博多浦に沿うようにして聳《そび》えており、山肌に沿って斯摩城下へと続く唐津街道が通っている。

大楽が、甚左衛門が一人で暮らすこの隠居所に身を寄せてどれほど経っただろうか。

時折、福岡や博多へは出ているが、玄海党に居場所を知られた形跡は無い。

（こんな棲家もいいもんだな）

と、大楽は煙管《きせる》を再び口へと運んだ。

甚左衛門の隠居所は、何の変哲もない百姓家という造りだった。一人暮らしには広過ぎる母屋の他に僅かな畑、そして離れには陶器を作る工房がある。

甚左衛門は陶工にでもなるつもりらしく、工房の軒下には陶器が幾つも並べられていて、今は売り物になるよう試行錯誤をしている最中と言っていた。

その甚左衛門は、麓の青木村《あおきむら》へ食料の買い出しに行っている。大楽が転がり込んで以降、甚左衛門は姪浜に入る事を避けていた。なるべく人目につかないように配慮していたのだ。

理想的な隠居生活だ。海の見える山の中に身を置いて、たった独りで土と戯《たわむ》れる。俺も隠居したらこうなりたいと思うが、まずは主計の仇討ちが先決だった。

伊頭屋大左衛門と手を結んだのは大きな前進だったが、決定的な決め手にはなっていない。それでも追い詰めているのは確かだった。

あくまで、宍戸川と須崎屋を言い逃れが出来ない状況に追いやって倒す。当初の目的は変わらない。その為には鄭行龍との取引の現場を押さえる事が不可欠で、今は貞助が玄海党の荷を監視している。

大楽は、煙管《きせる》の雁首を切り株の端で叩いて灰を落とすと、すっくと立ち上がった。

眺望が開けたぎりぎりの所に立つ。

鈍色《にびいろ》の海。白波が僅かだが立っているが、そこまで時化《しけ》ているようには見えない。ただ博多浦でこの波なのだ。玄界灘では、相当の荒れ模様になっているはずだ。

あの黒い海を思い出す度に、乃美の陰気な顔が浮かんでしまう。

最良の友。そう思っていた日々があった。刎頸《ふんけい》の友とは我らの事だと言って、酒を酌み交わした夜もあった。

それが今では、敵ではないが確実に味方でもないという関係に陥っている。

乃美を許せないという気持ちは強い。あの男は自らの欲の為に、主計を死地に追いやったのだ。それは、許し難い裏切りだった。仇とも言っていい。

しかしそれ以上に許せないものは、主計を守れなかった自分自身。

この命に代えても、償うしかない。当然、何をしても償いようがないとは知っている。ただ、市丸に家督と領地を継がせ、揺るぎない力を与える事が、せめてもの罪滅ぼしになると、大楽は考えていた。

潮風が、大楽の全身を撫でる。もう冬の香りがする、冷たい風だった。

大左衛門が、取引は師走に早まったと言っていた。日付まではわかっていないが、もう十日もすれば師走になる。

「大楽様」

叫ぶような声と共に馬蹄の音が聞こえ、大楽は咄嗟に腰の月山堯顕に手をやった。

栗毛の馬が、庭に駆け込んでくる。しがみ付くようにして乗っていたのは、愛宕番所差配役の小暮平吾だった。

か細く背丈が無い小暮が馬に乗る姿は滑稽であるが、そうした気持ちも小暮の切迫した表情に掻き消された。

「小暮、どうした」

滑り落ちるように下馬した小暮のもとへ、大楽は駆け寄った。

「大楽様、奥方様と市丸様が……」

小暮の顔色は蒼白で、その口を鯉のようにぱくぱくさせている。

大楽は、掴んだ襟首を捩じり上げた。大楽の怪力に、小暮の身体が浮く。

「言え。縫子と市丸がどうした?」

「申し訳ございませぬ。何者かに攫われたのでございます」


大楽は小暮が乗っていた馬を奪い、愛宕山麓の陣屋まで駆けに駆けた。

どうして縫子と市丸が。馬に鞭をくれながら、疑問が何度も去来する。周りの者は何をしていたのだ、とも。

小暮は、二人が攫われた以上の事は何も知らなかった。ただ、青木村から駆け付けた甚左衛門に、何としても連れてこいと命じられただけと言っていた。

陣屋の前で馬を乗り捨て中へ駆け込むと、家人が大楽の顔を見て、「こちらです」と、奥の一間へ案内した。

そこでは、亀井と甚左衛門が膝を突き合わせていた。ただ、松寿院の姿は無かった。

「これは大楽様」

二人が軽く頭を下げた。甚左衛門とは一度視線が合い、座るように促されたので、大楽はひとまず腰を下ろした。

「どういう事だ」

「奥方様と市丸様が、何者かに攫われました」

亀井は、臆面《おくめん》もなく言ってのけた。

まるで自分には責任は無いと言いたげな口調に、大楽は血が沸騰するのを覚えた。

だが、ここで亀井を怒鳴っても何もならない。この男は嫌いだが馬鹿ではない。理屈の通らない事はしないはずだ。

「それは知っている。どうしてだと訊いてんだよ」

「奥方様と市丸様が乗った駕籠が、斯摩城に向かう途中で襲われたのです」

縫子たちが攫われたのは、大楽が馬で駆けて来た唐津街道の途中、生《いき》の松原《まつばら》という一本道だった。護衛である萩尾家の家人三名、そして宍戸川から遣わされた吉松小十郎《よしまつこじゅうろう》が率いる使番の一行が、松原から現れた一団にまず襲撃され、全員が斬り倒されたという。

そう証言したのは、虫の息で見つかった駕籠舁《かごかき》で、それだけを伝えると息絶えたそうだ。

「だから、どうして縫子が登城したんだ。しかも市丸も一緒に」

「宍戸川様から、今後の萩尾家について話し合いを持ちたいという呼び出しがございました。首席家老の命令なのです。断れるはずもなく」

宍戸川の仕業だと思ったが、使番だった吉松という男も襲われたとなると、話は変わってくる。

すると、須崎屋か。玄海党は一枚岩ではない、と大左衛門が言っていた。特に宍戸川と須崎屋の関係は微妙なものになっているらしく、単独の犯行というのも考えられる。

「継母上《ははうえ》には？」

亀井が首を振った。まだ報せていない、という事だった。

「亀井よ。一度だけ訊いとくが、どうして二人だけで行かせた？」

「恐れながら、私が代わりに行くと申し出ました。或いは、私も随行すると。しかし、縫子様にきつく断られてしまいました。故に、家人を三名随行させたのですよ。それに、後見の縫子様がいないとなると、家老の私が陣屋を離れる事は出来ませぬし」

確かに理屈は通っているが、その物言いに釈然としない。

「家老のお前が、この事態を想定せんでどうする。責任を問われるぞ」

甚左衛門が口を挟んだ。

「私の腹でお二人が戻るのなら、幾らでも切りますが」

「いらねぇよ、お前の黒い腹など」

大楽が、唾棄《だき》するように言った。亀井の理屈は通っているし、この事態に陥った責任は自分にもある。

すると、甚左衛門が一つ咳払いをして、「亀井、あれを」と、声を掛けた。

「大楽様、実は」

亀井が、一通の書状を大楽に差し出した。書状には、「萩尾大楽殿」と記されていて、その端には血が染みていた。

「殺された家人の懐に差し込まれておりました。宛名に大楽様の名が記されておりましたので、中までは」

大楽は亀井の言葉を途中で遮り、書状を奪い取った。

〔萩尾大楽殿
　貴殿が所有する玉を持参の上、残島・長福寺《ちょうふくじ》に一人で来られたし
椋梨喜蔵〕

椋梨。その名を見た瞬間、大楽の身体が瘧《おこり》にかかったように怒りで震えていた。

主計を死に追い込み、寺坂を撃ち殺した灘山衆の忍だ。あの時、大楽は片腕を刎ね飛ばしたが、やはり生きていたのか。

甚左衛門が、「大楽様」と恐る恐る声を掛ける。大楽は大きく息を吐き、握りしめていた書き付けを差し出した。

「すまねぇ亀井。全て、俺のせいだった」

甚左衛門に続いて書状を読む亀井に、大楽は告げた。

椋梨は、二人と引き換えに割符を奪おうという魂胆だろう。あわよくば、この命も奪おうとするはずだ。

名案は浮かばなかった。ならば、一人で行くしかない。

「亀井、一艘でいい、舟を用意してくれ」

大楽は立ち上がり、亀井に言った。

「大楽様、ここは私もお供を」

「甚左、それは年寄りの冷や水ってもんだ」

「何を仰います。この甚左衛門、槍の腕前は錆びておりませぬ」

「俺一人だ。いいか、俺は一人で行くべきなんだ」

「それでは、みすみす死にに行くようなものですぞ」

「構わんよ。罠であろうとなかろうと、俺は行く。多勢で押しかければ、それこそ二人の命がない」

大楽が折れぬのを見て、甚左衛門は亀井の方を向く。

「亀井、お前も何か言わぬか」

「甚左衛門様。恐れながら、大楽様の言が正しいかと。兎も角、今は大楽様の腕に賭けるしか」

亀井の冷ややかな一言に、大楽は鼻を鳴らした。この男らしい見解だった。

「じゃ、俺は行くぜ。継母上《ははうえ》にはお前の口から報せろ。そして、叱責を受けて来い。俺の代わりにな」

三

残島へ渡る小さな舟は、姪浜の西を流れる名柄川《ながらがわ》の河口、網屋町《あみやまち》の船溜まりに繋いであった。

甚左衛門が知り合いの船頭も用意していたが、それだけは断った。椋梨に、一人で来いと言われたのだ。相手の要求に反すると、二人がどうなるか知れたものではない。

ただ甚左衛門には、弾正と貞助に事の次第を至急伝えるように命じた。残島へは一人で行かなくてはいけないが、あの二人なら、必ずや上手い手を打ってくれるはずだ。

今日に限って、博多浦は荒れていた。船底を突き上げるようなうねりが、間断なく襲ってくる。まるで、自分の心中のようだ。

縫子を愛していた。今もまだ愛している。

しかし、それは二度と口にしてはいけない事だった。心の内に仕舞い込んだまま、紐解いてはいけないものなのだ。

主計と祝言を挙げたと知った時は、肺腑《はいふ》を突くような衝撃に襲われた。頭では似合いの夫婦になると思ったが、心からはそう思えなかった。しかし、それについて何か言う資格が、自分には無い事ぐらいわかっていた。

自分は縫子を捨てたのだ。脱藩し、後に罪は許されたが、斯摩には戻らず別の人生を選んだ。今更、愛しているなど言えた立場ではない。

もし自分が短気を起こしていなければ、二人には平穏な日々が待っていたはずだ。その事について、忸怩《じくじ》たる想いが消えた事は片時もない。

残島の陸地《くがち》が見えてきた。櫂を使ったのは、四半刻（三十分）ぐらいだろうか。それが早いのか遅いのか、大楽にはわからない。

恐怖は無かった。むしろ、心は不思議と澄んでいた。

あの島に二人はいる。そして、二人を救う力が自分にはある。ならば、答えは一つ。

大楽は、陸地を前にして櫂を置くと、素早く下げ緒で襷掛《たすきが》けに袖を絞った。

そして、甚左衛門に渡された鉢金《はちがね》を頭に巻くと、持参した瓢箪を口に運んだ。

酒だ。口に含み、月山堯顕の柄に吹きかけた。そして、首からぶら下げた割符入りのお守り袋を一度だけ握りしめた。

（主計。縫子と市丸を守ってくれよ）

船底が、砂を噛んだ。残島の砂浜。北浦浜《きたうらはま》という場所だ。大楽は、海に飛び降りた。

そろそろ、陽が暮れ始める。

山道を駆け上っていた。

長福寺までの道順は、頭に入っている。

北浦浜の背後の山。その中腹にある欅の大樹を、左に折れる。すると、その先に山門が見えてくる。全て、亀井に事前に説明された通りだった。

朽ちた山門。扁額は、黒く腐っていて何と書いてあるかわからない。大楽は、構わずに境内へ駆け込んだ。

「やっとお越しかい」

篝火が灯された境内で、胡乱な風体の男たちが待ち構えていた。ざっと数えて二十人はいるだろう。浪人と渡世人が半々というところだ。

大きく息を吐く大楽を取り囲み、薄《うす》ら笑みを浮かべている。

「これはこれは、萩尾さん。久し振りですね」

耳障りな声と共に、本堂から男が一人現れた。

黒装束の椋梨。大楽に刎ねられた右腕の袖は、だらりと垂れ下がっている。

「よう、椋梨。右腕を失くしても達者そうだな」

「いえいえ、これでもまだ痛むのですよ。いや、痛むのはまだいいのです。時折、無いはずの腕が痒くなる。これだけは我慢できない。掻きたくても、掻く腕が無いのですからね」

右腕など大した事はない。自分は主計と寺坂を失ったのだと、大楽は心中で吐き捨てた。

「それで萩尾さん、玉《ぎょく》は持ってきてくださいましたか」

「ああ、ここにあるぜ」

と、大楽は自分の胸を叩いた。首から下げた割符。それが手紙にあった玉だった。

「それは重畳《ちょうじょう》」

「じゃ、二人も見せてもらおうか」

「いいでしょう」

椋梨が手を軽く上げた。すると、本堂から市丸を抱えた縫子が、深編笠の男に連れられて降りてきた。

縫子が大楽を見て、僅かに声を上げたが、すぐに表情を硬くした。市丸は、気丈にも泣いてはいない。

「お前は」

大楽は深編笠の男に言った。黒い着流しと落とし差しには見覚えがあった。

男が笠に手を掛ける。役者のように白く、軽薄な顔が露わになった。

「俺は日野原勇平という者さ。お前さんとは、これで二度目だな」

「博多で一度か」

日野原が頷いた。稲荷で須崎屋の手下に襲われた帰り、待ち構えるように現れたのが日野原だったのだ。

「あんたを斬ろうかと思ったが、全く隙というものがなかった」

「お前さんも中々のもんだと思うぜ。何流だい？」

「理方一流《りかたいちりゅう》。と言っても、俺の師匠だった男がそうだっただけさ」

居合か、と思った。江戸にも理方一流を使う者がいた。

「剣術談義の途中で申し訳ないのですがね」

椋梨が、呆れ顔で割り込んできた。

「仕事《ヤマ》はさっさと片付けたい性分でしてね。萩尾さん、玉を渡してもらいましょうか」

「ああ、いいぜ。その前に二人を返してもらおうか」

「おや、閻羅遮と呼ばれた萩尾さんにしてはおかしいですね。どうやら、この状況をわかっておられないようだ。あなたは今、私に命令出来る立場にあると思いますか？」

椋梨が、腰の後ろに手を回した。取り出したのは、寺坂を撃ち殺した短筒だった。

椋梨は気持ち悪いほど、恍惚《こうこつ》とした表情を浮かべている。恐らく、小動物をいたぶる加虐趣味でもあるのだろう。

「力関係を見極めた方がよろしいですよ」

短筒が縫子に向けられる。大楽は唾棄《だき》し、首のお守り袋を引き千切った。

「こちらへ投げてください」

「糞ったれめ」

大楽が地面に叩きつけると、椋梨は手下に合図して拾わせた。

「本物かどうか、確かめさせてもらいましょうか」

「勝手にしろよ」

椋梨が声を上げると、今度は庫裏から山岡頭巾《ずきん》で顔を隠した男が足早に現れた。

「誰だい、あれは？」

「このお方は、玄海党のお人でね。割符の真贋を確かめてくれます」

男がお守り袋を開き、将棋の駒のような割符を繁々《しげしげ》と吟味《ぎんみ》している。表面に彫られた文字だけでなく、形や感触まで確かめているようだ。

割符は将棋の駒のようなものを、二つに割ったものだった。鄭行龍が持つ割符と合わせてぴったりと嵌まれば、取引が開始されるのだと、殺された立山が言っていた。

その割符を渡す事に、躊躇《ためら》いが無いわけではなかった。命を賭して守ってきたのだ。

しかし、この問題とは関係の無い二人の命が掛かっているとすれば、主計も立山も躊躇する事なく手放すはずである。

「これです。間違いはない」

山岡頭巾の男が割符を懐に仕舞い、椋梨に向かって頷いた。

「流石は閻羅遮。ちゃんと本物をお持ちしてくれたのですね」

「約束は守ったぜ。次はお前の番だ」

山岡頭巾の男が庫裏に消えると、椋梨は縫子に市丸を下ろせと命じた。

「では、まずは市丸様からです」

市丸が縫子の着物に縋りつき、身を固くしていた。泣いてはいないが、ただならぬ事態である事はわかっているのだろう。

「市丸、伯父様が遊んでくださるそうよ」

縫子が耳元でそう囁くと、一変して大楽の胸へ飛び込んできた。

「よく泣かなかった。流石は萩尾家の男だ」

大楽は市丸の頭をひと撫でしてやると、市丸が無邪気に笑った。

「さ、次は縫子だ」

「何を仰る。お返しするのは、市丸様だけですよ」

「椋梨、話が違うじゃねぇか。割符は二人の身柄《ガラ》と引き換えだったはずだぜ？」

すると、椋梨が噴き出して笑った。隣の日野原も肩を震わせている。

「大楽様、冗談言っちゃいけませんよ。割符は一つ、人質は二人ですよ」

「だから？」

「割符と引き換えたのは、市丸様です。ここで、縫子様も解き放てば、我々が損をするではございませぬか」

やはりな。大楽は、そう思った。これも想定の内だ。だから、当然覚悟もしていた。

「もう一つは俺の身柄《ガラ》だな？」

「ご名答。いやね、日野原さんは萩尾さんと立ち合いたいと言っているのですがね、ここは私の我儘を聞いてもらいましたよ」

日野原が、大楽に向かって肩を竦めて見せた。

「日野原さんのご厚意もありますし、きっちりと右腕の落とし前をつけさせてもらいますよ」

「わかった。今からそっちに行く。縫子を放せ」

と、月山堯顕を鞘ごと引き抜こうとした時、縫子が大楽の名を叫んだ。お義兄様ではなく、大楽様と。

「いけません。わたくしなんかの為に」

「お前の為だからだ、縫子」

大楽は一歩踏み出す。縫子の声。必死に拒絶している。

共に死のうとは、やはり、言葉にして言えなかった。お前は大事な弟の嫁。俺の家族なのだ。だから、何が何でも死なせない。

「貴様、何をする」

不意に、縫子が椋梨に組みついた。短筒を持った椋梨の左腕を、細い両手で押さえている。

「逃げて。大楽様。市丸と早く」

縺《もつ》れ合う二人。集まっていた手下たちが一斉に抜刀する。

大楽も月山堯顕に手が伸び、踏み出そうとした。が、それよりも早く、日野原の身体が躍っていた。

夕陽を反射した閃光。抜き打ちで、縫子の背中を斬り上げていた。

ゆっくりと崩れ落ちる縫子と目が合った。口は確かに、「逃げて」と動いていた。

「縫子」

大楽の咆哮《ほうこう》を掻き消すように、銃声が轟いた。

ひどく冷たいものが、身体を貫いた。硝煙の向こう側。椋梨が、短筒を構えていた。

「逃げるぞ」

大楽は市丸を抱え上げると、山門に向かって駆け出していた。


山を駆け下りていた。

右手には抜き放った月山堯顕。左手に市丸。

夕闇に覆われた山道は危ういが、気にせずひたすらに駆けた。

背後から、追っ手の声が迫っている。足を止めれば、すぐに追いつかれる距離だ。声の大きさでわかる。

息があがっていた。肺が破れそうだ。それに、腹に銃弾を受けているようだった。

駆けながら、手拭いを当てている。痛みは無いが、酷く熱かった。

しかし、市丸を無事に帰す事に比べたら、全て些末《さまつ》な事だ。

不意に、両脇から人影が現れた。黒装束が二人。椋梨の手下か。刃の光が、凶暴な獣の牙のように見えた。

大楽は市丸を力強く抱き、月山堯顕を振るいながら駆け抜けた。

血飛沫が舞った。一人は確実に斬った。しかし、相手の斬撃に対してはどうにも出来ず、左肩と右腿《みぎもも》の裏に傷を受けた。

それだけでなく、肩にも何か突き刺さっている。若干の痺れを感じているのは、毒が含まれているからだろう。抜きたいが、今はそんな余裕など無い。

地面が次第に柔らかくなって、それが完全に砂浜に変わり、山を抜けた。

北浦浜。そこでは浪人や渡世人たちが、ご丁寧に篝火を焚いて待ち構えていた。乗ってきた舟も、どこかに消えている。椋梨はどうしても俺を殺したいらしい。

「糞ったれめ」

大楽は、初めて足を止めた。口を大きく開けて息を整えるが、肺が上手く空気を吸い込めない。

「やれやれ」

椋梨と日野原が、手下を引き連れ山を降りてきた。それで、完全に前後を挟まれた格好になった。

椋梨は圧倒的な有利さを自覚しているからか、面白くて堪らないという表情をしている。日野原も、椋梨ほどではないにしろ余裕の表情だった。

「谷中の閻羅遮も、年貢《ねんぐ》の納め時ですかな」

「へん。誰がてめぇなんぞに」

「まぁ、そう言ってられるのも今の内です。何せ、こっちは三十はいるんですから」

大楽は抱いていた市丸を、下に降ろした。市丸は泣きもせず、顰《しか》めっ面のままだ。

「椋梨、一つだけ頼みがある」

するとと、椋梨は意外そうな顔をした。

「このまま見逃す、或いは市丸様は助ける、という頼み以外なら考えます」

「そんな事を頼みはしねぇよ。今から、死ぬまで暴れる準備をする。その間だけ待ってくれ」

「ほう。死ぬまで暴れる、ですか。あなたらしい。いいでしょう」

椋梨が手を上げると、手下たちの殺気が柔らかくなった。

大楽は、まず着ていた単衣を脱いで諸肌になった。傷は方々にあり、身体を赤く染めている。その上、毒の影響か痺れが肩から背中にかけて広がっている。

だが、今日ここで死ぬと腹を据えると、どれも掠り傷と思えるから不思議だった。

大楽は脱いだ単衣で市丸の身体を包むと、下げ緒で自分の懐に抱くようにして、身体に固く巻き付けた。

市丸が、下から大楽を見上げていた。大楽は、その額を指で一度撫でた。

軽く笑う市丸の表情は、主計にも縫子にも似ていた。

「市丸。俺はお前の親父もお袋も守れなかった糞野郎だ。だがお前だけは、このちんけな命に替えても守ってみせる」

大楽は右手だけで月山堯顕を持ち、もう片方で脇差を抜いた。脇差の銘《めい》は相州廣次《そうしゅうひろつぐ》。寺坂の遺品の中から勝手に失敬したものだった。

二刀に構えた。素足を砂浜に埋め、しっかりとその感触を確かめる。

砂浜で良かった、と大楽は思った。叔父の紹海が与えてくれた萩尾流は、足場の悪い場所でこそ、その真価を発揮するのだ。

大楽は腰を落とし、丹田《たんでん》に気を込めた。椋梨の笑みが、真顔に変わった。

「殺せ」

椋梨の一言で、手下が一斉に動き出した。前後から駆けてくる。

大楽は、左右の足の指で掴んだ砂を撒き散らしながら跳躍した。

月山堯顕と相州廣次。左右の刀を振り回しながら着地すると、目を押さえた男が二人、首筋から血煙を上げて倒れた。

伸びてくる斬光は、全て弾いて防いだ。防ぎ切れないものは、身体で受けた。ただ、市丸にだけは、寸分の傷も負わせない。

大楽は気勢を上げ、刀ごと敵の頭蓋を両断した。背後の気配に振り向き、相州廣次を突き刺す。その隙に背中を斬られたが、横薙ぎに一閃すると、浪人の髭面が宙に舞った。

腹の底から咆哮した。

敵の群れ。その奥に、椋梨と日野原がいた。殺す。それだけを一心に、斬り進んだ。斬る。突く。薙ぐ。払う。もう、自分がどう動いているかわからないほどだ。

意識がやけに遠くなる。呼吸も出来ない。随分と息をしていない気もする。そして、敵の動きもゆっくりに見えた。

死んでいるのか。生きているのか。それすらわからない。

ただ、そこにあるのは、主計と縫子への償い。そして、何が何でも市丸を連れて帰るという、固い意志だけだった。

大楽は、再び咆哮した。槍が来る。払ったが、足に受けた。螻蛄首《けらくび》を斬り払い、浪人の首筋に斬り下ろした。

主計。縫子。許してくれ。市丸は、必ず連れて帰る。だから、許してくれ。

遠くにいた日野原が、腰の一刀を抜き払った。

やっと動く気になったのか。椋梨に比べると、この男の方が厄介な相手だ。剣客としては、自分より上であろう。しかし、今の自分は違う。痺れはいつの間にか消え、身体が驚くほど軽いのだ。

「日野原」

叫んだ。足を踏み出す。

しかしその直後、身体を猛烈な勢いで引き倒された。

それと同時に、背後から男が猛然と駆け出していく。誰だ。そう思った。しかし、その後ろ姿には見覚えがあった。

「どうして、お前が」

起き上がりながら、大楽は喘ぐように言った。

日野原が、居合の型のまま駆け出す。そして跳んだ。男は日野原が宙で繰り出した猛烈な斬撃を躱すと、その首を一太刀で刎ね飛ばした。

男が振り返る。

ああ、この男なら日野原など歯牙にもかけないはずだ。

「萩尾の旦那」

男は、平岡九十郎。大楽が谷中に残してきた、萩尾道場の門人だった。


「役人が現れたぞ」

「斯摩藩が動きやがった」

海上に突如として現れた船団を見て、椋梨一党に動揺が走った。

渋川家の家紋、足利二つ引が染め抜かれた帆を広げた関船《せきぶね》が三隻。斯摩藩水軍である。

そして、松明《たいまつ》を掲げた無数の伝馬船《てんません》が浜に向かってくる。

「おのれ、裏切ったな」

椋梨が忌々し気に言い捨て、駆け去っていく。大楽は追う力もなく、伝馬船から駆け下りてくる男たちをただ眺めていた。

奈良原了介。亀井主水。小暮平吾。そして、長脇差《ながどす》を手にした、大江舷三郎が率いる漁師たち。

「あいつら」

不意に視点が一転し、崩れ落ちそうになった大楽を受け止めたのは、歯を剥き出して笑む畦利貞助だった。

四

目を覚ますと、全身が熱かった。

そして、疼《うず》く。この耐え難い痛みこそが、生きている、いや生き残ってしまったという証拠なのだと、大楽は思った。

市丸を懐に抱いて戦った辺りから、記憶がおぼろげだった。

乱戦の最中、自分がどう動いていたのか、よく覚えてはいない。ただ平岡が何故か現れ、自分を助けた事は強烈に覚えている。

尋常ではない痛み。熱さ。そして、喉の渇き。我が身を襲う状況に反して、寝かしつけられている部屋は静かだった。

姪浜の陣屋だろうか。陽の光が注ぐ、広い一間だ。人の気配は感じなかった。天井の染みにも、見覚えが無かった。

大楽は、首を僅かながら動かした。首から下は、サラシで簀巻きにされているようだった。手足の感覚はある。痛いが、両手両足の指まで動かす事が出来る。鉄砲の弾まで喰らって、まだ生きている事が不思議だった。

（命冥加《いのちみょうが》というもんだろうが……）

あの島で死んでいた方が、どれだけよかった事か。

この想いは、これからも続いていくのだろうと思うと、気持ちは沈んだ。

「大楽殿」

障子が開き、声がした。大楽は、一度溜息を吐く。ここが姫浜の陣屋で、この声の主は今一番顔を合わせたくない人のものだとわかったのだ。

「お目覚めですか？」

「継母上《ははうえ》」

尼姿の松寿院が、市丸の手を引いて枕元に座った。

「よくぞ、ご無事で戻ってくれました」

「俺だけが、生き残ってしまいましたよ」

「市丸もですよ、大楽殿」

松寿院の声色は、どこまでも穏やかだった。まるで、春の日差しのように、全てを包み込んでしまうような優しさがある。

「三日、眠っておりました。亀井が言うには、危うい所だったそうです」

亀井が救ってくれたのか。ぼんやりとした記憶だが、舟の中で亀井が必死に止血をしていたのを思い出した。

亀井は多才な男だ。萩尾家を支える家老でありながら荻生徂徠《おぎゅうそらい》の流れを組む儒学者、そして代々の医者でもある。

「それで、縫子は？」

その問いに、松寿院は静かに首を横に振った。

「自分を責めてはいけませんよ。人の生死《しょうじ》は運命《さだめ》なのです」

優し気な表情が、大楽の胸を締め付ける。

そんな顔をしないでくれよ。大楽は、そう言いたかった。あんたは、菩薩のような女じゃないだろう。

前妻の子として虐められもしたが、十三年という時がこの女を変えた。だから、そんな表情をされると、余計に泣けてくる。

「市丸」

大楽は、首を動かして松寿院の隣に座る市丸に目をやった。

怪我はなさそうだ。それだけが救いである。

大楽は、ゆっくりと手を伸ばす。市丸が弾かれたように、その手を取った。

「良い子だ」

小さな手に、大楽は市丸の確かな意思を感じた。いずれ市丸は、両親を失った経緯を知るだろう。その時、自分を憎んだとしても目を背けまいと、大楽は思った。

程なく松寿院と市丸に代わるようにして、亀井と甚左衛門が部屋に駆け込んできた。

少し遅れて平岡が姿を見せたが、影のように部屋の隅に控えた。

甚左衛門が涙目で、やかましく喚いている。大楽は苦笑して手で払うと、亀井が膝行《しっこう》して傍に来た。

「亀井、ありがとよ」

「何がでしょうか？」

「あの援軍は、お前の手筈だろう？」

死闘の最中、渋川家の家紋が染め抜かれた帆を持つ関船が出現した。それで敵は動揺し、大楽は生き延びる事が出来たのだ。

「あれは私ではございませぬ」

「では誰だ？」

考えられるのは、継母である。松寿院が尭春に掛け合ったのか。

しかし出てきた名前は驚くべきものだった。

「乃美様に教えられたのです」

「あいつが」

「詳しい事は教えてくれませんでしたが、乃美様が水軍が動いていると報せてくださいました」

江戸にいると思っていたが、いつの間にか帰国していたのだろう。どちらにしても、あの男に貸しを作ってしまった。

亀井の診察が始まった。傷を確認し、薬を塗布してサラシを替える。暫く熱は続くらしいが、その為の薬も亀井は持参していた。

「お前には、色んな顔があるな」

亀井の表情は、相変わらず変化が少ない。

「武士と学者、それに医者」

「元は町人でございました」

「そうだったな。士分を与えたのは、親父だった」

父の美作が、亀井の学識を見込んで家人として迎えたのだ。その時に、士分を与えている。

「その士分をお返しして、首を刎ねてもらおうと思っております」

「どうして?」

「奥方様を死なせてしまいました。このまま、家中に留まるわけにはいきませぬ。いや、生きている事さえ許されません。そんな私が切腹などおこがましい。斬首で結構です」

自らの命で償う。そんな事を言う時でも、亀井はまるで他人事のようだった。

「亀井、全ての責任は俺にあるんだよ。だから、お前が死ぬ事はねぇし、死ねば俺も腹を切らなきゃならねぇ」

「しかしながら」

「ならよ。このまま二人で、生き恥を晒すという拷問《ごうもん》を受けようじゃねぇか」

亀井の表情が少しだけ動いた。

「市丸が一人前になるまで、二人で支えるのさ。家人ども、いや斯摩藩内から色々と言われるかもしれねぇな。『主君を死なせて、のうのうと生きている恥晒し』ってよ。だが、それでも死なないのさ。市丸が立派な武士になるまでな」

亀井が下を向いた。そして、手拭いを目にやる。大楽は、慌てて視線を逸らした。男が泣く姿など、見たいものではない。

「無様に生きようじゃねぇか、なぁ亀井。死ぬより辛いかもしれんがな」

それから大楽は、弾正と舷三郎に礼を言って来いと命じ、部屋の隅に佇む平岡を一瞥した。

平岡と二人になった。

「まずは礼かな」

「いえ」

平岡は、冷たい目を伏せたまま呟いた。

「だが、どうしてお前が斯摩にいる?」

「俺がいたら、笹井がやりにくそうですからね。七尾も一端《いっぱし》の用心棒になりましたし」

「益屋にでも乗っ取られたか?」

大楽は、笹井に道場を任せて斯摩へ帰る際、淡雲に後見役を頼んでいた。淡雲は今回の騒動に乗じて影響力を強めている。萩尾道場も淡雲の影響下に入るのでは？　と考えてはいたが、弁蔵亡き今、他に頼る相手はいなかった。

「まぁ……。益屋の頼みで、仕事《ヤマ》を踏《ふ》んだりもしていますね。しかも、谷中の客より優先して」

「それはいかんな」

「ええ。あそこはもう、旦那の道場ではありませんね。それに寺坂さんもいねぇ道場に、俺がいる意味はねぇです」

「それで、筑前くんだりまでわざわざ」

「故郷を捨てた俺に、行くあてなんてありませんから。気が付けば、斯摩に来てたんです」

「嘘だな」

するると、平岡は軽く笑った。

「益屋と乃美さんの口利きはありましたよ。斯摩に行って、旦那を助けてやれと。斯摩に入ってからは、貞助という奴の世話になりました」

「そうか」

大楽は、視線を天井に戻した。流石に、身体が些か怠くなってきた。傷の疼きと、火《ほ》照《て》りも強い。

「悪いが、俺の下で働いてくれんか」

そう言って、大楽は目を閉じた。見てはいないが、平岡が頷いたような気がした。

五

目を覚まして三日後、平岡が来客を告げに現れた。

当初平岡は、宿場の旅籠に逗留していたが、今では陣屋に移っている。本人は固辞していたが、承諾させたのは意外にも松寿院だった。命の恩人を無下に扱えないと頼んだのだ。今では風体も整え、家人のように大楽に侍《はべ》っている。

「誰だ？」

「乃美さんですよ」

「何？」

大楽は思わず声を上げ、そして低い声で笑った。

「へぇ、面白い奴のご登場ってわけか」

「会いますか？」

「奴が来て、俺が会わないと思うか？」

平岡が軽く目を伏せて下がると、暫くして足音が二つ聞こえてきた。

「思ったより元気そうではないか」

乃美が部屋に入るなり、冷笑混じりに言い捨てた。

乃美に続いて、文六の姿もあった。文六は乃美が重用する足軽であるが、耳が聞こえないという障害を負っている。

大楽は乃美の言葉を無視して、文六に向かって片手を上げた。文六は恐縮し、部屋の外で待つと、乃美に手真似で告げた。

「割符を奪われたそうだな」

乃美が枕元に座るなりそう言うので、大楽は身を起こした。

「そうするしかなかったのさ」

「それについては、何も言う事は無い。もはや、割符一つで状況が激変するわけではないのだ」

大楽は頷いた。割符があったとしても、玄海党を壊滅させる決定的な手立てにはならない。抜け荷の現場を押さえるのが一番で、割符がなければ抜け荷の取引が行われないのだ。ともすると、割符を玄海党の手に戻す必要はあった。

「それにしても、一命を取りとめたと聞いた時は、心底驚いたよ」

「生きてちゃ悪いか？」

「いや、今死んでもらっては困る。お前は殿の用心棒として雇われているのだからな。確か、一日二分だったか。殿は毎日計算しておられる」

「律義な奴だぜ」

「殿が斯摩の全権を握るまでは死ぬなよ。その後は速やかに死ね」

「乃美、俺は何度も死に損なった男さ。そう簡単にはくたばらんよ」

「ふん。縫子殿の代わりに、お前が死ねば斯摩も静かになったろうに」

「死んだ方が良かったさ。いや、死にたかった」

「だが神仏はそれを望んでいない。お前はもっと苦しめと言っているのだろう」

平岡が、茶を運んできた。

乃美が平岡に目をくれる。平岡は何も言わず、茶と茶菓を出すと部屋の隅に控えた。

「平岡と水軍の件では世話になったな」

「平岡の件については、礼はいい。益屋の仕事をしやすくしてやっただけさ」

「そうか、お前たちは益屋と手を組んでいたな」

乃美が茶に手を伸ばした。平岡がいなくなれば、淡雲が完全に萩尾道場を支配出来るという事だったのだろう。

谷中と道場に未練が無いわけではない。しかし、今はそれどころではなかった。

それに全てが終わってから、淡雲から取り返せばいいだけの話である。

「斯摩藩の関船についてはどうなんだ。水軍を動かしたのはお前の策か？」

「それも貸しには出来ないな。水軍を出動させたのは、宍戸川なのだ。俺は亀井に水軍の存在を伝えたに過ぎん」

「何？　宍戸川だと」

「ああ、宍戸川がお前を救った。城中で奴に呼ばれて、『残島で萩尾家が窮地にある。水軍を向かわせたので上手く動かせ』と言われたのだ。何故、奴がお前を救おうと思ったのか、そこまでは知らん」

俺に貸しを作りたかったのか。考えてもわからない事だった。

仮に宍戸川が俺を助けたとしても、その部下である椋梨が割符を奪っている。その矛盾がどうしても理解出来ない。

「しかし、久々に斯摩に帰ってきたら、予想通りの事態で笑ったよ」

「そんな事より、どうして戻ってきたんだ。お前は若殿様の傅役《もりやく》じゃねぇのかよ」

大楽は多少の嫌味を込めて言ったが、乃美は表情一つ変えずに首を横に振った。

「江戸での仕事は全て終わったという事だ。殿が実権を掌握しておられる」

「功名を上げる機会がもう無いってわけか」

「そういう事だ。それに、斯摩には大将首が残っている。みすみす他人に獲らせる手はないからな」

「宍戸川か」

「その後の掃除もしなくてはならん」

「しかし、堯春がいるだろう？」

「それを含めての掃除だ」

それから乃美は、抜け荷の件に乗じて、堯春を隠居させて堯雄に家督を相続させるつもりだと語った。抜け荷という罪は、大名を一人黙らせるぐらいの力がある。

乃美がおもむろに立ち上がった。話したい事は終わったのだろう。

「それと、諸士監察方と手を組む事になった」

乃美が大楽を見下ろしながら言った。

「益屋の次は弾正の旦那か。若殿は八方美人が過ぎるぜ」

「嫌味を言われる筋合いはないな。そもそも、お前を諸士監察方に捻じ込んだのは、我が殿だ。手を組むのも、そうおかしな話ではない」

色んな謀略と打算が、糸のように絡んでいる。

大楽はその事に息苦しさすら覚えているが、終幕が近付いていると確かに感じていた。

「萩尾」

背を向けて部屋を出ようとした乃美が、背を向けたまま口を開いた。

「割符を手に入れた玄海党は、暫くは動かんはずだ。お前はまずは、傷を治す事に専念しろ。弟夫婦の仇討ちはその後でいいだろう」

「ほう、お前がそんな事を言うとはねぇ」

「言っただろう。今死んでもらっては困ると。その後は知らんがね」

「勝手にするさ」

乃美は振り向き、そして軽い溜息を漏らした。

六

潮風に、冬の香りがあった。

(もうそんな時期かね)

大楽は姪浜宿を出てすぐ西、海岸沿いに剥き出しになったままの元寇防塁《げんこうぼうるい》に腰掛けていた。

かつて鎌倉武士が元軍を撃退する為に築いた防塁も、風雨に晒され、今や荒れ果てた石積みと化している。

目の前には、博多浦。残島が呑気に浮かんでいて、左に視線を向ければ生の松原がある。その背後には、甚左衛門が住む長垂山も見えた。

四日前に床上げし、大楽は毎日ふらふらと出歩いていた。昨日は釣りをして、今日は甚左衛門が住む長垂山へ足を延ばした帰りだった。

供は、平岡一人だけだった。大楽は松寿院と甚左衛門の願いで仕方なく陣屋に居候しているのだが、自分の為に家人を割くつもりはない。

市丸の家督相続に関する沙汰は無いが、後見役が縫子から松寿院に代わっている。松寿院は大楽を推したが、玄海党との争いが決着するまでは止めた方がいいと亀井が反対し、大楽もそれに同意した。そもそも後見役なんぞなるつもりはない。

「玄海党が壊れる寸前ですぜ」

ふと、貞助の言葉を思い出した。

三日に一度は現れる貞助は、玄海党の荷を追っているが、それ以外の情報も届けてくれる。昨日は宍戸川と須崎屋の会合があり、今後の方針について決裂したとの報告があった。

玄海党は今、二つに分裂しつつある。抜け荷の為には無茶をも厭《いと》わないという須崎屋が率いる急進派と、何事も慎重に行動するべしという宍戸川の慎重派の二派。

どうも椋梨を動かしたのは急進派で、宍戸川はそれに反対という立場だったらしい。斯摩水軍を動かしたのも、急進派への抗議と牽制の意味があったのだろう。ただ、割符を手にした事もあってか、玄海党内の趨勢《すうせい》は圧倒的に急進派に傾いているそうだ。江戸での権藤と嘉穂屋の対立が、そのまま続いているという印象がある。

「旦那」

平岡が傍に近付き、声を上げた。元寇防塁は大人の背丈ほどの高さはある。

「どうしたんだい、平岡さんよ」

「松原の中から、誰かこっちに来ますよ」

「漁師か海女《あま》だろ」

この辺りには、小さい漁村がある。浜辺には小さい舟が幾つも並んでいて、支度や倉庫として使われる小屋もあった。

「なら、一々声を掛けませんよ」

大楽が平岡が示す方向に目を向けると、確かに松原から歩いてくる人影があった。

「武士だな、ありゃ」

砂浜を歩いてくる。塗笠を目深に被っている他は、羽織袴という真っ当な恰好をしていた。

大楽は防塁から飛び降りると、男が来るのを平岡と並んで待った。

「久し振りですな、萩尾殿」

男は足を止めると、塗笠の紐を解きながら言った。

「ほう、こいつは」

大楽は、思わず目を見開いていた。

目鼻立ちがすっきりとした顔立ち。男の太刀筋。そして、江戸で恩人や友の命を奪った事。瀧川藤兵衛という名。忘れられようはずがない。

「元気にしてたかい？　三保勘助」

大楽は、敢えて藤兵衛の偽名で呼んだ。

「あなたも人が悪い」

「わざわざ筑前まで俺を追ってくるお前さんも趣味が悪いぜ？」

「追ってはいませんよ。流れただけです」

「流れるなら、色々あるだろうよ。隠岐でも奥州でも唐天竺暹羅南蛮《からてんじくシャムロなんばん》でも」

「嘉穂屋殿と宍戸川様が昵懇《じっこん》でしてね。何かあれば、宍戸川様を頼れと言われていたのですよ。最初はそんなつもりはありませんでしたが、足が自然と向いたのです」

「神仏の思《おぼ》し召《め》しという奴かね」

「私は信じていませんよ」

「だが、俺ははっきりと感じるぜ。何せ、お前さんは俺にとっちゃ、佐多弁蔵や鍬太郎、それに弁蔵の可愛い子分たちの仇だからよ」

大楽が月山堯顕の重みを意識すると、平岡がスッと一歩前に出た。

「萩尾殿」

藤兵衛は、大楽たちの殺気を躱すように口を開いた。

「お気持ちはわかりますが、今日は宍戸川様の伝言を伝えに来ただけですので」

「伝言ねぇ」

大楽が警戒を解いたので、平岡も殺気を消して一歩下がった。

「ええ。世話になっている手前、何かせねばとお役を申し出たのです」

「それで、宍戸川の野郎は何て言ったんだい？」

「萩尾殿と会いたいとの事です」

大楽は、思わず平岡の顔を見た。平岡も珍しく驚いた表情を浮かべている。

「奴がどうして俺に？」

「さぁ、そこまでは。私は使者に過ぎませんので」

きな臭さは十分だった。玄海党が、急進派と慎重派の二つに割れようとする中、それも昨夜の会談が決裂した直後である。

まず浮かんだのは、宍戸川が己の命と立場を守る為に、自分と組んで須崎屋を倒すという絵図だった。

しかし宍戸川が、そんな陳腐《ちんぷ》な手を使うだろうか。宍戸川は主計を死に追いやった一人。決して許されないであろう事は、あの男自身もわかっているはずである。

「五日後。場所は姪浜陣屋で」

「ちょっと待て。宍戸川が直々に乗り込んでくるのか？」

「ええ。別の場所だと、萩尾殿は警戒するだろうと宍戸川様は仰っておりました」

狡猾で用心深い奸臣。それが、大楽が抱く宍戸川の印象だった。

わざわざ敵地へ乗り込む、そんな男とは思いもしなかった。

「それで、ご返事は？」

「……会うさ。あの男が侠気《おとこぎ》を見せたんだ」

「かたじけない」

藤兵衛が軽く目を伏せ、用件は済んだとばかりに立ち去ろうとした時、大楽が呼び止めた。

「お前さんとはいずれ決着をつけなきゃなんねぇ。それは忘れるなよ」

「やはりですか」

「言ったろ？　恩人と友人をお前に殺《や》られたって」

すると藤兵衛は小さく嘆息し、何も答えずに去っていった。

七

姪浜に戻ったのは、暮れ六つ（午後六時）の鐘が鳴った頃だった。

北風が吹く中、大楽の足は居酒屋が立ち並ぶ、新町《しんまち》の方へ向いていた。

「酒は傷に障りますよ」

並んで歩く平岡がぼそりと呟くと、大楽は鼻を鳴らした。

「お前さん、何だか寺坂に似てきたぜ」

「寺坂さんの役割を、少しは担おうかと思っています」

「帳簿でも付けるかい？」

「そっちの方はからっきしで」

「駄目じゃねぇか」

新町は、東の木戸門から入ってすぐにある。福岡から唐津街道を通って姪浜宿に入ると、まずは飲み屋に出迎えを受ける。そんな恰好だった。

日は暮れた。唐津街道筋には、赤提灯が煌々《こうこう》と灯されている。その中の一つ、『いそへい』と提灯に記された店を大楽は指差した。

「ご贔屓《ひいき》ってやつですか？」

「そんな感じでもねぇな。行ったのも一度きりだ。しかも不味い。愛想も無ぇし、酒は飲んでねぇからわからんが」

「そんな店にわざわざ……。本当に旦那は物好きだ」

確かにそうだろう。姪浜に帰って、初めて入った店。それ以上の理由は無い。

大楽は返事の代わりに苦笑いを浮かべ、いそへいの暖簾を潜った。

「邪魔するぜ」

大楽が片手を上げると、板場の主人と薹《とう》が立った女が目を丸くした。

「これは、これは。ようこそおいでくださいました」

「空いているかい？」

「ええ、ご覧の通り空いておりますよ。どうぞ、どうぞ」

「相変わらず、閑古鳥《かんこどり》を飼ってんだな」

確かに、客は少ない。これからが居酒屋が儲かる時間だというのに、客は野良着の百姓が一人だけだった。

主人は五十過ぎの小太りで、汗でてかった顔に媚びるような笑みを浮かべている。どうやら、あれから自分が萩尾家の放蕩息子だと知ったらしい。

「奥の小上がりを借りるぜ」

「へ、へぇ。旨いもんを今すぐ出しますんで」

「旨いもんって、この店にあるのかよ」

「こいつは手厳しいや。おい、梅っ。早く案内しろい」

梅と呼ばれた女は、以前見せた気怠さは微塵もなく、大楽と平岡を小上がりに案内した。

酒肴はすぐに出された。料理は鯔《ぼら》のあら煮だった。この時期の鯔は寒鯔と呼ばれ大変な美味であるのだが、ここの煮付けは塩っ辛く、旬の味を活かせていない。やはり料理はいまいちで、酒はまずまずという所だった。

「旦那は物好きだ」

「まぁ、いずれ俺がこの店を買い取って、流行りの居酒屋にしてやるさ」

「いずれですか」

平岡が徳利を差し出したので、大楽は猪口で受けた。甘党の平岡はちびりちびりと、舐めるように飲んでいる。

「旦那、訊きたい事があるんですがね」

「どうした、急に」

「この件が片付いたら、江戸へ戻りますか？」

そう訊いた平岡と、視線が合った。大楽は猪口を飲み干すと、軽く鼻の頭を指で掻く。

相変わらず、平岡は暗い眼をしている。何かと戦い、何かを諦めた眼だった。恐らく、自分も同じようなものなのだろう。

「気になるかい？」

「そりゃ、もう萩尾道場は旦那の道場じゃねぇですから。戻るってなると、益屋とやり合う事になります」

「どうだろうな。しかし、弁蔵さんに払っていた上納金《アガリ》を、益屋に納めなきゃならねぇのは間違いねぇな。業腹《ごうはら》だが」

「益屋は今、江戸で一番勢いがある武揚会の首領《おかしら》です。やり合うってなら俺は従いますが、まぁ死ぬ覚悟は必要でしょう」

「お前は反対ってわけだな」

「谷中の衆には申し訳ねぇですが、そこまでやる義理はねぇと俺は思います。それよりも、旦那は姪浜で御家と市丸様を守るべきと思います」

大楽は寒鰡に箸を伸ばし、酒で流し込んだ。

「何なら俺と二人で、姪浜に萩尾道場を開くってのはどうでしょう。そして、ゆくゆくは斯摩の城下にも」

もう一度、か。口の中で呟くと、寺坂の渋い顔が脳裏に浮かんだ。

江戸で知り合い、浪人として江戸で生きていくいろはを叩き込んでくれた。道場主の自分を立ててくれ、何かあれば一番に駆けつけてくれる。兄のような存在でもあった。

「そうさな」

もう一度、萩尾道場を開く。そして、市丸を守る。それは名案かもしれない。

そんな事を考えていると、表が俄かに騒がしくなった。主人と梅の声が聞こえる。

「よう」

派手な紙子羽織を肩で羽織った大男が、のそっと座敷に顔を出した。潮焼けした野太い顔。大江舷三郎だった。

「まぁた、こんな所で飲んでんのか。もっと旨い店があるのによ」

「死にぞこないにゃちょうどいいのさ」

「死にぞこない？　その割にゃ元気そうだがね」

そう言うと、舷三郎は小上がりに腰掛けた。すかさず大楽は徳利を差し出したが、舷三郎は首を横に振った。

　平岡は、スッと身を引いて控えるように座っている。こうした影のように動く様は、流石というほど隙が無い。

「お陰様でな。そういや、あんたにゃ直接礼を言ってなかった」

　大楽が居住まいを正して頭を下げようとすると、舩三郎は慌てて大楽を押し止めた。

「大楽さん、とんでもねぇ事だ。頭を上げてくれよ」

「お前さんと漁師衆には、本当に助かったよ。殆ど覚えてはいねぇがな」

「俺は亀井さんの話を聞いて、あんたを死なせちゃなんねぇって思っただけさ」

「その気持ちはありがてぇな。俺を嫌いだと公言してたお前さんに、そう思われるのは正直嬉しいもんがある。だが、一つ気に食わねぇ事があるんだがな。どうして亀井にゃ『さん』付けで、俺は『あんた』呼ばわりなんだ？」

「俺に『大楽様』と呼ばれたいなら、いつでも呼んでやるぜ」

「いや、そいつはお断りしたいな」

　友達と呼べる男からは、殿だの大楽様だのと呼ばれたくなかった。

　死んだ寺坂がそうだし、平岡もそうだ。そして、命を救ってくれた舩三郎もそうした存在になりつつある。

「嫌いだったよ」

　と、舩三郎はおもむろに立ち上がって言った。

「だが、変わった。大楽さんのやりようを、俺なりに見ていた。調べもしたよ、何と喧嘩しているのかもね。それでわかったんだ。あんたは命を賭して、大切な物を守ろうとしているとな」

「そんなご大層な覚悟でもねぇよ」

御家の為でも領民の為でもない。ただ主計の無念を晴らし、市丸に家督を相続させ縫子を安心させる。それだけに過ぎない覚悟だった。

「ところでだ。大楽さん、明日は暇かい？」

「何だよ藪《やぶ》から棒に、一緒に釣りでも行こうってかい？」

「それもいいがね。親父が、あんたに会いたいらしくてね」

「ほう、そいつはまた」

舷三郎の父、繁治は姪浜の網元で、早良郡沿岸に強い影響力を持つ。いわば、漁師の首領《おかしら》だった。

黒々とした、立派な長屋門だった。

網屋町竜神宮の傍にある、大江家の屋敷。大楽は平岡だけを伴い、舷三郎の父、繁治を訪ねていた。

「萩尾様」

大楽たちに気付いたのか、門扉の脇門が開いて若い男が二人駆け出てきた。二人共、赤く焼けた上に強面《こわもて》だった。

「舩三郎に呼ばれて来た。親爺《オヤジ》が俺に会いたいんだとさ」

「へぇい。少々お待ちを」

二人が、再び駆け込んで行く。それを見た大楽は苦笑して、平岡と目を見合わせた。

「やはり、やくざ者《もん》だ」

平岡の一言に大楽は頷いた。大江家は漁師であるが、若い衆を何人か抱えてもいる。漁という仕事は、漁場を巡る争いが起こるし、何より気の荒い漁師を統べるには、腕力と度胸が不可欠なのだ。舐められない為にも、若い衆を従えて力を誇示しているのだろう。

「おう、大楽さん。ちゃんと来てくれたんだな」

表門が開くと、舩三郎が立っていた。

「俺は約束は守る男さ。なるべくだがね」

「へへ、申し訳ねぇな。平岡さんまで悪いね」

舩三郎がそう言うと、平岡は軽く頷いた。

平岡は舩三郎に対して、警戒の色を見せない。残島で共に戦ったという仲間意識があるのだろう。大楽が寝込んでいる間、二人で飲みに行った事もあるそうだ。

「それで、親爺さんは？」

「勿論いるぜ。案内するよ」

舩三郎は、大楽と平岡にも目をくれ中に入るように促した。

邸内は広かった。しかし、金持ち特有の華美さは微塵も無かった。どちらかと言うと雑然と物が散乱していて、庭では手下の漁師たちが網を修繕していた。

確かにここで人が生きている。そう思わせる感じが、好ましいとさえ思えるほどだった。

平岡は控えの間を与えられ、大楽のみが広間に通された。

この部屋が、客間なのだろう。床の間には、名前も知らない花が活けられ、竹林と月を描いた水墨画の掛け軸が飾られている。この屋敷で初めて見た、高級品のような気がする。

「親父、連れてきたぜ」

そこでは、赤銅色《しゃくどう》に潮焼けをした男が、座して待っていた。禿げあがった頭に、太い眉と四角の顔は如何にも頑固一徹《がんこいってつ》という印象がある。舩三郎は話に加わらないのか、そのまま去っていった。

「これはこれは、大楽様。お久し振りでございます」

繁治が外見の印象にそぐわないほどの笑みを浮かべ、大楽を迎え入れた。ただ声は海の男らしく、潮嗄れ声だった。

「お、おう」

流石の大楽も、気難しい男の破顔に虚を突かれた格好だった。こうした会談は、雰囲気に呑まれた方が負けるものだ。大楽は丹田に力を込めて、繁治の前に腰を下ろした。

「それに、わざわざお越しいただいて」

「てめぇが呼び出したんだろうに」

瀬踏みのつもりで、無礼な物言いをしてみた。繁治は、短気な男だとして有名だった。一度怒り出したら武士にも食って掛かるほどで、『癇癪餓鬼《かんしゃくがき》』と渾名されている。

「いやはや、面目ない。お呼び立てするのは無礼だと思ったのですが」

繁治は笑顔を崩さなかった。やはり、この男は変わったのだろうか。

「大楽様の事は、愚息を通じて聞き及んでおります」

「それで、用件は？」

「玄海党を倒す、その手助けをいたしたいのです」

大楽は間を取るつもりで、出されていた茶に手を伸ばした。繁治の視線は、じっと大楽に向いている。

「舷三郎には、残島で救われている。今更な気がするが」

「あれは倅《せがれ》が勝手にした事。今回の申し出は、大江家が総力を上げて、大楽様に合力すると思っていただきたく」

強い影響力を持つ大江家が味方につくのは、願ってもない事だった。

しかし、それを信じるほどの素直さは消え失せていた。考え過ぎかもしれないが、大楽を救った舷三郎の赦免《しゃめん》を条件に、繁治が玄海党の為に働いているという可能性はある。

「理由を聞きたいね」

敵は玄海党。突き詰めれば、斯摩藩主、渋川堯春でもある。敗北は死、そして滅びに直結している。

「あなた様に惚れた。それだけです」

繁治の眼光が鋭くなり、伝わる圧力も強いものに変わった。これが痢癘餓鬼と呼ばれた、本来の繁治なのだ。

「『惚れた』か……。流石は網元さんだ。殺し文句を知ってやがる」

「正直、馬鹿な小僧と思っておりましたが……。大楽様の言葉や行動に、嘘は無いと感じ入りました」

「痢癘餓鬼に褒められるったぁ、尻の穴がむず痒いね」

「汚ねぇ言葉を使うんじゃねぇや。仮にも神君の血筋だろうが」

繁治が口調を一変させて怒鳴った。それが妙に懐かしい。やはり、繁治には商人のような言葉遣いは似合わない。

「へへ。申し訳ねぇです」

繁治は、はっとしたように口調を戻して笑う。しかし大楽は、そのままの言葉でいいと告げた。今は一介の素浪人なのだ。

「だが、どうして玄海党と戦おうって決めたんだい？」

「仇でございますからね。抜け荷を目撃した漁師は、襲われて海に沈められております。しかも、連中は海賊紛いの事まで」

「へぇ、海賊ねぇ」

「船戦の調練なんでしょう。年に一度か二度、船が忽然《こつぜん》と消える。探りを入れると、どうやら久松屋が動いているようで」

「そこまで調べがついているのに、お上は動かねぇのかい？」

「それは大楽様が一番知っていると思いますが」

大楽は深く頷いた。安易に訴え出れば逆に身が危うくなるし、むしろ繁治や舷三郎が海賊だと罪を着せられる可能性もある。

「この海が静かになるのなら、船も人も銭もお出しします」

「船もか」

「船がないと聞きましたのでな。私には、道楽のために買った弁才船が一艘ございます。冬の荒海でも十分に耐えられます」

「嬉しいねぇ。しかし、玄海党を敵に回すって事は、全てを失う可能性もあるぜ」

「構いません。倅のせいで、既に敵と見られておりますし。だから、この勝負には絶対に勝ってくだされ。勝てば姪浜の漁師が、博多浦や玄界灘で大きな顔を出来ますから」

繁治の顔が笑む。打算がある。それでこそ、信用も出来るというものだ。

「つまりは、お前は博打で俺に賭けたわけか」

「全財産と命を」

八

大楽の前に現れた宍戸川は、ハッとするぐらい老け込んでいた。

頬は削げて目は窪み、頭髪は総白髪だった。歳は六十手前のはずだが、到底そうは見えない。疲れ切った顔をしていた。

陣屋の庭。小さな池の傍にある東屋《あずまや》である。そこには一脚の長椅子が置かれていて、大楽は宍戸川と並んで火鉢の前に腰掛けていた。

二人きりだ。平岡と藤兵衛が控えてはいるが、東屋からはかなり離れている。

母屋ではなく野外での会談。密室を避けたのは、相手への配慮だった。そして一人で乗り込んだ宍戸川への礼儀でもある。

「まずは、礼を言うべきだろうな」

先に口を開いたのは大楽だった。

「何の事だ?」

「残島の一件だ。お前が水軍を動かしてくれた。それだけじゃねぇが、俺は命拾いをした」

「気にするな。儂はただ、藩内の騒擾《そうじょう》を見過ごせなかっただけだ」

「そういう事にしといてやろうか」

「ふん」

宍戸川は火鉢に手を翳し、しきりに揉みだした。

「まさか、真冬だというのに庭に案内するとは。やはり、お前は何を考えているのかわからん」

「椋梨を動かしたのはお前か？」

大楽は、宍戸川の言葉を無視して訊いた。何を話すにしろ、まず確認しなければならない事だったのだ。

「結果的に縫子殿を死なせたのは儂なのか？　と訊きたいのだな」

「そうだ」

「ならば、違うと言おう。当初は、子供を攫ってお前をおびき寄せる企みだった」

「子供……」

「誰でもよかった。姪浜の子供を二人か三人攫えば、お前は出てくるとの算段だった」

「つまり、縫子や市丸を攫ったのは椋梨の独断だったという事だな？」

宍戸川が、少し考えて首肯した。

「では、どうしてこの時期に二人を呼び出した？」

「市丸様に家督相続の許可を与える為だった。いつまでも、渋川家の藩屏《はんぺい》たる萩尾家の当主を決めぬわけにはいくまい。それに使番だった吉松小十郎は、儂が下女に産ませた子だ。我が子を襲わせる親などおるまいよ」

宍戸川が、ぽつりと告げた。大楽は大きく息を吐き、腕を組んだ。

最後まで駕籠を守って戦い、最後はめった刺しになって闘死したという吉松が、宍戸川の子だとは知らなかった。

もしこの話が本当なら、椋梨は宍戸川にとって仇になる。水軍を動かして邪魔をしたというのも頷けるし、そんな事をした宍戸川と須崎屋の関係が決裂したというのも理解出来る。

「椋梨の身柄は追っている。恐らく、須崎屋の所だろう。加担した破落戸共は、数名捕縛して首を順次刎《は》ねる」

「玄海党が完全に仲違いか。お前、狙われるぜ？」

「その為に、藤兵衛がいる」

なるほど。大楽は内心で頷いた。藤兵衛には、萩尾道場が用心棒としてのお墨付きを与えている。あの男がいれば、どんな刺客も返り討ちに出来るはずだ。

「それに玄海党である事より、斯摩藩首席家老である事を優先したまでだ。しかしながら、縫子殿を死なせた事には変わらん。それについては、謝罪する」

宍戸川が頭を下げる。大楽は返事の代わりに、鼻を鳴らした。

「詫びのつもりではないが、市丸様の家督相続を認めよう。知行もそのままだ。これは、お殿様も承知の事である」

「礼は言わねぇぜ」

「無論だ。言われる筋合いもない」

「恩とも思わねぇ。でなきゃ、俺はお前を潰せなくなる」

「それでいい。儂を潰すのはお前の役目だ」

そう言われ、大楽は思わず宍戸川に視線を向けた。皺が深く、細面の顔立ち。蛇や狐を想起させる。この顔で、長く斯摩を睨んできたのだろう。

「何と言った?」

「儂と玄海党を、お前の手で潰してくれ。徹底的にだ。それで、藩政を改める事が出来よう」

「斯摩の藩政を牛耳り、多くの政敵を葬ってきたお前さんでも、老いれば弱気になるのかよ」

「御家の財政を立て直す為に、手を出したのが抜け荷だった。我が国の刀剣や調度品、俵物、そして阿芙蓉などを売る事で莫大な利を挙げ、今はもうその役割を終えたと言っていい。しかし欲に駆られた者は、足るを知らん。お殿様も須崎屋も嘉穂屋も、他の連中もな」

話を聞きながら、大楽は懐から煙管《きせる》を取り出していた。吸いはせず、掌中で弄ぶだけだった。

「御家の為か。笑わせる。抜け荷の利は、お前の懐にも入れてたんだろ?」

「いっぺんに藩庫に収めれば、そこから足が付く。だから、儂が預かっておき、少しずつ移す予定だったのだ。事実、喜多村源内が抜け荷の存在に気付いたのも、不審な出納からだった。勿論、儂も人間だ。私腹を肥やしていないと言えば嘘になるがな」

宍戸川が遠い目をしていた。そこには、かつて大楽に見せた、斯摩藩十万石の宰相たる、余裕や風格というものは無い。

老いさらばえた男が一人、初冬の風に吹かれているだけだった。

「儂は己の役目を全うしようと努めてきたが、些か任が長過ぎた。飽いたのだろうと思う。政事というものに」

まさか、宍戸川がそんな弱音を吐くとは。大楽は、煙管《きせる》の木目に目を落としたまま、次の言葉を待った。

「師走の十日。或いは、十一日の媛女島だ。いいな」

宍戸川がそう言って立ち上がり、藤兵衛の方に向かっていく。

「おい、待て。それは」

鄭行龍との取引が行われる場所と日付。それ以外に考えられない。

「儂を倒した後、お殿様は隠居し若殿の親政となろう。だが、御家や領民にとって、藩主親政は毒に過ぎん。その事だけは、努々《ゆめゆめ》忘れるなよ」

第七章　欲望の海

一

昼餉《ひるげ》は雑炊《ぞうすい》だった。

具は卵と薄切りの大根で、味付けは塩と醤油だけの簡単なものだ。

博多店屋町にある、須崎屋の本宅である。その離れの一間で、須崎屋六右衛門は土鍋に用意されていた雑炊を、自らの猫舌を気にしながら匙で啜っていた。

これに酒があれば最高だが、まだ片付けなければならない仕事があり、酔いの中に漂うにはまだ陽が高い。

食事は、妻の世登《せと》が拵えたものだ。屋敷にいる時、六右衛門の食事は全て世登が用意していて、奉公人に任せる事は殆どない。

その事に、大した理由は無かった。毒を避ける為だとか噂する連中もいるが、本当は違う。ただ世登が自分以外の女に用意させる事を嫌がるのと、その料理が誰よりも旨いので、六右衛門はそのままにしているだけなのだ。そんな生活が、三十年以上も続いている。

昨夜から、急に寒くなった気がする。今も、北風が障子戸を揺らしているほどだ。綿入れを着込み、火鉢を傍に置くようになったのは今朝からだった。

世登が昼餉を雑炊にしてくれたのは、こうした寒さを鑑みたからだろう。

出来た女房だとは思う。商売も回せるし、家の中の事にも目を行き届かせている。三人の子供も、稼業に入れ込む六右衛門の手を借りず、殆ど一人で立派に育てあげた。

雑炊を食べ終えた六右衛門は、桐の小箱を手にのっそりと立ち上がると、障子戸を開けて縁側に腰掛けた。

（そろそろかねぇ）

空を、低く灰色の雲が覆っていた。筑前に雪が降るのも、そう遠くは無いはずだ。しかし、それは玄界灘が荒れるという意味でもある。

また風が吹き、庭の柿の木を揺らした。葉は殆どが枯れ落ち、鶫《つぐみ》や鵯《ひよどり》に食い散らかされた柿の実が僅かに残っているだけだった。

六右衛門は小箱を開けると、中から葉巻を一本だけ取り出した。

この異国の煙草は、鄭行龍との取引で購入したものだった。唐土の海商である鄭行龍は、日本だけでなく数多くの国々と取引をしている。何度か話した事があるが、阿蘭陀や西班牙《スペイン》・英吉利《イギリス》だけでなく、耳にもした事の無い国の名前が多く出ていた。この葉巻という煙草も、そうした国から購《あがな》ったものだろう。

六右衛門は葉巻を鼻に当てて香りを嗅ぐと、慣れた手付きで吸い口を小刀で切り落とし、火鉢の炭に先端を押し付けた。

じっくりと、舐めるように火を着ける。香りを含んだ煙が、ゆっくりと立ちのぼった。

この瞬間が堪らない。

葉巻を嗜《たしな》むようになったのは、最近になってからだった。日本の煙草にはない、深い香りと味わいが癖になった。ただ、この香りが強烈なので、世登には離れの居室以外で吸う事を禁じられているし、吸った後は店にも近付いてはならない。

（海賊だった俺が、太物屋の主人とは笑わせる……）

葉巻の濃い煙の中を漂うように、六右衛門はかつての自分を思い出していた。

生まれは唐津。父は船積問屋・浜玉屋《はまたまや》に雇われた船頭だった。

九歳の時、憧れだった父が海に出たまま帰ってこなかった。それからの生活は、今思い出しても酷いものだった。母は生活の為に身を売るほどで、貧困という塗炭《とたん》の苦しみを味わった。

自然と荒れた。喧嘩に明け暮れ、盗みを繰り返した。理不尽な運命への憎悪と鬱憤がそうさせたのだ。

気が付けば、友達と呼べる者は、一人もいなくなっていた。

そんな六右衛門に声を掛けたのが、父が奉公していた浜玉屋の主人だった。

「父親のような、船乗りにならないかね？」

母は反対したが、六右衛門に断る理由は何も無かった。

父に憧れていた。父のような船乗りになりたかったのだ。銭を稼げば、反対した母も許してくれるだろうと思ったが、その翌年に母は病で死んだ。

天涯孤独《てんがいこどく》となった十二歳の夏に、六右衛門は飯炊きや雑務を行う、炊《かしき》として海に出た。厳しい下積みに耐え、十四歳で水主になる事を許され、その三年後に度胸を買われて海賊船に回された。

浜玉屋は、裏で海賊をしていたのだ。その時に、父も海賊働きをしていて、商船を襲った折に海に落ちて死んだと知らされた。

二十三で、海賊船を任されるようになった。その頃に浜玉屋が商売敵に闇討ちされ、それを機に六右衛門は海賊として独立した。

船団を組み、朝鮮近海や玄界灘で暴れ回った。朝鮮や日本の船だけでなく、時には南蛮の船も襲った。『海賊大将』とも呼ばれたが、三十を前にしてきっぱりと足を洗った。

理由は、博多で出会った女に惚れたからだった。

それが、世登だった。博多の太物問屋、須崎屋の娘に、六右衛門は心底惚れた。まるで白百合のような、可憐な女だったのだ。海賊働きでため込んだ持参金で、偽りの身分をでっち上げて婿養子に入った。自分が海賊だったという事は、世登は今も知らないはずだ。そして、六右衛門と名乗り出したのも、この頃だった。

商人として必死に働き、斯摩藩の御用商人になるまで須崎屋の身代を大きくした。

商売は面白い。しかし、死を感じるような刺激はなく、物足りないという思いもあった。そんな時に、六右衛門の経歴を調べ上げた宍戸川が、鄭行龍との抜け荷を持ち掛けてきたのだった。

六右衛門は、これだと思い飛びついた。生きていると実感が出来る、刺激。ただ、それは公儀のご定法を破る禁忌だった。

玄海党は、宍戸川と共に作り上げた作品だった。入念に調査した上で厳選した商人を仲間に引き込み、海賊時代の子分たちも呼び寄せた。それらは今は久松屋に預け、反対勢力や抜け荷を目撃した船の始末をさせている。

「ここらが潮時ってやつか」

煙を吐いた六右衛門は、一人呟いた。

そして、椋梨が大楽から奪い取った割符を懐から取り出し、暫く掌中で弄んだ。

小さな、将棋の駒のような割符。これを奪い合って、江戸と筑前で多くの血が流れている。

愚かしい事だが、この割符が万金を生む。

しかし愚かと思っても、それが銭に繋がるのなら何でもやってきた。賭けのような勝負の連続。その全てに勝利し生き延びてきた。

それなのに、今の窮地は何なのだろうか？　いや、理由は痛いほどわかっている。

鈍くなったのだ。全てにおいて、衰えている。

原因は、老いだけではない。賭けに勝利し続けてきた慢心が、一番の原因だろう。その結果が、玄海党の今の窮地だった。

一橋家から養子に入った堯雄が抜け荷を嗅ぎつけ、田沼意次も動き出した。萩尾主計については、自業自得としか思っていない。あの男は青過ぎた。

一方の江戸では、盟友と呼ぶべき嘉穂屋宗右衛門が潰された。武揚会という江戸の裏を統べる首領《おかしら》衆の中でも抜きん出た存在だった嘉穂屋は、買収していたはずの南町奉行所という飼い犬に手を噛まれて滅んでいる。

見事な裏切り。江戸からの報告書を読む限りでは、そうとしか言いようがなかった。

阿芙蓉を扱い、京の公家や江戸の大奥へ流して巨利を得ていた嘉穂屋も、賭けに勝利し続けた事で危険への嗅覚が鈍ったのだ。

程々で止める。それが出来なかった事が、衰えなのだ。かつての自分なら、ある程度稼いだところで抜け荷自体から手を引いていたはずだった。

嗅覚。そして、機を見る眼。勝負所を見極める感覚が鈍ってしまった。

宍戸川はどうだろうか？　ふと、六右衛門は仲違《なかたが》いした元同志の顔を思い浮かべた。

あの男は、鈍くなったというより、諦めたのではないか。或いは、燃え尽きたのだろうと、六右衛門は感じていた。

いつからそうなってしまったのか。恐らく、権藤の失踪を知ってからだろう。妙に守りに入るような動きをするようになり、先日の会談で完全に決裂してしまった。

腹立たしい事だが、宍戸川の心情は理解出来る。

あの男は、武士なのだ。どこまでも、忠義という言葉が付いて回る。そもそも抜け荷に手を染めたのも、藩の財政を立て直す為だった。

利を第一に考える、自分たちとは決定的に違う。そして、土地に縛られているので、自由に逃げる事も出来ない。

だから諦めたのか？　それどころか、先日は大楽と二人で会っている。何を話したのか六右衛門は掴んではいないが、寝返った可能性もある。それについて調べさせようとしたが、瀧川藤兵衛という男の警戒が厳しくて、宍戸川に近付く事も出来ない。

「父上」

声がした。葉巻の煙を吐きながら振り向くと、亀松《かめまつ》が部屋の外で控えていた。

「亀松か、どうした？」

「ご報告がございます」

「そうか。入れ」

亀松は、六右衛門の跡取り息子だ。今年で二十六になり、既に二人の娘の父親である。親の贔屓目かもしれないが、そこらの二代目に比べたら中々の肝を持つ出来た男に育ってくれた。外見こそ優男だが、自ら手を汚す事も厭わない。故に最近では、商売だけでなく玄海党の事もある程度は任せている。

「また、葉巻ですか」

六右衛門のすぐ後ろに座るなり、亀松が呆れたように言った。

六右衛門は亀松を見ずとも、今どんな表情をしているのかわかっていた。恐らく、眉を寄せて顔を顰めているはずだ。鼻を摘まんでいるかもしれない。

亀松は世登同様に、葉巻が好きではない。いや、この国に葉巻が好きな者などそうそういようはずもないのだ。

「それで報告というのは？」

「呼子《よぶこ》からの連絡です」

とすると、鄭行龍に関わる事だろう。呼子には玄海党に組している網元がいて、鄭の動きを報告する役目を与えていた。

「鄭の船団が、五島《ごとう》を発ったようです」

「そうか。いよいよ来るか」

亀松は頷いた。

「予定だと、十二日になりそうですが、向こうの連絡待ちです」

「明日ぐらいには、加唐島《かからしま》に入るだろうな」

加唐島は、玄界灘に浮かぶ唐津藩領の島で、鄭行龍は取引の際に立ち寄る事が多い。何でも、愛妻がこの島の生まれだというのだ。六右衛門も銭を使って島の有力者を抱え込み、島全体を協力者に仕立て上げていた。

「宍戸川は知っているのか？」

「知らないはずです。まず我々に報せたと言っていたので」

「では、報せてやれ」

「よいのですか？」

六右衛門は表情を曇らせた。

「よいとは？」

「いえ……。父上は先日の会談で、宍戸川様と仲違いしたと聞いたもので」

「構わん。報せてやれ。どうせ、奴は海に出ないのだ」

「父上がそう仰るのであれば」

亀松は、宍戸川の不穏な動きには敏感で、裏切ったと考えた上で動いている。こうした反応も無理はないが、今更裏切ってもというところはある。玄海党の終幕は近いのだ。

「玄海党は奴と儂で作ったようなものだ。最後まで一緒にするさ」

これが最後の取引になる。その予感はしていた。

だが、だからと言って宍戸川のように、滅びの時を大人しく待つような真似はしない。最後まで足掻く。それが海賊の生き方なのだ。

「亀松。儂はこの国を捨てるぞ」

「決められましたか」

亀松は驚かなかった。今回の取引を最後に、国を出る。そして大陸で商売をするという計画は、前々から息子だけには話していた事だった。

このまま日本にいても、最後は滅びしか待ってはいない。それは亀松も同意見だった。

「ああ、腹を括った。今回の取引で得たものを銭に替えてから、国を出る。お前は母上を連れて、一足早く平戸《ひらど》へ行ってくれ。それから五島、そして高山国に渡って、俺が来るのを待つんだ」

亀松が去ると、六右衛門は吸い掛けの葉巻を再び手に取り、一口だけ吸った。

この国では、葉巻一本すら正規に手に入れる事が出来ない。だが、海を渡れば違う。今までに見た事もないような物と人が待っている。

それを考えると、六右衛門の胸は躍る。俺のような男には、この国は狭すぎるのだ。

二

大楽は、姪浜陣屋の居室に籠っていた。

一人、床の間の柱に寄りかかり、腕を組んでいた。傍には、煙草盆と愛用の煙管《きせる》。そして、月山堯顕が無造作に置かれている。

沸き立つ血を、必死に抑える。その為の時間だった。

筑前各所で隠匿《いんとく》されている玄海党の荷が動き出したと、貞助が報告してきたのは昨夜の事だ。国外に売り出す刀剣や工芸品、書画、地図、俵物の類《たぐい》である。また伊頭屋からも、内通者に須崎屋からの招集があったと伝えられた。

宍戸川が、鄭行龍との取引は師走の十日か十一日と言っていた。そして今日は、十日。

宍戸川の話が本当なら、今夜には動き出す。大楽はそのつもりで、繁治や舩三郎、弾正、伊頭屋を交えて準備を進めていた。

もうすぐ、全てが終わる。そんな予感があった。

思い出す事も多いが、感慨に浸る段階ではない。主計の無念を晴らす為には、抜け荷の現場を押さえる必要がある。当然、死闘が待っているはずだ。

陣屋が騒がしくなったのは、陽が傾きだした頃だった。

複数の足音。部屋に飛び込んできたのは、舩三郎と貞助、そして宇治原《うじはら》だった。やや遅れて、甚左衛門・亀井・小暮・平岡が続いている。

「よう、皆さんお揃いで。俺のご機嫌伺いかい?」

「冗談を言っている場合じゃねぇや。博多浦沿いの湊から、次々に弁才船が出航してやがる」

言ったのは舩三郎だった。舩三郎は、博多浦で操業している子分の漁師に命じて、怪しい商船の監視をさせていた。この情報も、漁師からのものらしい。

「今から海で起こる事について、福岡城は動かぬよう蜂屋様が手配をしております」

宇治原は、助っ人として弾正に遣わされていた。剣は無外流を学んでいて、その腕前は残島で六人を斬り倒し、更に三人を生け捕りにしたほどだ。

「さては、福岡城代に伊能の事を告げやしたね?」

貞助の一言に、宇治原が口許を緩めた。ご名答と言いたげな表情だった。

博多奉行の伊能但見が玄海党の一員だったと田沼意次が知れば、福岡城代の丹羽備後守の立場も危うくなる。勿論、この事は意次に報告するが、弾正の口添え次第では罷免が譴責《けんせき》で済む可能性が高い。弾正は、そこを突いたのだろう。

「何があっても、福岡城は動きません。ですから、存分に暴れる事が出来ます」

「いいねぇ、宇治原さんよ。俺は侍じゃねぇが、武者震いがしてきたぜ」

舩三郎の言葉に、亀井が呆れた様子で頭《かぶり》を振った。

「甚左」

そんな面々を見つつ、大楽は名前を呼んだ。

「悪いがお前さんは居残りだ。怪我人が出るかもしれねぇんで、亀井を連れて行かなきゃなんねぇ。お前さんには、不在の間の陣屋を頼む」

「かしこまりました。ですが、お見送りはいたしますよ」

「勝手にしろ。小暮は、繁治の親爺の所に詰めてくれ。俺らが出航した後の海の動きは、繁治さんに任せている。お前はその補佐だ」

小暮がホッとした表情で平伏した。小暮は、斬り合いのような荒事には向いていない。

「うちの親父を頼むよ」

舩三郎が小暮の肩をドッと叩いた。そんな彼に、大楽は尋ねる。

「早船の。俺たちの船はどうなんだ？」

「準備は万全だ。湊で首を長くして待っているぜ」

乗り込む船は、大江家が所有する『愛宕丸《あたごまる》』という弁才船だ。繁治が道楽で買った船で、漁ではなく船旅をして楽しんでいるという。

「じゃ、ぼちぼち行くか」

大楽は月山堯顕と、煙管《きせる》に手を伸ばして立ち上がった。

「お前たちは、先に湊で待っててくれ。俺は継母上《ははうえ》に挨拶して行くからよ」

「何歳になっても、母ちゃんは恋しいもんだよな」

舩三郎の軽口に一同は笑い、大楽は無視をした。

三

姪浜の湊に、愛宕丸が浮かんでいた。

晴れてはいるが、重い雲が空を覆っている。

既に水主として漁師衆が乗り込んでいて、大楽を出迎えるように、舩三郎・貞助・平岡・宇治原・亀井が並び、そして甚左衛門と小暮が見送りに待っていた。

この時分でも湊まわりには人がいるものだが、舩三郎が遠ざけたのか、今日に限っては自分たちと漁師衆だけだった。

「母ちゃんとの涙のお別れは済んだかい？」

「勝手に言ってろ」

舩三郎の一言に鼻を鳴らすと、大楽は愛宕丸の方へ向かった。

松寿院には、今生《こんじょう》の別れと思って挨拶をしてきた。

主計と縫子の無念を晴らし、全ての決着をつけてくる。そう告げると、松寿院は「生きて帰ってくるのですよ」と、言ってくれた。そして、「生きて帰ってくれたら、いっぱい褒めてあげます」とも。

二人目の母にそう言われるのが、妙に気恥ずかしく、そして嬉しかった。もう少し早く、お互いに素直になれていたら、運命も随分と変わっていたのかもしれない。そんな事を考えてしまう別れだった。

「もし」

ふと、声を掛けられた。振り向いた瞬間、猛烈な殺気に一同は咄嗟に身構えていた。

浪人。打裂羽織《ぶっさきばおり》に野袴の男は、瀧川藤兵衛だった。

「お前さんは」

「萩尾殿。悪いが、私と立ち合ってもらおう」

その言葉に、全員の気が膨れ上がった。大楽は片手を挙げて、それを鎮める。

「そりゃ、お前とは立ち合う事になると言ったが、よりによって今かよ」

「宍戸川様には、短い間だったが世話になった。このまま滅びの道を歩ませるわけにはいかぬのだ」

「だが、その宍戸川が滅びを望んでいる」

「それでもだ。私は宍戸川様の世話になって、初めて我が主君だと思える人間に出会えた。短い間であったが、私は己の忠義を全うしたい」

冗談ではない。本気だ。それは、藤兵衛の射貫くような視線が物語っていた。

「仕方ねぇ。誰も邪魔はするなよ」

大楽の一言に、全員が頷いた。

少し離れた場所で、二人は向かい合った。

大楽は月山堯顕をやや低い正眼に構え、藤兵衛は抜かぬまま居合の構えを取った。

互いの距離は四歩半ほど。大楽の視界には、藤兵衛以外のものは映ってなかった。

猛烈な殺気だった。どす黒い影のようなものが、覆い被さってくると感じられるほどだ。

それは全身を無数の手で引っ張られているような、得体の知れない重圧を伴っていた。

この男は、始末屋である。江戸で、多くの人間を葬ってきたという。放つ殺気は、人の憎悪や流血で作り上げたものなのだろう。

一歩、藤兵衛が詰め寄ってきた。三歩半の距離。

肌が粟立ち、全身に寒気が走った。なのに、汗が滝のように噴き出している。

やはり、並みの使い手ではなかった。自分に藤兵衛を斬れるのか？　疑問が次第に大きくなり、身体を重くさせている。

斬れる。自分は斬れる。そう思うしかなかった。

抜き身で向かい合った以上、後戻りは出来ない。これは、真剣勝負。竹刀の稽古ではないのだ。

気が付けば、距離は二歩半になっていた。わけのわからない恐怖が、大楽を包み込んだ。それは、藤兵衛が放つ重圧だけが理由ではない。

ふと胸に浮かんだ疑問。そして、不安だった。

斬れる。大楽は月山堯顕の柄を握り直した。自分は、藤兵衛を斬れる。今なら斬れる。いや、斬れるのか？　俺に藤兵衛が斬れるのか？　本当に斬れるのか？

斬れないだろう。斬られるのは、自分に違いない。では、どうすべきか。玄海党を追うのを諦めるか？　それとも——

疑問と恐怖は、潮合いのように寄せては引いていく。

（糞ったれめ）

信じるしかない。叔父、紹海に授けられた萩尾流。そして、月山堯顕。

何をどう足掻いても、自分にはこれしかないのだ。

大楽は大きく息を吐き、心気を落ち着かせた。藤兵衛に変化はない。まだ、居合の構えのままだった。

大楽は、ゆっくりと剣先を落とした。

紹海が伝えた秘奥、幻耀《げんよう》。下段から払い、斬り下ろす連撃。これ以外に信じる技は無い。

藤兵衛の足が動いた。刃の光が見える。抜いたと思った時には、斬光は大楽に迫っていた。

大楽は下段から、藤兵衛の抜き打ちを払った。返しが来る。そう思った。そして、それは防げないとも。

しかし、返しは来なかった。何故か藤兵衛が、大きく体勢を崩していた。その隙に、斬り下ろす。

秘奥、幻耀。

足元には藤兵衛が倒れていた。

大楽は月山堯顕を納めると、藤兵衛に歩み寄った。

「お前さん、どうして俺を斬らなかった?」

「何の事だ」

「お前は俺を斬れたはずだ。しかし、斬らなかった」

「私の力量不足だ」

「それは俺だよ」

大楽は、藤兵衛に致命傷を与えられなかった。決まったと思った幻耀が浅かったのだ。

「死んだ妻が、私の目の前に現れて遮った。ただそれだけだ」

「そうか」

返す言葉が無かった。この男も、この場に辿り着くまで様々な事があったのだ。自分と同じように。

「殺せ」

「いや、そいつは断る」

「何故だ?」

「理由はねぇよ。もう人殺しは散々なんだ。そりゃお前は仇さ。でも殺さないで済むなら、そうしたいって思っちまった」

藤兵衛が返事の代わりに、軽く笑い声を上げた。

出血はあるが、致命傷ではない。それでも、早く手当てしなければ助からないかもしれない。

「もう、宍戸川への恩には報いたはずだ。それに死んだ女房が現れたんだろ? 始末屋なんかからは足を洗って、生き直せって言いたいんじゃねぇのかい?」

大楽はそう言うと、甚左衛門に藤兵衛を手当てするように命じた。

「すまん」

戸板に乗せられて運ばれる藤兵衛が、目を閉じて呟いた。

四

身を切るような海風だった。

しかし、不思議と寒いとは思わなかった。身の内が燃えているからか。寒さより、切り裂くような痛さを大楽は感じていた。

海には白波が立っているが、出航してみると思ったより荒れてはいなかった。

しかし、博多浦内での話だ。玄界灘へ出れば、海は驚くほど表情を一変させる。

冬の玄界灘には、黒い獣が棲んでいる。それは若い頃に味わった恐怖と共に、大楽の脳裏に強く焼き付いていた。

大楽は、平岡と共に甲板に出ていた。貞助・宇治原・亀井は屋倉の中でじっと息を潜めている。漁村で育った平岡は兎も角、残りの三人は船酔いが不安なようだった。

酔ってしまうと、暫く使い物にならない。それで屋倉に引っ込んでいるわけだが、そうしたところで酔わない保証はない。

一方、水主たちの雰囲気は良かった。活気がある。それぞれが、玄海党に沈められ殺された仲間の仇を討とうと、燃えているのだ。

全員が大江家から支給されたという長脇差《ながどす》を一本、腰に差し込んでいる。平岡がそれを見て、やっぱり「やくざ者だ」と笑っていた。

日が暮れようとしていた。脊振山地《せきふりさんち》の稜線《りょうせん》が深い陰影を見せている。媛女島に着くのは、夜半になるだろう。大左衛門によれば、取引も深夜から朝方との事だった。

大楽は船内を巡って、水主たちに声を掛けて回った。

景気のいい挨拶が返って来て、それが妙に心地よい。媛女島から生きて戻れたら、漁師になるのもいいいかもしれないと思ってしまう。

「左舷後方に船影」

残島を過ぎた辺りで、船尾で見張りをしていた水主が叫んだ。

「船影？　漁船じゃねぇのかい」

舷三郎が、船尾まで駆けだしたので、大楽と平岡も続いた。

「漁船の速さじゃねぇです。ありゃ、まっすぐこっちに来やす」

「糞ったれ」

舷三郎が唾棄し、大楽は顔を顰めた。僅かな光の中、十艘ほどの小型船が愛宕丸に向かって突き進んでくる。

どうやら玄海党を追跡する大楽たちを、残島の入江で待ち構えていたようだ。

「どうするよ、御大将」

舷三郎が叫んだ。俄かに船内が慌ただしくなり、屋倉にいた貞助たちも集まっていた。

「逃げ切れるか？」

「逃げる？　趣味じゃねぇが、やるだけやるぜ。風は悪くねぇ。向こうは櫓漕《ろとう》なんだ。いつまでも体力が続くはずはねぇさ」

「任せた。早船三郎の渾名が伊達じゃねぇってとこを見せてみろ」

舷三郎が不敵に笑み、手拭いを頭に巻いた。

「姪浜の船乗りを舐めるんじゃねぇや。俺らのご先祖さんは神功皇后《じんぐうこうごう》の船頭を務めたんだぜ」

嘘か本当か、舷三郎が叫ぶ。しかし水主たちはその一言で奮い立ったのか、拳を突き上げて気勢を上げた。

船影は次第に大きくなる。十艘ほどと思っていた船影は、それ以上あった。こちらの動きを読んでいたのだろう。

「小早《こはや》ですぜ」

遠目が利く水主が報告に来た。小早は船戦で使われる、八挺櫓《はっちょうろ》の小型船だった。そんなものまで、玄海党は持っているのか。

「大楽さんよ、これで生き残る目は出たぜ」

「何故だ？」

「あんな小舟で、玄界灘には出られねぇ」

大楽は納得した。冬の玄界灘には、黒い獣が棲んでいる。水はどこまでも深い闇で、荒れ狂った波が牙を剥くのだ。小舟では、すぐに海底へ引きずり込まれるはずだ。

「だが、いい走りをしてやがるぞ」

舷三郎は、腕を組んで唸った。

「あれが、久松屋の海賊かもしれんぜ」

確かに小早の船足は衰えない。かなりの調練を重ねているのだろう。このままでは、追いつかれて船戦という事になる。

「右舷前方に船影」

今度は、悲鳴に似た叫び声だった。

「挟撃か」

宇治原が叫んだ。大楽は、舩三郎らと舳先の方へ移った。

「――あれは」

五隻。渋川家の家紋、足利二つ引が染め抜かれた帆を広げた、斯摩藩水軍の関船だった。宮浦《みやうら》の方角から来ている。そこには、水軍の為の湊がある。間違いなく、あれは斯摩藩水軍だ。

「宍戸川か」

また、あの男が動かしたのか？　いや、あれは敵なのか？　味方なのか？　あんなものが襲ってきた日には、この愛宕丸などひとたまりもない。

船影が近付いてくる。大楽は船縁を掴んで、息を呑んでいた。

（南無三……）

その時、愛宕丸の船内から歓声が挙がった。関船の舳先が、愛宕丸ではなく小早の船団に向いたのだ。大楽は柄にもなく、天に向かって手を合わせていた。

「よし、このまま玄界灘に突っ込むぞ」

舩三郎が、嬉々として指示を出し続けている。玄界島が見えてきた。この辺りで、博多浦を抜けるはずだ。

「よし野郎共、気ぃ引き締めやがれ。こっからが船乗りの腕の見せ所だ。船を沈めてみろ。姪浜の船乗りはこの程度かと笑われるぜ」

大楽は舷三郎の肩を叩き、船尾の方へ向かった。

五隻の関船が、愛宕丸の後方ぎりぎりを掠め、小早の船団との間に割って入った。

（あいつ……）

夕闇の中で、はっきりとは見えなかったが、関船の屋倉の上で、指揮を執る乃美の姿があったような気がした。


日が暮れた玄界灘は、どこまでも闇だった。

玄界灘の黒い潮流は夜の暗さと一体化して、無限の暗黒と化していた。

しかも、海は予想以上の荒れ模様だった。北西風《あなじ》が吹いているのだ。立っているのも難しい揺れであり、舷三郎と大楽以外は、再び屋倉に引っ込んでいる。

「大丈夫か？」

大楽は、床几《しょうぎ》に腰掛けた舷三郎に訊いた。

この男は、荒れた海風の中でじっと座って腕を組んでいる。その背中を見ていると、これぞ海の男だと思わざるを得ない。

「大丈夫だって？　こんな波は凪《なぎ》ってもんよ。時化《しけ》た内に入らねぇよ」

「威勢がいい事を言ってくれる。だが法螺《ほら》でもお前がそう言ってくれるので、俺は幾分か助かっているよ」

「怖いかい？」

「怖いさ。子供《ガキ》の時分、冬の玄界灘で獣を見たんだ。あの時の光景が蘇ってくるよ」

「まぁ、それに比べたらマシだろう。それより、これからの事を考えてくれ。俺はお前さんに賭けたんだ」

玄界灘の夜間航行と、この荒れ。大楽には不安しかないが、海の事は海で生きる舷三郎たちに任せるしかない。海は好きだが、好き止まり。所詮は陸の人間なのだ。

大楽は、屋倉に戻って準備を急ぐ事にした。

襷で袖を絞り、防具は鉢金と鎖籠手《くさりごて》だけにした。亀井が人数分の鎖帷子も用意はしていたが、大楽は断った。島の奥地に逃げられた場合、その重さで追跡の足が鈍ってしまう恐れがあるからだ。

貞助・平岡・宇治原も大楽に倣ったので、着込んだのは亀井だけになったが「亀井さん、着たまま海に落っこちたらどうするんですかい？」という貞助の一言で、亀井はすぐに鎖帷子を脱ぎ捨て、皆が腹を抱えて笑った。

緊張はあった。玄海党と鄭行龍の一党を合わせて、どれほどの人数なのか、わからない点が多いのだ。しかし、固くはなっていない。それは大楽だけでなく、皆もそうだ。表情を見ればわかる。今夜で、全てを終わらせる。その為に命を燃やすと、覚悟した表情だった。

「大楽さん、登島が見えて来たぜ」

舷三郎が、報告に現れた。

登島は、媛女島と並ぶようにして浮かんでいる無人島である。

「媛女（乙女）は人を寄せつけ、登島（年増）は人が寄りつかない」と、漁師が軽口を叩くように、島全体が峻険《しゅんけん》な崖に囲まれているので、上陸する事が難しい。しかし、それ故に船隠しには持ってこいだった。

「船酔いしている奴はいねぇようだな」

「ああ、全員に確認した。大丈夫だ」

宇治原が答えた。

船酔いをしている者はいない。それは、幸いだった。船酔いすれば、死人のように動けなくなる。大楽は何人かは出るだろうとは覚悟をしていた。

「予定通りにやるぜ」

登島に船を隠し、そこで艀《はしけ》に分乗し媛女島に上陸する手筈にしていた。

上陸地点も、大左衛門からの情報で事前に決めている。

島の北西部にある裏ヶ浜。その名の通り、島民の居住区のちょうど反対側で、穏やかな入り江になっているのだが、裏手が逆落としで有名な一の谷の鵯越《ひよどりごえ》を思わせるような絶壁の為、人家もなく立ち寄る者もいない。その事を知ってか、玄海党と鄭行龍の取引場所に選ばれたのだろう。

「櫓の漕ぎ手は、選りすぐりの腕っこきを選んでいる。あんたらはや丶っと丶う丶を振り回さなきゃなんねぇからな」

「すまんな。しかし、漕ぎ手は俺たちを下ろしたら、すぐ海上に戻れ。加勢は不要だ」

「当たり前だ。俺以外は海上待機を命じている」

「お前も加わるのか?」

「それも当たり前だ」

舷三郎の腕はわからない。しかし、この男は腹を括った顔だった。度胸も申し分ない。

そんな男が加勢を申し出た。それを断るほど、自分は野暮《やぼ》ではない。

「鄭一党を含め、歯向かう者は斬って構わん。だが、お裁きの為だ。何人かは生き残せ。

それと、鎌屋惣助っていう男だけは殺すな」

「伊頭屋が言っていた内通者でございやすね」

貞助が口を挟んだ。この男だけは、仕事の衣装と称して黒装束を着込んでいる。

「そうだ。小太りの中年男で鼻の横に大きな黒子という情報しかないが、俺たちに寄ってくるだろうよ」

それから、二艘の艀《はしけ》に分乗した。

四挺櫓の艀《はしけ》で、葵の旗印を掲げている。これは弾正が用意したもので、敵に多少なりとも衝撃を与えるかもしれないという目論見だった。喧嘩にはハッタリが必要なのだ。

艀《はしけ》で漕ぎ出すと、海が不気味なほどに穏やかになった。荒れ狂っていた玄界灘に訪れた、一瞬の静謐。舷三郎は、稀にこういう時があると言った。

静かに、媛女島に向かった。

大楽の目を引いたのは、並んで錨泊《びょうはく》している二隻の弁才船と、一隻の戎克船《ジャンクせん》だった。戎克船《ジャンクせん》はまずお目に掛からない代物で、舷三郎も貞助も興味深そうに眺めている。

三枚の帆を持つ戎克船《ジャンクせん》は、容貌からして異国情緒を放っていた。この国には場違いなソレを見て、すぐそこに鄭行龍がいるのだと大楽は感じた。

「旦那。やっと、ここまで来やしたね」

貞助が、大き過ぎる二本の前歯を剥き出しにして笑った。

「そうだな」

権藤に呼び出され、主計を捜そうとした事から始まった。淡雲の命で貞助を仲間に加え、弁蔵や寺坂を失いながらも筑前へ戻り、そして玄海党と鄭行龍の所まで辿り着いたのだ。

多くの血が流れ、多くの仲間を失った。それだけに、今夜で全てを、それも最良の形で終わらせなければならない。

「旦那に付いて来て良かったと思いやすよ。こんな痺れる経験なんざ、滅多にないですからね」

「そいつは光栄だが、思い出話は終わってからだ」

貞助が頷いた。

息を殺すように、戎克船《ジャンクせん》と弁才船の傍をすり抜けた二隻の艀《はしけ》は、裏ヶ浜と呼ばれる入り江に到達した。

「旦那、あれを」

そう言ったのは、貞助だった。

入り江の浜辺では、盛大に篝火《かがりび》が焚《た》かれていて、様々な品々が積み上げられている。

しかし、様子が妙だ。声と、人の動き。艀《はしけ》が進むほど、抱いた違和感が大きくなっている。

「ありゃ仲間割れだ。奴ら殺《や》り合ってらぁ」

舷三郎が立ち上がって指差した。大楽も首を伸ばしてみると、確かに鄭一党と玄海党が斬り合っている。

しかも遠くに聞こえた声は、日本語と漢語が入り混じった、絶叫と悲鳴だった。

「こうも上手く行き過ぎちゃ、僅かな俺の良心が痛むぜ」

大楽はそう呟くと、湧き上がる笑いを堪えきれなくなった。貞助だけが看破したのか、思いっきり噴き出している。

「まさか旦那」

「貞助。お前ならわかるだろうよ。俺が玄海党に渡した割符は、立山に託された贋物だったのさ。取引は、お互いの駒がぴったりと合わなきゃ出来ねぇ仕組みらしい。きっと、それがバレて斬り合いに発展したのだろうぜ」

「へへ、これで立山さんも浮かばれましょう」

贋物の割符は、死んだ主計と立山が偽装の為に作ったものだった。それを残島で囲まれた際に、椋梨に渡したのだ。

同士討ちを目論んだわけではないが、何か混乱があればいいと思っていた。ここまで上手く運ぶとは考えもしなかったが、これで主計と同志たちの無念を少しでも晴らせたと思うと痛快だった。

「それじゃ、総仕上げといこうか」

大楽が目配せをすると、舩三郎が赤い旗を上げた。全力で漕げという合図だ。船足が増す。もう一艘の艀《はしけ》も同様だった。

鄭一党は三十はいるだろう。玄海党は十五ほどで数だけでも劣勢だった。このままいけば、玄海党は鄭一党に潰されてしまう。

須崎屋を刑場に引っ立てる為に、それだけは避けたかった。

船底が砂を噛むと、大楽は月山堯顕を抜き払いながら飛び出した。

「閻羅遮、萩尾大楽。推参」

大楽に続き、貞助と舩三郎、そしてもう一艘に乗った、平岡・宇治原・亀井と続いたが、誰もこちらに目を向けようとはしなかった。まるで、大楽たちは蚊帳《かや》の外だ。

玄海党の面々は、鄭一党に攻め立てられている。諸肌になった屈強な唐人たちの柳葉《りゅうよう》刀《とう》から逃れようと、砂浜を駆け回っているのだ。中には抵抗する者もいるが、旗色は悪い。

大楽は須崎屋を捜した。しかし、わからない。いくら篝火が煌々と焚かれていても、闇は深い。どこかに逃げたのかもしれない。

「大楽さんよ。推参だなんて言って、誰も彼もこっちを見向きもしねぇじゃねぇか」

と、舩三郎が肘で小突いた時、鄭一党の視線が一斉に大楽に集まった。

葵の旗印を指でさす。しかし、一人が首を振った。けたたましい漢語が夜の裏ヶ浜に響き渡ると、鄭一党が一斉に向かってきた。

「おいおいおい。お前たちはこっちに来るんじゃねぇ」

「ですが、旦那。こりゃ聞いてくれそうにありませんぜ」

薄ら笑みで言う貞助に宇治原が、「そもそも言葉が通じんだろう」と、抜き身を構えながら指摘した。

「糞ったれめ。仕方ねぇ」

大楽は気勢を上げ、砂浜を蹴って跳躍。敵中に躍り込んだ。

月山堯顕を振るうと、鮮血が噴き上がった。斬光が頬を掠める。大楽が避けながらも下段から斬り上げると、柳葉刀を持ったままの右手が宙に舞った。

大楽はそのまま、返す刀で斬り下ろす。ふと、背後に気配を感じると同時に背を軽く斬られたが、横薙ぎでその首を刎ねた。

大楽は、砂浜を駆けた。鄭一党が追ってくる中、横目で須崎屋の姿を捜した。

夜の闇。灯りは篝火と冬の月だけだ。容易に判別は出来ない。

「こん畜生め」

大楽は咄嗟に踏み止まって、振り返って追ってきた四人を立て続けに斬り捨てた。

(どこにいやがる)

足元に目をやると、無数の屍が転がっている。その中には、商人らしき姿もある。須崎屋は既に殺されている。その可能性もあるが、大楽は目を背けたかった。

須崎屋、そして宍戸川に裁きを受けさせる。それをする事で、玄海党を本当の意味で潰す事が出来るのだ。

「須崎屋を捜せ」

大楽が吼えると、どこからか返事があった。声の主は、宇治原だろうか。

「お助けを」

声がした。岩場の陰。小太りの商人が、鄭一党の三人に囲まれている。

大楽は舌打ちをし、月山堯顕を上段に構えて斬り込んだ。一息で、首が三つ舞う。返り血を浴びた商人が「ひぃっ」と悲鳴を挙げた。

大楽は、男の襟を掴んだ。鼻の横。大きな黒子があった。

「鎌屋惣助だな？」

男が小刻みに顔を縦に振る。漢語の騒がしい声が近付いてきた。大楽は足元に落ちている柳葉刀を拾い上げ、鎌屋に手渡した。

「伊頭屋に頼まれた。しかし、こちとら余裕は無ぇ。どこかに隠れてろ」

「は、はいっ」

しかし、気が付けば六人ほどの鄭一党が、大楽と鎌屋を取り囲んでいた。

「ったく、何人いるんだよ、てめぇらは」

一団から、見上げるような大男が出て来た。禿頭《とくとう》だが虎髭《とらひげ》を蓄え、上半身の筋肉は玉のように隆起している。

「おいおい、一騎打ちか？　ここは一ノ谷で、俺は平の無官大夫、てめぇは熊谷《くまがい》、ってかよ」

大衆は一ノ谷の戦いでの平敦盛《たいらのあつもり》と熊谷直実《くまがいなおざね》の一騎討ちを想起しそう叫ぶが、大男に通じるはずもない。

大男は、何かを叫びつつ、三尖両刃刀《さんせんりょうじんとう》を振り上げ突進してきた。

一閃。鼻先で躱すと、地面にぶつかった三尖両刃刀は砂塵を撒き散らした。

また、大男が吼えて追撃に出た。連撃。その度に砂煙が舞った。

まるで暴風のような斬撃。掠っただけでも肉を抉られるだろうし、受けると月山堯顕も折れてしまいそうだ。

（どうするよ……）

対峙になった。大楽は正眼に構え、切っ先をやや下げている。大男は、三尖両刃刀を抱えるように構えている。

その大男に、頭上から影が覆いかぶさってきた。鮮血。そして、大男が膝を折った。

貞助が大男に組みついて、喉首を掻き切ったのだ。

「旦那、今時一騎打ちなんざ流行りませんぜ」

「助かった。こんな化け物は日本《ひのもと》にゃいねぇからな」

大男を不意打ちで討たれた鄭一党が、声を上げながら殺到してきた。恐らくこちらの卑怯を罵っているのだろうが、夜討ち朝駆け騙し討ちは武士の倣いというものだ。

「貞助、鎌屋を頼んだ」

大楽は返事も聞かずに、向かってくる鄭一党を、立て続けに斬り捨てた。

乱戦だった。玄海党と鄭一党、そして自分たちと三つ巴《どもえ》になっているのだ。

平岡は、相変わらず敵を寄せ付けない。大楽につかず離れずで戦っている。宇治原は唐人だけでなく、玄海党の浪人も相手にしていた。貞助は鎌屋の袖を掴んで駆け回り、舩三郎と亀井は互いに背中を預け合っている。

面白い。大楽は、唐人の首筋に月山堯顕を振り下ろしながら、そう感じていた。

これが殺し合いではなく、殴り合いの喧嘩だったらもっと面白かっただろう。

そんなことを考えながら唐人を蹴倒し、押さえつけながら月山堯顕を喉首に突き立てると、顔面に血を浴びた。仕留めたのが少年だったと、後から気付いた。

「糞っ」

殺し合いが面白いだって？　少しでもそう思った自分を、大楽は悔いた。

殺し合いなど沢山だ。そのつもりで里帰りをしたというのに、結果的に多くの血が流れている。

乱戦の中、髪を振り乱して戦う男の姿があった。右手に刀、左手には唐人から奪ったであろう柳葉刀を持っていた。絶叫しながら、二刀を無茶苦茶に振り回している。

「来るなら来やがれ。全員ぶった斬ってやらぁ」

久松屋だった。その顔には、狂気の色しかない。そう思った刹那、その横を駆け抜けた唐人によって首を刎ねられた。

「萩尾大楽」

名を呼ばれ振り返る。すると、鄭一党に囲まれた隻腕の男が立っていた。全身が血に染まり、満身創痍《まんしんそうい》である。

「へへ、残念でしたねぇ」

「椋梨」

目が合う。この男に会いたかった。主計と縫子、そして寺坂を殺した男。待ってろ。お前だけは、俺が殺してやる。

「あばよ」

大楽に向けた顔が笑んだ瞬間、椋梨の身体に無数の槍が突き立てられた。笑いながら斃れていく。大楽は舌打ちをして椋梨を見送った。

銅鑼《どら》が鳴った。撤退の合図なのか、鄭一党が海に向かって駆けていく。撤退するようだ。舩三郎と亀井が息を弾ませ、駆け寄ってきた。

いつの間にか宇治原が伊能但見を捕縛しており、貞助は鎌屋惣助を守っている。しかし、須崎屋を伴っている者はいない。

「待て、待ってくれ」

引き揚げる鄭一党を追うように、一人の商人が茂みから飛び出してきた。

「須崎屋」

大楽は腹の底から叫び、砂浜を蹴って駆け出した。須崎屋は、次々と艀《はしけ》に乗り込む鄭一党を必死で追っている。

「待ってくれ。俺も連れて行ってくれ」

須崎屋の絶叫。悲痛な色合いがあった。

「逃がすかよ」

大楽は月山堯顕の刀背《みね》を返し、肩に一刀を打ち込む。須崎屋が倒れると、すかさず馬乗りになった。

「やめろ。俺は海を渡るんだ」

波打ち際だった。大楽は左手で須崎屋の髷を掴んで押さえつけた。

顔の浅黒さは変わらないが、表情は虚無に満ち、漲った精力を感じさせるものは何もなかった。

「こいつは、俺のぶんだ」

大楽は、その顔に二度拳を放った。鼻から血が噴き出す。構わずに大楽は続けた。

「これが立山のぶん」

頭突き。それで、須崎屋の歯が飛び散った。

そして、頭を力任せに水中に沈める。須崎屋が足をばたつかせる。

「まだあるぜ。寺坂のぶん、縫子のぶん、弁蔵のぶんだ」

襟首を掴み上げ、頭突き。そして、拳を二発。須崎屋の顔面が赤く染まり、それを波がさらっていく。

憎悪と憤怒が、全身を駆け巡る。

それは明確な殺意で、このまま感情に身を任せようと思うほどの快感を大楽は覚えた。

「喜多村源内のぶん、そして玄海党に殺《や》られた奴らのぶん」

このまますれば、須崎屋は死ぬかもしれない。しかし、大楽は殴る拳を止められなかった。

「それで、これが主計のぶんだ」

その腕を、大楽は掴まれた。振り返ると、平岡だった。

「主計さんのぶんは、裁きの場で返しましょうや」

大楽は頷くと、ゆっくりと身を起こした。

海に目を移す。波の音だけが、そこにはあった。玄界灘の夜は、まだ明けそうにもない。

終章　友よ、さらば

悲鳴が、方々で挙がった。

斯摩城本丸の表御殿《おもてごてん》。藩主の居住区である奥御殿へ続く、長い廊下である。

女中は逃げ惑い、小役人は脇に寄って唖然としている。

そうなるのも無理はない。媛女島から直接斯摩城に乗り込んだ大楽は、返り血を浴びた喧嘩装束のままだったのだ。

しかも大楽の傍らには、顔を潰れるまで殴られた須崎屋六右衛門。猿轡《さるぐつわ》を噛まされた上に、雁字《がんじ》搦めに縛られている。

「萩尾様。何卒、何卒」

裃《かみしも》姿の武士が、大楽の目の前に立ちはだかる。大楽は、その男をひと睨みした。

「どけ」

「しかしながら、何卒。ご面会の儀でございましたら、しかるべき……」

「どけって言ってんだろ」

その武士の襟を掴んで押し退けた。

「俺は公儀諸士監察方並にして、東照大権現、神君家康公の血を引く萩尾大楽だ。お殿さんに会うのに、何の差し障りがあるよ？　会いたくねぇってなら、家探《やさが》しするまでさ。なぁ、皆の衆」

そう吼えながら、我ながら随分と嫌な男になったものだと、大楽は思った。

（親や看板の名で戦っちゃ、男はおしまいだな……）

かつて、金兵衛一家のどら息子にそう言った事を思い出した。

身分や血脈で威圧する事は、最も忌み嫌う所である。だが、それがある種の人間には効果的である事も大楽はわかっていた。大楽がここまで辿り着けたのも、家康の血を受け継ぐ萩尾家の看板と公儀の肩書があるからだった。

奥から、慌ただしい足音が聞こえてきた。初老の武士が三人。

十三年前に見た顔ではあったが、名前までは浮かばなかった。

風体から、それなりの地位にある者だとはわかる。おそらく、門閥の当主。やはり、身分と血脈で威圧する事は効果的なのだ。

「萩尾様、これは如何なる仕儀でございましょうや」

三人は、大楽の行く手を遮るように平伏した。

「黙れ。お前らに説明する気はねぇよ」

「しかし、斯様な真似は何とも乱暴でございます」

「黙れってんだ。そんなに話を聞きてぇなら、大声で喚いてやるぜ。俺らのお殿様は風流の為に玄海」

そこまで言うと、三人は青ざめ手を広げて大楽の口を塞ごうとした。

「だから、どけっていうんだよ」

大楽は三人を蹴倒すと、須崎屋を小突いて先へと進んだ。

この廊下を過ぎれば、奥御殿。将軍様の大奥のようなもので、そこに堯春はいるはずだ。

久し振りの斯摩城だった。造り自体は、昔とは然程変わった様子は無い。

「萩尾」

背後から声を掛けられた。

乃美だった。相変わらず顔色が悪く、憂鬱そうな表情だった。そして、目尻の辺りに真新しい傷があった。

「お殿様は、奥御殿ではない。風奉園にいる」

そう言った乃美が、須崎屋に軽く目をくれた。

「その傷は?」

大楽の質問に、乃美は軽く微笑んだだけで踵を返した。

襖を無遠慮に開け放つと、堯春と宍戸川が待っていた。

堯春は一段と高い御座所の脇息にもたれていて、不機嫌な表情を浮かべている。宍戸川は、静かに脇で控えていた。

「どうやら、待たせたようだな」

大楽は二人の前に須崎屋を転がし、自身も腰を下ろした。

堯春の背後には、見事な桜の絵があった。これが噂に聞く、斯摩藩御用絵師・尾形洞純の『筑州桜図』だろうか。

「ふん。萩尾の放蕩息子が久々に顔を見せたかと思えば、この騒ぎだ。お前という奴は変わらぬな」

「人間、そう簡単に変わらんもんよ」

「で、そこの下郎は何だ？」

堯春が、身を起こして訊いた。

「あんたらが、抜け荷をしていた生き証人だよ。伊能但見って奴も白状しているぜ。托心道寿も蜂屋の親爺が身柄《ガラ》を押さえている。もう言い逃れ出来ねぇよ」

堯春が宍戸川を一瞥するが、宍戸川は目を伏せたままだった。

「お殿さん、自分は関係ねぇって感じだが、あんたも他人事じゃないぜ？」

「何？　儂まで裁く気か」

「ま、そうなるだろう。これぱっかりは、田沼様の考え一つだが」

「うぬ」

堯春が、脇息を大楽に向けて投げつけた。しかし、それは大楽まで届かなかった。

「当たり前だ。悪い事をしたときゃ、裁かれるってのが三千世界の決まりってもんよ。武士でも百姓でもな」

「認めん。そんな事は認めんぞ」

堯春が細面の顔を真っ赤にして立ち上がり、太刀に手を伸ばす。金色の飾り太刀。そんなもので、この閻羅遮が斬れるはずもない。

「おっと、俺を斬るのは下策中の下策だ。俺が死ねば、斯摩は潰れる。田沼様と一橋様の間で、そう取り決められている。だが、あんたの出方次第では沙汰が変わるかもしれねぇな」

怒りに震える堯春は、憮然とした表情で腰を下ろした。

「何が望みだ？」

「あんたの隠居。勿論、今後は一切政事に関わる事を禁じる。それで公儀はあんたを裁かん。ま、交換条件だな。そして、宍戸川は切腹。須崎屋は斬首だろうな。二人の介《かい》錯《しゃく》は俺がやる」

これは江戸を発つ前に、堯雄と話していた事だった。そして、乃美とも確認し合った。それ以上の事は、堯雄が好きにするはずだ。

「よかろう。私は構わんぞ」

宍戸川が静かに告げると、堯春が目を丸くした。

「多聞、貴様それでよいのか？　腹を切るのだぞ」

「殿、我々は命数を使い果たしたのでございます」

「何だと？　いや、そんな事はさせぬ。公家衆を動かそう。なんなら大奥をも動かしてもよいぞ。あそこは阿芙蓉のお得意様であろう」

「黙らっしゃい」

宍戸川の一喝《いっかつ》に、堯春は驚き口をあんぐりとさせた。

「私は武士として死ねるだけで、ありがたいと思っています」

宍戸川はそう告げると、大楽に顔を向けた。

「萩尾、お前はこれから辛くなる。その覚悟はしておけ」

「俺が辛くなる？　どうして」

「これからは、お前は若殿様と乃美の二人と争う事となろう。二人を相手にするというのは骨だ」

「生憎、俺にはそんな気はねぇよ」

「お前はそう思っても、あの二人が思わんさ。お前が生きている限りはな。そんなものなのだ、政事というものは」

大楽が肩を竦めると、宍戸川が力無く笑った。

かつて絶大な権勢を誇った男の斜陽を見ていられず、大楽は視線を逸らした。


堯雄が第九代斯摩藩主として国入りしたのは、翌年の晩春だった。

須崎屋をはじめ、伊能但見や托心道寿が自白した事で、堯春は幽閉《ゆうへい》同然の隠居となり、宍戸川と須崎屋は大楽の介錯で果てた。

玄海党とその協力者は次々に捕縛され、今でも取り調べが続いている。それを指揮しているのが、大目付に出世した乃美だった。

今でも斯摩・福岡・博多で、厳しい残党狩りが行われているが、瀧川藤兵衛の行方だけは杳《よう》として掴めていない。

それもそのはずで、藤兵衛は萩尾家で傷を癒した後に、旅に出ると言って筑前から消えたのだ。一緒に用心棒をしようと誘った翌日の事だった。

また玄海党が潰れた事で、博多が混乱を見せた。それに乗じて力を伸ばしているのが、伊頭屋大左衛門と鎌屋惣助だった。二人は玄海党壊滅の功があるとして、近く斯摩藩の御用商になる。これも論功行賞の一つだった。

葉桜の緑が眩しい午後、大楽は堯雄に呼び出されていた。

江戸で別れて以来、初めての対面。場所は風奉園である。

堯雄もこの別邸を使っているが、堯春が好んだ『筑州桜図』は取り払われ、その他の書画・茶道具の類《たぐい》は売りに出されたらしい。

「久し振りだな」

まず堯雄が口を開いた。傍で控えているのは、田原右衛門と溝口文四郎の股肱《ここう》の臣だけである。

「お殿様におかれましては、ご機嫌うるわしゅう」

袖を払って平伏する大楽に、堯雄は一笑した。

「やめよ。お前には似合わん」

「まぁ、お殿さんがそう言うんなら遠慮なく」

大楽は態度を一変させて、胡坐になった。

「お前には世話になった。言葉では尽くせぬ」

「俺は弟夫婦の為にしたまでさ。それに、お殿さんには雇われた身でもある。礼には及ばんよ」

「仔細《しさい》は乃美に聞いておるので、改めての報告は無用だ。ただ、一つだけ訊きたい事がある」

「なんでしょう」

「本物の割符は今どこにある？」

「どうしてそれを訊く？」

「我々も鄭行龍との『交易』を望んでいる。義父を隠居させ、宍戸川派を一掃した。だが、財政が逼迫《ひっぱく》している事は変わらん」

「おいおい、寝言は寝て言うもんだぜ」

大楽の言葉に、堯雄は破顔した。どうやら冗談だったようだ。

本物の割符は、媛女島からの帰りに玄界灘へ投げ捨てた。こんなものの為に大勢が死んだと思うと、忌々しくなったのだ。

「そんな冗談を言う為に、俺を呼んだのかい？」

「まさか。今回の功績に報いる為、お前を萩尾家の当主にしたい。市丸が家督を継いだようだが、如何せん幼過ぎるからな」

「断る。それだけは、絶対に受けん」

「何故、断る？　そもそも、家督はお前が継ぐべきだったものだ」

「俺は誰の飼い犬にもなる気は無ぇよ。野良犬で十分だ」

「ほう、武士を犬と言うか？」

「似たようなもんだろ。俺もあんたも、将軍様も」

「聞かなかった事にしょう」

「じゃ、それが恩賞という事で」

堯雄が苦笑し、大楽は一つ頭を下げ広間を辞去した。

風奉園を出ると、乃美が待っていた。大楽は無視して通り過ぎようとしたが、袖を乃美に掴まれた。

「何か用か？」

「萩尾、これからどうするつもりだ」

「それは俺の勝手さ。それとも、お前に関係があるのか？」

「ああ。斯摩にいる限り、お前の存在は目障りだ」

「目障り、ねぇ」

大楽は、乃美の手を振り払った。

ふと、宍戸川の言葉を思い出した。いずれ、堯雄と乃美、二人と争う事になるだろうと。それは腹を切る日にも、同じ事を言われた。そして、一つだけ助言を貰った。

『裏の首領《おかしら》になれ』

そうする事で、堯雄を牽制し乃美にも対抗出来得ると。

「お前は今回の件で、大いなる名声を得た。それがお殿様の邪魔になる」

「お殿様？　お前の邪魔だろう？」

「ああ、そうだ。お前は邪魔だ」

大乗の言葉を、乃美はあっさりと認めた。

「お前たちにとって目の上のたんこぶになるとわかりゃ、江戸に帰りたくなくなるな」

「そう言うだろうとは思った」

正直、これからの事は決めあぐねていた。

貞助は江戸に帰り、平岡は姪浜に残ると言っている。市丸も幼く、亀井と小暮そして甚左衛門だけでは何かと心配である。一方、江戸には道場がある。それをみすみす淡雲の手に渡すのも業腹だった。

「まっ、俺は用心棒でもするさ」

「そうやって、谷中のように顔役になるつもりか？」

「それもいいかもしれんな。斯摩の裏を仕切る首領《おかしら》になりゃ、お殿さんやお前にも対抗出来る」

「どうだろうね。俺には大勢の友達が出来た。そいつらの協力があれば、不可能じゃねぇな」

「本気か？」

乃美と目が合った。相変わらず、冷たい目をしている。

だが、今後の斯摩藩はこの男が主導していくのだろう。そして、いつか堯雄と対立する事になる。堯雄も乃美も、自らの手で政事を為したいと思っているからだ。その時、俺はどう動くだろうかという疑問が頭を過った。

「お前には悪い事をした」

ふと、乃美が言った。

「何を今更。俺はお前が自らの欲の為に、たった一人の弟を犠牲にした事を忘れんよ」

「それでいい。俺も忘れたくはない」

大楽はかつて親友だった男を一瞥し、踵を返した。

「じゃあな」

大楽は決別の意思を持って、一歩踏み出した。乃美が追ってくる気配は無かった。